O TRITURADOR

NIALL LEONARD

O TRITURADOR

Tradução
Ronaldo Passarinho

1ª edição

BERTRAND BRASIL

Rio de Janeiro | 2017

Copyright © Niall Leonard, 2012
Publicado originalmente como *Crusher* pela Random House Children's Publishers UK

Título original: *Crusher*

Capa: Igor Campos

Texto revisado segundo o
Novo Acordo Ortográfico da Língua Portuguesa

2017
Impresso no Brasil
Printed in Brazil

CIP-BRASIL. CATALOGAÇÃO NA PUBLICAÇÃO
SINDICATO NACIONAL DOS EDITORES DE LIVROS, RJ

Leonard, Niall
594t   O triturador / Niall Leonard; tradução Ronaldo
Passarinho. – 1ª ed. – Rio de Janeiro: Bertrand Brasil, 2017.
21 cm.

Tradução de: Crusher
ISBN 978-85-286-1930-0

1. Ficção inglesa. I. Passarinho, Ronaldo. II. Título.

CDD: 823
16-34314   CDU: 821.111-3

Todos os direitos reservados pela:
EDITORA BERTRAND BRASIL LTDA.
Rua Argentina, 171 – 2º andar – São Cristóvão
20921-380 – Rio de Janeiro – RJ
Tel.: (0xx21) 2585-2000 – Fax: (0xx21) 2585-2084

Não é permitida a reprodução total ou parcial desta obra, por quaisquer meios, sem a prévia autorização por escrito da Editora.
Atendimento e venda direta ao leitor: mdireto@record.com.br ou (0xx21) 2585-2002

Para Erika
Estendi meus sonhos sob seus pés

UM

Era cedo demais para haver alguém esmurrando a porta da frente. Desci rapidamente a escada, com os cabelos ainda encharcados do banho, e abri o trinco.

— Desculpe, filho, me tranquei do lado de fora — disse papai, tremendo de frio ao entrar.

Notei que saíra de chinelos e fiquei curioso para saber por quê. Então vi que trazia enrolada na mão uma revista destinada a profissionais do setor televisivo e senti um aperto no peito.

Papai estava um caco, com os olhos azul-celeste avermelhados e os cabelos claros em pé. Suas madeixas revoltas não lhe davam um aspecto chique ou descolado. Pelo contrário. Ele parecia ter dormido na soleira da porta. Na noite anterior, escutara-o voltar para casa, tentando não fazer barulho com seus passos trôpegos e resmungando palavrões ao tropeçar nos móveis. Mesmo assim, levantara-se no horário de sempre, enquanto eu fazia minha corrida matinal. Quando voltei, o desjejum que ele havia preparado ainda estava morno na mesa: ovos velhos, fatias finas de bacon e café com leite instantâneo. Tomei um copo de suco de laranja, embora de laranja o suco industrializado só tivesse a cor.

— Droga — disse ele, apertando os olhos por trás dos óculos tortos ao dar uma olhada na primeira página da revista.

Começou mais cedo do que eu esperava.

— O que foi?

— O Bill Winchester conseguiu uma segunda temporada naquela série policial sobre viagens no tempo. Sacana sortudo.

— *Future Perfect*?

Meu pai me fuzilou com os olhos, como se eu estivesse sendo desleal.

— Nunca vi um episódio — acrescentei, dando de ombros. — Só ouvi falar.

— Eu e o Bill trabalhamos juntos muitos anos atrás, na série *Henby General*.

— É, você me contou.

Mas a verdade é que ele não gostava muito de tocar no assunto. Papai tinha feito sucesso no começo da década de 1990. Durante algum tempo, foi o ator irlandês favorito do público. Chegou até a ser premiado como Melhor Ator Revelação. A estatueta de bronze permanecia na cornija da lareira, juntando uma poeira irônica. Desde então, foi tudo morro abaixo. Ele não mantinha a estatueta à mostra por nostalgia ou vaidade, e sim para alimentar sua inveja.

A inveja é o que nos mantém esfomeados e vorazes, dizia, o que eu não entendia, porque vivia com fome quando criança e nunca me acostumei com isso. Todos os seus antigos colegas estavam melhor que ele. Dizem que, cada vez que um amigo nosso faz sucesso, uma parte da gente morre. Se fosse verdade, papai já seria um cadáver em estágio avançado de decomposição.

Via a si mesmo como um intérprete entusiasmado, dedicado, instigante. Os diretores o viam como um sujeito temperamental e cabeça-dura, com quem era impossível trabalhar. As oportunidades vinham rareando há um bom tempo quando ele conheceu minha mãe. Seu último papel foi como um náufrago comendo uma pizza imaginária em uma ilha deserta. Era o comercial de uma seguradora, eu acho, mas talvez fosse para vender pizzas ou ilhas desertas. Oficialmente, ele nunca se aposentou, mas deixou crescer a barba, parou de frequentar audições e desistiu de importunar seu agente para lhe arrumar trabalho.

Não estava disposto a esperar o telefone tocar, dizia. Ia fazer sua própria sorte. Escreveria um épico televisivo tão eletrizante e autêntico que os produtores entrariam em guerra para produzi-lo. E escreveria um bom papel para si mesmo, é óbvio, para que fossem obrigados a contratá-lo. Não o do protagonista, é claro. Precisava ser realista. O papel principal poderia ser interpretado por um de seus colegas mais famosos, o que ajudaria a vender o projeto. Ele tinha tudo planejado. Planejado há muitos anos, mas nada acontecia.

— Não esquente a cabeça, papai. Como você sempre diz, o sucesso é a melhor vingança.

— É, mas talvez eu esteja errado. Vai ver a melhor vingança é decapitar alguém com uma serra enferrujada. Talvez eu devesse experimentar.

Tirei a mesa e fui lavar a louça suja na cozinha.

— O que vai fazer hoje? — perguntei, mais por educação do que por interesse.

— Trabalhar.

Papai empregava o termo da forma mais abrangente possível. Boa parte de seu trabalho consistia em ficar olhando pela janela. Lera todos os manuais de roteiro que a biblioteca local possuía e vivia repetindo aforismos e lemas sobre inspiração e perspiração e a importância de manter a bunda grudada na cadeira. Sempre escrevia dez páginas por dia. O único problema é que rasgava nove delas no dia seguinte. Às vezes, saía perambulando pelas ruas de Londres fazendo "pesquisas", e suas anotações e recortes se empilhavam na mesa da sala, ao lado do *laptop*. Durante o jantar, sempre tentava me falar a respeito de sua ideia mais recente, mas fazia tempo que eu não dava bola.

— Você não vai acreditar no que ouvi ontem à noite — disse ele. — O submundo londrino está pior que a corte do Calígula. Os mafiosos estão em guerra uns com os outros. Isso é que é drama de verdade. E está acontecendo bem na nossa cara, mas ninguém quer saber.

Então por que diabo você vai escrever sobre isso?, pensei, mas não disse nada. A maior qualidade de papai era seu eterno otimismo. Algum dia, com muito esforço e um pouco de sorte, ele se tornaria rico e famoso. Não precisaríamos mais ser obrigados a nos virar com a renda cada vez menor de seus direitos autorais e com o salário pífio que eu recebia trabalhando na rede de lanchonetes Max Snax.

— Quer que eu traga alguma coisa para o jantar? — perguntei.

— Não. Devo fazer compras mais tarde.

Mas eu sabia que ele não faria compras antes de vasculhar as lixeiras da rua em busca de comidas prontas congeladas, fora do prazo de validade, que serviria com um sermão a respeito das mazelas da sociedade de consumo e do desperdício que produz. Antigamente, eu até agradecia pelo desperdício, pois era o que nos alimentava.

— Sabe onde estão as chaves sobressalentes? — perguntou papai enquanto eu amarrava os cadarços dos tênis.

— Penduradas no lugar de sempre. A farra foi pesada ontem à noite?

— Deixa pra lá. As minhas chaves devem estar por aqui, em algum lugar.

— A gente se vê.

Levantei-me, esperando seu rotineiro resmungo de despedida, mas ele largou a revista e olhou para mim.

— Finn? Está tudo bem com a gente, não é? Entre nós.

Tudo bem? Como poderia estar tudo bem? Eu era um analfabeto funcional que não havia completado o ensino médio, preso a um subemprego que não me levaria a lugar algum, e ele, um zé ninguém que passava os dias escrevendo um roteiro que nunca terminaria e que ninguém leria mesmo se terminasse.

— Claro que está, papai. Preciso ir.

— Até mais.

Fechei a porta atrás de mim, apressei o passo para esquentar e saí correndo.

— Quero o Texas Chicken Special, sem salada nem molho, nada dessas coisas.

— Como? Quer apenas o frango e o pão?

— É.

Ele tinha cerca de um metro e meio de altura e o mesmo diâmetro na altura do abdome. Era fácil entender por quê. Sempre quis saber como pessoas que nem o sr. Esférico conseguem manter as calças no lugar. Será que grampeiam o cinto na barriga? De qualquer modo, sem o molho, o Texas Chicken Special não passava de um pedaço de frango frito entre duas fatias de pão empapadas. Mas não cabia a mim discutir com os fregueses a respeito do nome dos sanduíches. Minha função era apenas vendê-los. E sorrir. E dizer obrigado. "Com simpatia e educação, o dinheiro está na mão!". Andy vivia recitando esse refrão nas palestras motivacionais da franquia, organizadas uma vez por semana. Adorava lemas para levantar o moral e julgava ter o dom de criá-los, embora seus slogans fossem ainda piores do que os encontrados nos vídeos de treinamento de pessoal da rede Max Snax.

Apertei o botão do pedido na caixa registradora e dei o troco para o sr. Esférico. Na cozinha, Jerry embrulhou o sanduíche em papel alumínio enquanto eu enchia um copo de um litro com gelo e xarope gasoso em quantidades iguais, perguntando-me, pela enésima vez, como alguém poderia chamar essa porcaria reciclada de comida. E como acabei sendo obrigado a vendê-la. Pela enésima vez, tentei afastar aqueles pensamentos, mas eles acabavam voltando, como uma franja incômoda que não para de pinicar os olhos. E ainda estávamos numa maldita segunda-feira.

As mãos funcionavam em piloto automático, a cabeça vivia sempre em qualquer lugar menos ali, todo dia a mesma merda, sanduíche, um guardanapo por cliente de acordo com o regulamento, refrigerante, bandeja. Respirei fundo, tentei abrir um sorriso e recitei a benção das lanchonetes de *fast-food*: "Obrigado e bom apetite. Tenha um ótimo dia." O gorducho atarracado resmungou alguma coisa, virou de costas e foi bamboleando até a porta. Virou-se de novo e abriu a porta com a bunda, saindo em uma ensolarada manhã de abril enquanto eu continuava preso atrás daquele balcão sufocante, suando na camisa de poliéster.

— Ei, Maguire! — cochichou Jerry, da cozinha. — Hora de agradecer é hora de se foder.

Não era exatamente um dos slogans oficiais da franquia, mas ele imitava direitinho o tom estridente e histérico dos instrutores. Eu até simpatizava com Jerry. Era quase tolerável, desde que não se tentasse manter uma conversa séria com ele. Nem dava para conversar olho no olho, aliás. Ou ele havia nascido com um grave problema de coluna ou passara tempo demais debruçado sobre a tela do computador se masturbando. Andy não deixava que ele servisse a clientela, insistindo que eu causava uma impressão mais adequada à franquia. Se fosse verdade, era porque corria dez quilômetros por dia e não comia nada do que vendíamos, mas não disse isso a Andy. Ergui o dedo médio para Jerry, que deu uma risadinha e voltou a cuidar das frigideiras.

Mas que idiotice! Como fui me esquecer do circuito fechado de tevê? Andy havia espalhado câmeras por toda a parte, escondidas em pequenas redomas de plástico pretas, a maioria delas apontada para os funcionários, não para os clientes. Era um mistério Andy ter entrado naquele setor do ramo alimentício, já que detestava outras pessoas. Os fregueses, nem tanto, mas transformara o desprezo que sentia por seus funcionários em um trabalho de tempo integral. Por isso passava o dia inteiro no escritório, nos vigiando pelos monitores. Queria se certificar de que não surrupiávamos batatas fritas ou saíamos de fininho para fumar um baseado no banheiro. Mas preferia manter distância, sentado diante dos seis monitores de imagem borrada, à espera de que infringíssemos umas das centenas de "sugestões" que constituíam o código de conduta da Max Snax. Quando isso acontecia, a porta do escritório se abria lentamente e Andy emergia como um nervoso caranguejo-ermitão em busca de alimento no solo oceânico. Naquele instante, como eu temia, a porta se abriu. Eu estava prestes a receber um sermão de três minutos a respeito da conduta adequada para quem lida com a clientela, que não incluía o uso de gestos obscenos para o pessoal da cozinha.

Andy se retirou com dificuldade do escritório. Tinha cerca de trinta e cinco anos e sempre usava camisas e gravatas que considerava apropriadas para o cargo de gerente que ocupava. Seu penteado exercia um fascínio mórbido sobre mim. Cabelos não lhe faltavam, mas o modo como os penteava fazia com que parecesse um senhor de meia-idade a meio caminho da calvície. Tentava esconder sua palidez e as manchas de pele com um bronzeado artificial. Mas não parecia tê-lo adquirido durante caras sessões em câmaras de bronzeamento, e sim por spray. Certo dia, ao vê-lo mais de perto, algo que eu tentava evitar, confirmei minha suspeita. Câmaras de bronzeamento não deixam listras brancas na testa nem manchas alaranjadas no colarinho da camisa.

— Finn... — disse ele, sacudindo-se de um lado para o outro e desviando o olhar.

Não viu o gesto que fiz para o Jerry, pensei. Veio tratar de outro assunto. Provavelmente algum servicinho de merda que não está disposto a fazer por conta própria. Afinal, era para isso que nos pagava o salário mínimo obrigatório.

— Temos um problema com a rotatividade da clientela.

Fiquei olhando para ele, esforçando-me para dar a impressão de estar confuso. Sabia o que ele queria dizer, mas queria ver se Andy conseguia se expressar em inglês coloquial.

— Bem ali — disse ele, apontando o mais discretamente possível para a mesa no canto mais afastado do balcão.

Ela havia chegado no meio da manhã e pedido chocolate quente, que já estava bebericando há quarenta e cinco minutos. Tinha mais ou menos a minha idade e usava o uniforme marrom da Kew School for Girls, embora eu duvidasse que o *piercing* no nariz fizesse parte do traje regulamentar. Havia exagerado no delineador e seus cabelos pretos caíam emaranhados sobre o rosto, mas nada disso escondia o frescor de sua pele branca, sua delicada estrutura óssea e as curvas que nem o uniforme desmazelado conseguia encobrir. Se bem que não fosse tão curvilínea assim. Pelos meus cálculos, estava uns cinco quilos abaixo do peso ideal. Essa era uma das razões pelas quais se destacava na lanchonete. A outra era por ser a única cliente. Era tarde demais para os estudantes que iam tomar o café da manhã e cedo demais para a freguesia habitual do almoço.

— Qual é o problema?

— Ela está bloqueando nossos melhores assentos.

Passei a vista ao redor. Não sabia que tínhamos assentos melhores que outros. Todas as cadeiras de plástico tinham a mesma cor verde berrante, arrumadas ao redor de mesas de um amarelo igualmente berrante, e proporcionavam a mesma vista espetacular do estacionamento da lanchonete, se não levarmos em conta os diversos adesivos grudados nas vidraças, anunciando a mais recente combinação de ervas, temperos, sal, mais sal e as substâncias químicas que revestiam nossos nojentos sanduíches de frango mecanicamente reciclado.

— Mas não tem mais ninguém aqui — ressaltei.

— Porque ela está bloqueando nossos melhores assentos! — vociferou Andy. — E o modo como se comporta... não condiz com a nossa imagem empresarial.

Nas minhas primeiras semanas de trabalho na lanchonete, achava graça do jeito de Andy. Mantinha meu pai em dia com os mais recentes e ridículos jargões empregados por ele. Fazíamos pouco do gerente ao jantar: "Pode me passar o condimento de sódio por cima da plataforma de consumo?". Passados três ou quatro meses, no entanto, comecei a sentir como se estivesse trabalhando na lanchonete há muitos anos, impregnado com o cheiro de gordura, tão lambuzado do molho especial da franquia que suas substâncias químicas pareciam ter me penetrado até os ossos. Quando percebi que o alvo era eu, a piada perdeu a graça.

— Avise que ela tem de fazer outro pedido ou realocar sua freguesia.

— Realocar sua...

— Agora mesmo, Finn, por favor.

Andy disparou de volta ao escritório. Por um instante, suas antenas de caranguejo se agitaram, farejando o ar gorduroso. Depois, entrou e fechou a porta. Eu conseguia imaginá-lo sentando-se em sua cadeira de executivo, forrada de vinil imitando couro, de olho no monitor, aguardando que eu despachasse a cliente indesejada. Devia estar me cronometrando. Dei um suspiro e fui até a mesa.

— Olá.

Ela olhava fixamente para os carros que dobravam a esquina no cruzamento lá fora, como se esperasse que um deles batesse e aliviasse a monotonia de sua manhã. Voltou-se para mim. Seus olhos verdes e vívidos eram quase grandes demais para o rosto em formato de coração. Tentei adivinhar a cor natural de seus cabelos tingidos de preto.

— Deseja mais alguma coisa?

— Não sabia que tinham serviço de garçom — retrucou ela, em tom causal, meio sorridente, quase como se estivesse flertando comigo. Mas era uma atitude forçada.

— E não temos.

— Então, por que a pergunta?

— O gerente quer que você compre alguma coisa.

— Mas eu comprei.

O sorrisinho desapareceu. Ela sabia o que eu ia dizer e estava pronta para a discussão. Não adiantaria nada, sua manhã já estava perdida, mas um bate-boca cumpriria a mesma função de um acidente de carro. Só então senti pena dela.

— Posso trazer outro chocolate de mentirinha?

Ela não entendeu a piada. Ainda bem. Foi patética.

— Não, obrigada. Tem gosto de mijo misturado com sabão.

— Sério? Nunca provei essa mistura.

Suas narinas se dilataram de raiva. Eu também estava com raiva por ter me metido naquela briga infantil a mando de Andy, mas fiquei curioso para saber o que ela usava nos lábios, deixando-os naquele formato e daquela cor.

— Quer dizer que se eu não fizer outro pedido você vai me escorraçar daqui?

— Não, não precisa. Eu pago. Nem precisa beber o chocolate. Assim pode ficar sentada o tempo que quiser.

Ela respirou fundo, olhou de novo para a rua atrás do estacionamento e abriu um sorriso enorme para mim.

— Pensando bem, Finn, você pode me trazer um Max Snack? Um dos maiores, de três camadas?

É claro que ela sabia meu nome. Estava impresso em letras enormes, na fonte festiva da franquia, no crachá que eu trazia pregado no peito. Os clientes nunca prestavam atenção nisso, a não ser na hora de reclamar.

— Completo?

— É, com molho *barbecue* extra, picles e tudo o mais.

— Certo — disse eu, sem me mexer.

— E um refrigerante grande.

— Tudo bem.

— E dá para pôr tudo em uma bandeja? Com um monte de guardanapos?

— Claro.

— E depois será que você podia enfiar tudo no seu rabo?

Fiz que sim.

— Quer uma porção de batatas fritas, também?

— Ah, não enche o saco.

Ela se levantou de supetão, na esperança de que a cadeira ou a mesa saísse voando. Ambas, de preferência. Não sabia que eram aparafusadas no chão. Fez uma careta ao ficar entalada entre elas. Fiz questão de que ela me visse olhando.

— Obrigado por vir ao Max Snax. Tenha um ótimo dia!

Disse isso com a quantidade certa de insinceridade arrogante, abrindo um sorriso pasteurizado, da largura exata preconizada nos vídeos de treinamento. Ela me olhou de cima a baixo com mais desprezo do que eu sentia por mim mesmo, observando as atraentes manchas de suor nas axilas de minha camisa bege de poliéster. Mesmo sentindo um arrepio de vergonha e humilhação ao vê-la partir, tive vontade de ir atrás dela, de tão sedutor era o modo como andava.

A lanchonete ficou vazia de novo. Uma cela vazia de plástico. Ainda que eu estivesse lá, o lugar continuava vazio. Apenas as redomazinhas pretas das câmeras de Andy me vigiavam. Não consegui nem erguer o polegar e abrir um sorriso de vitória. Já esgotara minha dose diária de ironia.

Apanhei um pano úmido e comecei a limpar o balcão, a caixa-registradora, os cardápios, tudo em que batia o olho. Tentei me manter ocupado para controlar o impulso de arrancar aquele uniforme horroroso e sair correndo de cuecas para casa. Hora de descansar é hora de limpar. Hora de agradecer é hora de se foder. Hora de fritar é hora de morrer...

Andy reapareceu, trajando seu blazer com botões de latão e reforço nos cotovelos. Usava-o apenas em três ocasiões: nas manhãs de sexta-feira, durante as sessões de treinamento dos funcionários; ao anunciar o montante de vendas mensal; e ao premiar alguém com um novo pino em seu crachá plastificado.

Trazia o pino na mão.

— Você se comportou de forma exemplar, Finn. Lidou muito bem com o problema.

— De nada, Andy, não precisava.

Ele queria me premiar por escorraçar clientes?

— Deixe de modéstia. Mais três destes e você será um astro da Max Snax. O que significa um aumento de 6% no salário.

Se recusasse, ele descobriria que eu odiava a rede, o próprio Andy, o uniforme e o emprego. O que o levaria a contratar outro fracassado. Mas eu precisava do dinheiro. Não dirigia e mal sabia ler. O que me restava?

— Obrigado, Andy.

Já havia um botão dourado no primeiro buraco do crachá, que todos os funcionários ganhavam simplesmente por aparecer no primeiro dia de serviço. Enfiei o novo no segundo buraquinho. Não doeu mais do que se eu o pregasse na testa.

— Continue assim e logo será dono de sua própria franquia.

O resto do meu turno se passou em uma névoa de gordura. Como sempre, tomei banho e troquei de roupa antes de sair. Era outro motivo pelo qual eu não largava o emprego. Tomar banho em nossa casa era como ser urinado por um velhote com doença na próstata. O chuveiro da lanchonete jorrava uma água escaldante com a força de uma tempestade tropical. Ninguém mais tomava banho no trabalho. Era o único momento que eu tinha só para mim durante o dia.

Agachei-me diante do espelho do banheiro, baixo demais para alguém da minha altura, e penteei os cabelos castanho-claros com os dedos. Sempre usava o cabelo curto, do contrário ele ficava todo espetado. Tentei não olhar para o resto do reflexo. Não que minha aparência me incomodasse. A não ser pelo nariz, quebrado em um treino de boxe, meu rosto não era nada mau, de acordo com papai. Triangular, com um queixo largo que precisava ser barbeado e uma boca meio feminina. Meus dentes eram retos e alinhados. A pele branca estava livre de cravos e espinhas (pelo menos naquela semana). Mas não conseguia encarar aqueles olhos de um azul desbotado que pareciam me perguntar como tinham ido parar ali e se passariam os vinte anos seguintes vendo o mundo por trás do balcão da lanchonete. Não tinha coragem de responder.

Enfiei o uniforme na mochila, planejando lavá-lo em casa, amarrei os cadarços dos tênis e saí correndo pelo estacionamento, desviando-me dos pedestres ao ganhar velocidade. Mantive uma pulsação de 140 batimentos por minuto a caminho de casa.

Os postes da rua se acendiam quando cheguei. Alonguei na calçada enquanto recuperava o fôlego, contente de saber que ainda conseguia encostar a testa nos joelhos. À medida que a pulsação diminuía e a respiração voltava ao normal, comecei a me dar conta de que havia algo errado. A casa estava às escuras, como se papai tivesse saído. Mas ele geralmente ficava escrevendo até eu voltar da lanchonete. Minha chegada era sua desculpa para dar o dia de trabalho por encerrado.

As cortinas já estavam fechadas. Será que chegaram a ser abertas? Vasculhei a mochila em busca das chaves e abri a porta da frente. Antes mesmo de acender a luz, senti que o silêncio não era normal.

— Papai?

Um silêncio profundo, como se a casa estivesse vazia. Mas algo me dizia que não era o caso.

Nossa casa era pequena. A porta da frente dava para a sala de estar. A lâmpada demorou alguns segundos para acender e clarear o recinto. Papai detestava a luz que vinha do teto. Preferia iluminação indireta. Só a usava nas raras vezes em que se dispunha a arrumar a sala. A claridade fria e dura que o incomodava banhou o ambiente. Papai estava sentado à mesa. Não exatamente sentado, mais para esparramado, do jeito que eu o vira duas ou três vezes ao buscá-lo no pub, sempre que outra pessoa pagava as rodadas.

Fiquei parado no batente, tentando entender o que havia de errado naquela cena.

— Papai?

Fazia frio demais na sala. Ele não me ouviu. Ainda estava com os fones de ouvido.

Já o encontrara daquele jeito algumas vezes antes, de manhã cedo, com a cabeça apoiada nos braços. Daquela vez, no entanto, os braços estavam presos embaixo do corpo, formando ângulos estranhos. Ele não respirava. Tive certeza disso antes mesmo que meu cérebro registrasse a massa grudenta de sangue em sua cabeça e o objeto pesado e ensanguentado caído ao lado da cadeira.

Meu pai estava morto. Alguém havia se aproximado por trás dele enquanto ouvia música e batido em sua cabeça com a estatueta de Ator Revelação de 1992. E continuou a bater nele até matá-lo. Papai permanecia de olhos abertos. Seus óculos haviam caído. O sangue que escorria de sua boca empapava a barba e formava uma poça na mesa. Ele estava morto. E a casa, vazia e silenciosa.

DOIS

A parede da sala de interrogatório era azul acinzentada, embora eu não tivesse prestado atenção nisso, mesmo depois de horas olhando para ela, ou coisa do tipo. Repassava mentalmente tudo o que acontecera desde que cheguei em casa. O silêncio mórbido havia sido interrompido por uma sirene distante, que aos poucos aumentara de volume e logo se desdobrou em duas, três, em estridente cacofonia. Eu continuava de pé, com o celular na mão, quando as luzes azuis começaram a piscar pelas frestas das cortinas fechadas, iluminando a sala como lâmpadas de árvores de Natal. Alguém, provavelmente eu, atendeu às batidas insistentes e abriu a porta. Dois guardas enormes, vestindo coletes sobre o uniforme e quepes com a aba quase cobrindo os olhos, pediram que me identificasse.

Nossa rua era estreita e de mão única, mas, ao sair de casa, acompanhado de uma policial, dei de cara com viaturas vindas de ambas as direções, atravancando o tráfego.

Havia tantas luzes piscando que me senti em um show de rock. A atmosfera zunia com a estática das chamadas de rádio. Sob tudo isso, como o murmúrio do mar, ouvi os cochichos dos vizinhos. Espichavam o pescoço por cima da barreira formada pelas viaturas e tiravam fotos com seus celulares, que mais tarde estampariam suas páginas no Facebook. Conhecia a maior parte deles de vista, e imaginava que me conhecessem também, embora não fôssemos amigos. Papai e eu não tínhamos amigos de verdade. Tínhamos apenas um ao outro.

As horas se passaram na delegacia enquanto eu bebericava intermináveis xícaras de um chá oleoso, prestava depoimentos e repetia tudo de novo. Durante todo esse tempo, sentia-me estranhamente calmo, distante, como se o mais importante fosse me expressar com clareza, frieza e lógica, esforçando-me para recordar cada detalhe, mas tomando o cuidado de não encaixar todas as peças do quebra-cabeça nem tentar entender o que sentia. Eu havia entrado em uma casa e encontrado um homem sentado à mesa, com o crânio esmagado. Os policiais, uniformizados e à paisana, iam e vinham, corteses, educados, de fala mansa, solícitos, compreensivos...

Escutei passos se interromperem no corredor. Pisquei para voltar ao presente e me virei a tempo de ver a porta se abrir, dando entrada a dois policiais à paisana. Um deles era bem nutrido e corpulento, o outro, magro e rijo. Foram seguidos por um policial uniformizado, provavelmente um dos que atenderam ao meu chamado, embora fosse difícil distingui-los uns dos outros; todos com os mesmos coletes e o mesmo corte de cabelo. O inspetor mais velho e mais robusto era um cinquentão de pele branca, feições ásperas e cabelos castanhos ralos, que começavam a ficar grisalhos nas têmporas. Seu terno, de aspecto surrado, devia ter sido elegante quando novo, mas estava gasto pelo uso constante. O mais jovem era negro, de pele tão escura que reluzia. Não devia ter mais de trinta anos e raspava a cabeça. Portava-se como um atleta e vestia-se de maneira impecável, com a gravata bem passada e perfeitamente alinhada com o colarinho. Não fosse pela seriedade de sua expressão, poderia ser confundido com um modelo de alta-costura.

— Finn Maguire? — disse o mais velho. — Sou o inspetor Prendergast. Este é o investigador Amobi. Está disposto a responder algumas perguntas? Tentaremos ser breves.

— Claro.

— Queremos repassar o seu depoimento. Deseja algo para comer ou beber? — perguntou Amobi, em um tom de voz convincentemente solícito.

Tinha a voz grossa, com um traço de sotaque africano. Nigeriano, talvez. Abanei a cabeça. Eles puxaram as cadeiras e sentaram-se à mesa, diante de mim.

— Está com frio? — perguntou Amobi, observando meu macacão descartável.

Minhas roupas tinham sido levadas para a perícia assim que cheguei à delegacia.

— Estou bem — respondi.

Na verdade, o recinto estava quente demais, abafado. Diversos suspeitos e vítimas provavelmente se revezaram ali durante o dia, titubeando e choramingando ao contar suas histórias. Era minha vez. A sala não tinha janelas e a única porta dava para um corredor interno. Havia uma saída de ar-condicionado no teto, mas o aparelho devia ser desligado à noite, por economia.

Prendergast não deu bola para a preocupação de Amobi e começou, sem rodeios, o interrogatório.

— Você encontrou o corpo da vítima ao voltar do trabalho e ligou para o serviço de emergência, certo?

— Certo.

O inspetor passou os olhos na prancheta em seu colo. Imaginei que tivesse uma cópia do meu depoimento.

— A vítima era o seu pai?

— Meu padrasto. Casou com a minha mãe quando eu tinha três anos.

— E quanto ao seu pai de verdade, seu pai biológico? — perguntou Prendergast. — Por onde anda?

— Não faço a menor ideia. Nem sei quem é. Meu pai era o meu pai.

Prendergast mordeu o lábio e girou a caneta entre os dedos.

— E a sua mãe? Cadê?

— Em algum lugar dos Estados Unidos. Ela nos abandonou faz uns cinco anos.

— Então você morava sozinho com o seu padrasto?

— Com o meu pai. Sim.

— Alguém mais tinha cópia das chaves? Ou acesso a elas?

— Não. Ele disse que tinha perdido as dele. Ontem à noite.

— Certo — atalhou Prendergast, como se isso não tivesse importância. — Sentiu que havia algo errado antes de entrar em casa? Notou algum sinal de arrombamento, alguma coisa fora do lugar?

— Vi que as cortinas estavam fechadas. Ele sempre as deixava abertas, para clarear o ambiente.

— Estavam abertas quando você saiu de manhã?

— Estavam. Ele abriu as cortinas enquanto eu tomava banho.

Em silêncio, Prendergast fez uma rápida anotação. Amobi olhou de relance para o chefe, com o rosto impassível, mas senti que desconfiava de que Prendergast já havia chegado às suas próprias conclusões.

— Descreva o que você fez durante a manhã, do momento em que acordou até a hora que saiu para o trabalho.

Repeti o que havia dito antes. Não demorou muito. Percebi que Prendergast não fazia nenhuma anotação e se esforçava para não sorrir. Comecei a entender o rumo que as coisas estavam tomando, mas terminei de falar antes que a raiva me dominasse. Amobi permanecia relaxado e atento. Pelo visto, ainda não tomara partido. Prendergast deixou que alguns segundos se passassem. Por fim, Amobi se debruçou na mesa.

— Finn, você deu por falta de alguma coisa?

— Do laptop dele.

— Sabe qual era o modelo?

— Um MacBook. Devia ter uns seis anos.

Amobi anotou lentamente a informação. Papai comprara o laptop de um sujeito em um pub anos atrás. Talvez fosse roubado, mas eu nunca perguntei. Já estava bem surrado quando o comprou, mas servia bem às suas necessidades, que se restringiam a fazer buscas na internet e armazenar seus inúmeros escritos e revisões, e as revisões das revisões.

— Ele devia estar usando o laptop quando... quando foi atacado. Ouvindo música. Sempre ouvia música enquanto trabalhava. Não deve ter escutado nada.

Prendergast acenou com a cabeça, como se o que eu disse fizesse sentido. Amobi notou quando franzi a testa.

— O que foi?

— Os papéis dele também sumiram — respondi. — Ele escrevia à mão antes de passar tudo para o computador. Tinha um monte de folhas impressas e recortes de jornal. O assassino deve ter levado a papelada junto.

— Encontramos outro laptop no andar de cima — disse Prendergast.

— Se for um Dell velho, é meu.

— Por que você acha que o suposto invasor não levou o seu laptop também?

Suposto invasor. Dei de ombros.

— Por ser uma porcaria, quem sabe.

— Tinham dinheiro guardado em casa? Alguma coisa de valor?

Amobi fazia suas próprias anotações por extenso, sem pressa. Dei uma olhada em sua caligrafia. Muito elegante.

— Não, nada. Não sei se deu para notar, mas não somos ricos.

— Havia algo na casa que pudesse atrair a atenção de um ladrão? — perguntou Prendergast.

— Como o quê, por exemplo?

— Drogas.

Prendergast havia se recostado na cadeira, com as mãos cruzadas sobre a barriga, dando a impressão de já ter ouvido a mesma história centenas de vezes. Sua postura de falso relaxamento era tão ameaçadora quanto se ele houvesse estalado os nós dos dedos de forma teatral.

— Não.

— O suposto invasor teria alguma razão para achar que sim?

— Por que não pergunta para ele quando o encontrar?

— Quem sabe a gente já não o encontrou?

O sorriso afetado de Prendergast dera lugar à raiva e à indignação, como se alguém houvesse matado *seu* pai e estivesse tentando lhe passar a perna.

Amobi pigarreou e se intrometeu na conversa.

— Acho melhor fazermos uma pausa. Tem certeza de que não quer nada para comer, Finn?

— Não, obrigado — respondi, sem tirar o olho de Prendergast, que já estava com o sorrisinho de volta.

Amobi se levantou, empurrando a cadeira. Passado algum tempo, Prendergast o imitou, erguendo-se com dificuldade. Estava acima do peso e fora de forma. O modo como vivia mexendo na caneta indicava que seus dedos só eram felizes segurando um cigarro. Mas era um homenzarrão e dava para sentir a perigosa corrente de amargura e raiva que se agitava sob os músculos flácidos.

Os dois saíram da sala, deixando o policial uniformizado para trás, que se sentou, sem dizer nada. O que, para mim, foi ótimo. Não estava a fim de conversa. Ainda tentava entender o que vira; a cena na sala de estar, meu pai caído sobre a mesa, seus fones de ouvido ligados ao nada, sem vestígios do laptop ou de sua papelada. O computador não valia um centavo, entretanto um viciado poderia pensar o contrário. Mas como um viciado teria entrado em casa e se aproximado de meu pai sem que ele percebesse, mesmo estando com os fones de ouvido? E que interesse um viciado teria naqueles manuscritos e nos amarelados recortes de jornal?

Certa vez, meu pai mencionou um escritor que havia conhecido na Irlanda do Norte, cujas histórias sobre protestantes extremistas lhe renderam balas enviadas pelo correio e ameaças de morte por telefone. Acabou sendo obrigado a fugir para a Inglaterra, morar em um endereço desconhecido.

— Sou patético — dissera papai. — Por um instante, senti inveja daquele pobre coitado. Pelo menos alguém ligava para o que ele escrevia.

Será que foi isso que aconteceu com meu pai? Teria irritado alguém com seus escritos? Foi por isso que levaram suas anotações e o laptop? Eu nem sabia que história ele estava escrevendo. Mudava tanto que eu já não ligava mais. No começo, era sobre um sujeito no programa de proteção a testemunhas, depois, virou um melodrama policial e, mais tarde, um drama sobre banqueiros e políticos corruptos...

Sem o laptop, como eu ia descobrir? Sabia que ele armazenava tudo em um *pen drive*, mas o dispositivo vivia enfiado no laptop e devia ter ido junto.

A porta se abriu de novo, de supetão, e Prendergast entrou carregando uma pasta. Ficou parado, olhando para mim, depois gesticulou com o polegar para o policial.

— Café com leite, sem açúcar. E você? — perguntou para mim.

Abanei a cabeça. O policial hesitou. Prendergast o fuzilou com os olhos.

— Sem pressa, fui claro?

O policial saiu da sala, relutante, e Prendergast fechou a porta. Respirou fundo ao tirar o paletó e pendurá-lo no encosto da cadeira antes de se sentar, pesarosamente. Seus olhos verdes acinzentados estavam avermelhados. Eram os olhos de alguém cujo passar dos anos diluiu o senso de humor em cinismo.

— Então, qual foi o motivo?

— O motivo de quê?

— Da briga que teve com o seu padrasto.

— Não tivemos briga nenhuma.

— Conta outra. Você não passa de um adolescente de merda. E todo adolescente adora se meter em confusão. Foi por causa das drogas? Ele descobriu que você estava traficando de novo?

— Não sou traficante.

— Não me venha com essa, Finn. Passou três meses no reformatório e foi expulso da escola. Está tudo aqui na sua ficha — disse ele, batendo com o dedo na pasta. — Pelo visto, não ia bem nos estudos. Foi reprovado em todas as matérias. Não é à toa que começou a vender drogas. Como é que ia se sustentar?

Eu não disse nada. Não havia nada a dizer. Prendergast abriu a pasta e fingiu ler seu conteúdo.

— Foi diagnosticado como disléxico. Do grego, burro pra caralho.

Será que ele estava se achando original? Eu já havia perdido as contas de quantas vezes ouvira provocações idiotas como aquela.

— Tenho emprego. Trabalho na franquia da Max Snax em Ealing Road.

— É, eu sei, vendendo hambúrgueres. Um emprego de fachada, não é? Por baixo do balcão, você vende outras coisas para os fregueses e depois os deseja um ótimo dia, acertei?

Deixei que tagarelasse. O sorrisinho voltara.

— Não existe *invasor* nenhum, existe? O seu padrasto lhe deu um ultimato: ou parava de vender drogas ou dava o fora da casa dele. Você foi dormir pensando nisso. Casa dele? A casa podia ser minha. Só preciso me livrar do velho. Aí apanhou aquele troféu de boliche, ou seja lá o que for, e bateu na cabeça dele diversas vezes. Depois, deixou o corpo lá, com o cérebro escorrendo pela ferida, e foi correndo até a lanchonete, onde passou o dia servindo gororoba acompanhada de uma porção de crack, como se nada tivesse acontecido. Quando seu turno acabou, voltou para casa, entrou e ligou do celular, choramingando: *Alguém matou o papai.* — Prendergast imitou a voz de um garotinho perdido. — Mas eu ouvi a chamada. Você estava calmo e controlado. Não estava transtornado nem surpreso. Justamente porque não estava nem aí. Tinha acabado de ganhar na loteria.

O pior de tudo é que, pelo menos nisso, ele tinha razão. O que eu senti na hora foi... nada. Talvez estivesse em choque, talvez continuasse em choque, talvez ainda não houvesse caído a ficha de que meu pai havia sido assassinado. Eu sentia apenas... o quê? Curiosidade? Continuava mais preocupado com o "como" e o "por que" do que com o fato de que meu pai estava morto. Porém, quando olhei para Prendergast não faltaram sentimentos: raiva, impotência, a impressão de que eu estava falando embaixo d'água, morrendo afogado, e ninguém me escutava. E a frustrante sensação de que tudo conspirava contra mim, que os policiais não davam a mínima para a verdade. Queriam apenas aumentar o índice de crimes resolvidos.

Muitos anos antes, quando estávamos realmente na pior, comecei a perambular pelas ruas com meia-dúzia de marginais sem futuro que nem eu, sempre dispostos a arrumar confusão. Certa noite, descobrimos um estoque de cocaína e cloridato de cetamina abandonado em um parque. Como o moleque idiota de catorze anos que eu era, levei as drogas para vender na escola. Um aluno mais velho, que fazia algum tempo havia tentado me intimidar e levara um soco em troca, me delatou. A polícia chegou, e um filho da puta gordo e arrogante, igualzinho a esse Prendergast, resolveu me usar como exemplo para outros moleques insolentes que saíam dos conformes.

O colégio não hesitou em me expulsar. Eu já estava na lista negra. Minha condenação por tráfico de drogas acabou de vez com as poucas chances de futuro que me restavam. Meu último ano letivo foi em uma espelunca com detectores de metal nas portas, uma linha direta com a delegacia e um berçário para os filhos de estudantes que mal haviam entrado na adolescência. O tipo de lugar onde saber ler já era lucro. Larguei a escola antes de completar dezessete anos. Ninguém tentou me fazer mudar de ideia.

— Noventa por cento das vezes, quem alega ter encontrado um corpo é o próprio criminoso — disse Prendergast. — É como se você tivesse assinado uma confissão com o sangue do seu padrasto. Vamos acabar descobrindo a verdade. É questão de tempo. Por isso, me poupe do chororô, ok?

— O senhor entendeu tudo errado — retruquei. — Não houve discussão. Matei o meu padrasto porque não aguentava mais olhar para a cara dele. Usei dois pares de luva e uma máscara para não deixar meu DNA na arma. Troquei de roupa e enfiei as peças manchadas de sangue junto com um tijolo em um saco plástico, que joguei no rio a caminho do trabalho. Vocês não vão encontrá-lo. Nem vão encontrar provas materiais na cena do crime. Daqui a uma ou duas horas, vão ser obrigados a me deixar voltar para casa, porque tudo o que acabei de dizer não pode ser usado contra mim. O senhor não leu os meus direitos, não me ofereceu um advogado e está me interrogando sem a presença de outro policial, assistente social ou responsável. Quando um deles chegar, quem sabe eu diga que o senhor enfiou a mão dentro das minhas calças. É, sou disléxico, sim, mas não sou eu quem é burro pra caralho aqui.

Prendergast tentou sorrir de novo. Sob os vasos capilares dilatados de suas faces, no entanto, os maxilares estavam cerrados. Ele desejara arrancar rapidamente uma confissão e resolver o caso. Tinha mais o que fazer. Era esquentado demais para aquela profissão. Preparei-me para levar um soco. Ele era um policial à moda antiga. Seria até bom que tentasse. Eu bem que precisava de um treino. Na pior das hipóteses, acertaria um soco de volta e tiraria seu nariz do lugar.

Não sei quem foi salvo pelo gongo — eu, ele ou ambos — quando a porta se abriu.

— Chefe — chamou Amobi, parado no vão da porta.

Prendergast fingiu não ter ouvido e continuou a me encarar, furioso.

— Inspetor Prendergast. Preciso falar com o senhor.

Prendergast bufou e se levantou, empurrando a cadeira. O policial uniformizado voltou, sem trazer o café, e sentou-se na cadeira de canto, sem cruzar o olhar com o meu. A conversa no corredor foi tensa, em voz baixa. Não entendi o que diziam, mas dava para imaginar. O meticuloso investigador Amobi tentava ser respeitoso ao censurar o chefe por ter ignorado todas as regras de conduta e posto em risco a investigação de um homicídio.

Prendergast retrucava em voz um pouco mais alta, com rispidez, economizando as palavras.

Amobi demorou a voltar. Fiquei sentado enquanto os ponteiros do relógio se moviam lentamente, pensando em meu pai e me perguntando por que ele havia sido assassinado. Duvidava de que viesse a saber. Algo me dizia que os policiais não dariam prioridade ao caso. É verdade que gostam de solucionar crimes, mas, a não ser que a imagem do departamento se beneficiasse com isso, ou que a vítima fosse uma criança ou uma mulher bonita, deixariam o caso aberto até que fosse enterrado de vez sob uma pilha de outros mais relevantes. Mesmo que eu fosse o principal suspeito, havia poucas provas materiais na cena do crime, e Prendergast dera um jeito de esculhambar o caso antes que a investigação sequer começasse. Seus superiores adorariam jogar um balde de água fria nessa história.

Amobi entrou, esforçando-se ao máximo para parecer despreocupado, como se não houvesse acabado de pegar o chefe em flagrante fazendo xixi na piscina.

— Finn, não temos mais perguntas, por enquanto. Tem alguém com quem passar a noite? Um parente ou um amigo da família?

Abanei a cabeça.

— Não. Posso ir para casa?

— Ainda é a cena de um crime. Mas vou perguntar. Espere aqui, por favor.

Assim que ele saiu da sala, notei que minha cabeça girava. Eu estava cansado, exausto de verdade, suando naquele ridículo macacão descartável. Sentia fome e enjoo ao mesmo tempo. Não sabia se ainda era noite ou se já amanhecera. Só queria ir para casa e cair na cama.

Amobi voltou.

— Se realmente quiser ir para casa, não tem problema. Os peritos já terminaram de processar a cena. A equipe de limpeza também foi liberada. Vou pedir aos policiais que lhe deem uma carona.

— Obrigado.

Amobi esfregou o nariz entre os dedos, pensando em como formular a pergunta que estava morrendo de vontade de fazer.

— Finn, o inspetor Prendergast disse que você fez certas alegações quando estava sozinho com ele. A respeito do incidente. É verdade?

— Não matei o meu pai. Estava zoando ele.

— Certo. Mas fique sabendo que o inspetor Prendergast não tem muito senso de humor. Daqui para frente, você...

— Posso ir para casa agora? — atalhei.

Ainda era noite. Madrugada, na verdade. Chovera. A luz amarelada dos postes se refletia no asfalto, nos carros estacionados, nas fachadas apagadas das lojas. Sentei-me no banco traseiro de uma viatura, tentando não pensar no que me levara até ali e evitando olhar na direção dos policiais uniformizados nos bancos da frente. Permaneceram em silêncio durante o trajeto, sem puxar assunto comigo. Será que estavam tão exaustos quanto eu? Seria aquele seu modo de demonstrar consideração com o filho de uma vítima de homicídio? Ou simplesmente não se sentiam dispostos a bater papo com um marginal que afundara o crânio do pai e saíra livre da delegacia algumas horas depois? Fiquei curioso, mas estava abalado demais para me preocupar com isso.

Aguardaram que eu abrisse a porta com a chave que encontraram no bolso das minhas calças jeans, que ficaram no laboratório para análise. Assim que fechei a porta, escutei o ronco do motor e a viatura cantando os pneus pelas poças d'água. Silêncio. Estendi a mão e acendi a luz, como havia feito algumas horas antes. Não havia mais um corpo esparramado na mesa, apenas um leve aroma de desinfetante. Fora isso, o único sinal da passagem de estranhos eram as marcas deixadas na poeira quando arrastaram a mobília. Olhando melhor, dava para ver que os móveis não estavam exatamente no lugar, como se alguém tivesse tentado redecorar a sala. Mas eu estava cansado demais para pensar nisso. Deixei a luz acesa e arrastei os pés pelos degraus, ouvindo meu ridículo traje de papel farfalhar. Meu quarto havia sido revistado, também. Estava arrumado demais. Tirei os tênis cinzentos que os policiais me emprestaram, arranquei o macacão de papel, desabei na cama e fechei os olhos.

Acordei no meio da manhã com fracos raios de sol batendo no rosto. Não me lembrava de meus sonhos, nem sequer se havia sonhado. A primeira coisa que me veio à cabeça é que estava atrasado para o trabalho. Atrasadíssimo. O despertador não devia ter tocado. Mas logo me lembrei de que tocara, sim, eu é que o desliguei e voltei a dormir, sem ter realmente acordado. Depois me lembrei de tudo. Fiquei deitado na cama, fitando as rachaduras no teto, tentando sentir alguma coisa. Será que a parte de mim que devia sentir a esperada tristeza não acreditava que ele estivesse morto? O resto de mim acreditava. Tantos pensamentos se acumulavam em minha mente que eu não conseguia pô-los em ordem.

Será que devia ir trabalhar? A polícia ainda estava com as roupas que eu usara na véspera e o uniforme que levara para lavar em casa. Havia uniformes sobressalentes no escritório de Andy, mas ele descontava do salário de quem precisasse deles. Um desconto tão grande que saía mais barato comprar um novo, e ele jamais permitiria que eu o lavasse e devolvesse.

Ah, foda-se, eu não ia trabalhar. Alguém matara meu pai na véspera, naquela casa. Ao mesmo tempo, uma vozinha em minha cabeça disse: *E daí? Não foi você que morreu.* Deixei que ela falasse. Talvez tivesse algo útil a dizer. *Você está deitado na cama, sentindo-se bem-disposto, calmo, não está em choque. Na verdade, está com um pouco de fome, por isso devia ir preparar o café da manhã. De que adianta ficar choramingando pelos cantos? Isso não leva a nada. Está apenas sentindo pena de si mesmo, e isso não combina com você.* A voz tinha razão. Eu não era de sentir pena de mim mesmo. Do contrário, não faria outra coisa na vida.

— Será que ligo para avisar? — perguntei à voz.

Por quê? O que vai dizer ao Andy? "Alguém matou o meu pai, por isso vou tirar o dia de folga"? Ligue depois, se quiser. Você tem coisas mais importantes com o que se preocupar, agora.

Verdade. Os pensamentos e as preocupações se acotovelavam em minha mente como passageiros no metrô na hora do *rush*. Onde estava o corpo dele? Quando o receberia de volta? Quem ia providenciar o enterro? Com quem eu podia contar?

Quem diabos tinha matado meu pai? E por quê? Devia ter algo a ver com o roteiro, do contrário não teriam levado seu *laptop*. O que será que ele tinha descoberto? Com quem andara conversando? Estava meio bêbado quando chegara em casa, no domingo à noite. E feliz. Do jeito que ficava quando tinha uma oportunidade de falar de si mesmo e de como quase construíra uma carreira. Gabava-se de seu fracasso como se fosse uma medalha de honra. Ou então fazia pouco de si mesmo. De vez em quando, angariava a simpatia de alguém, que lhe pagava algumas rodadas. Mas em que bar ele tinha ido beber? Havia dezenas deles nos arredores. Além disso, ele podia ter pegado um ônibus, se achasse que não seria bem recebido nos estabelecimentos locais.

Talvez a explicação fosse mais simples. Talvez um viciado tivesse ouvido falar do que eu costumava vender e resolvido arriscar. Talvez eu não tivesse trancado a porta ao sair para o trabalho.

Alto lá. Estiquei as pernas para fora da cama e fiquei sentado, franzindo a testa, tentando pôr as ideias em ordem. Meu pai havia perdido as chaves na véspera de ser assassinado por alguém que entrara em casa enquanto ele trabalhava. Será que havia realmente perdido as chaves ou alguém as surrupiara? Sobre o que era seu roteiro? Eu precisava ler o último rascunho, pelo menos. A polícia não parecia interessada em seguir essa linha de investigação. Se tivessem perguntado, eu diria que meu pai fazia cópia de tudo, religiosamente. Havia perdido metade de um romance que tentara escrever, anos atrás, devido a uma pane no disco rígido. Desde então, passara a usar um HD externo e depois *pen drives* pela maior praticidade. O dispositivo tinha sido levado junto com o *laptop*, mas papai armazenava seus dados no AnyDocs, também, um servidor de e-mail e hospedagem gratuito. Eu sabia seu nome de usuário, mas não qual era sua senha. Nunca tive sequer curiosidade de perguntar.

Merda. Eu sabia que não seria alguma bobagem como "senha" ou "1234". Papai tinha verdadeira paranoia de que alguém lhe roubasse as ideias. Não anotava nenhuma de suas senhas. Dizia que a boa memória era tudo o que lhe restava de seus tempos de ator. Eu nunca a adivinharia, nem em um milhão de anos.

Ajoelhei-me no chão e olhei embaixo da cama.

Meu *laptop* não estava lá. Os peritos certamente estariam vasculhando o HD em busca de provas. Naquele instante, Prendergast devia estar procurando recibos de vendas de cocaína ou maconha. Quem sabe até um texto em meu blog sobre como matar o próprio pai e escapar impune.

A campainha tocou. Ou melhor, zumbiu. Estava tão velha que apenas estremecia a parede. Desencavei outras calças jeans e uma camiseta razoavelmente limpa e desci a escada para abrir a porta. Imaginei que fosse Prendergast, algum dos vizinhos ou o carteiro com uma encomenda registrada.

Mas estava errado. Era uma ruiva de quase quarenta anos, eu chutaria. Bem bonitinha, até, com dentes brancos e bem alinhados, mas com uma expressão ligeiramente tensa, como se estivesse prestes a se meter em confusão. Suas roupas eram mais confortáveis do que bonitas: uma capa de chuva prática, porém deselegante, suéter verde, calças cinza, algumas joias e uma sacola de couro pendurada no ombro em vez de uma bolsa. Abriu um sorriso ensaiado para mim e mostrou uma carteira de assistente social. Na foto do documento, dava a impressão de estar com medo da câmera. Ao vivo, porém, transmitia serenidade e competência.

— Finn Maguire? Meu nome é Elsa Kendrick, assistente social. Ficamos sabendo do que aconteceu e queríamos nos certificar de que está tudo bem com você. É uma boa hora para conversarmos?

Dei um passo para trás e abri a porta.

— Claro, pode entrar.

Ela passou os olhos na sala com profissionalismo. Seu sorriso adquiriu um traço de tristeza e simpatia. A mulher era boa no que fazia. Muito convincente.

— Lamento muito pelo que aconteceu. Como está se sentindo?

— Bem, eu acho. Desculpe, me esqueci de perguntar se aceita alguma coisa?

— Só se você me acompanhar.

— Eu estava indo fazer café...

Era um roteiro que ela devia estar acostumada a seguir. Consolar um parente da vítima enquanto a pessoa se mantinha ocupada, distraída na rotina do dia a dia. Pus água para ferver e apanhei duas xícaras. A louça estava limpa. Papai gostava da cozinha arrumada, mesmo que a mesa de jantar em que trabalhava parecesse o palco de um desastre.

— Você parece estar lidando bem com as circunstâncias — disse ela.

Não sabia se era seu modo de puxar conversa ou uma avaliação profissional. Ela adivinhou meu pensamento.

— Você tem dezessete anos, não é? Pelo que sei, o seu pai não tinha uma profissão.

— É. Quer dizer, não. Ele era ator.

Como se isso bastasse. Mas ela pareceu aceitar a resposta e assentiu, de cabeça baixa.

— Como vai se virar agora? Morando sozinho, quer dizer?

— Não sei. Vou dar um jeito.

— E *você*, está empregado?

— Trabalho na Max Snax da Ealing Road.

— Como gerente ou atendente?

Achei graça.

— Gerente? Até parece! Sou atendente. E já devia estar lá.

Despejei a água quente nas xícaras e mexi o café instantâneo.

— Com certeza, eles vão ser compreensivos. Afinal de contas, você acabou de perder o pai.

— Ainda não os avisei.

Ela assentiu de novo. Esperei que fosse se oferecer para ligar por mim, mas não. Fiquei ligeiramente irritado. Ela ia servir para alguma coisa ou tinha ido me visitar apenas para fazer cara de triste e tomar café? Ela nem ao menos fazia anotações.

— E os parentes do seu pai? Já deu a notícia para eles?

— Meu pai não tinha família. Só um irmão, que mora na China ou na Tailândia, eu acho. Os pais dele morreram em um acidente de carro sete anos atrás.

Ofereci uma xícara para ela.

— Obrigada. E quanto à sua mãe? Quer dizer, a ex--mulher dele?

— O que tem?

— Já contou para ela? Ela já... entrou em contato? Você sabe como entrar em contato com ela... não sabe?

— Não. Na verdade, não.

— Entendo.

Ela bebericava o café como se estivesse quente demais. Voltamos à sala de estar.

— A minha mãe nos abandonou faz muito tempo. Não tivemos notícia dela desde então. Ela não se importava com a gente na época e não teria porque começar a se importar agora. Papai e eu cuidávamos muito bem um do outro.

O que não era verdade, pelo menos nos últimos anos, quando era mais eu quem cuidava dele.

— Entendo.

De repente, a preocupação e a simpatia deram lugar à praticidade e ao profissionalismo. Ela largou a xícara na mesa e apanhou a sacola que deixara em uma das poltronas, perto da televisão.

— Trouxe alguns panfletos que podem ser úteis para você. Têm o número de terapeutas especializados em lidar com pessoas enlutadas e de serviços de atendimento a vítimas. Também possuímos um departamento voltado para cuidadores. Não que você precise dos cuidados de alguém... — titubeou ela, enrubescendo com a gafe e mesmo assim emendou. — Mas têm detalhes sobre alguns benefícios que você pode requerer e os números de contato da Assistência Social.

Os panfletos aparentavam ter passado por muitas mãos. A sacola era grande demais para a quantidade de papeis. Quando passei a vista neles, as letras dançaram seu tango costumeiro. Decifraria as palavras mais tarde.

— E se eu precisar entrar em contato com a senhora? Vai me ajudar no meu caso?

— Ah, não, só vim fazer uma avaliação informal, ver se seria preciso alguma intervenção. Mas você parece ter tudo sob controle. Obrigada pelo café — disse ela, apanhando a capa e a pasta como se subitamente estivesse com pressa. — Tenho outras visitas para fazer. Se tiver alguma dúvida ou precisar de alguma coisa, ligue para nós.

— E peço para falar com a senhora? Com Elsa Kendrick?

— Passo o dia na rua, mas pode deixar um recado.

Acompanhei-a até a porta da frente. Ela se atrapalhou com o trinco e abriu um sorriso amarelo quando finalmente conseguiu abrir a porta.

— Tudo de bom para você. Mais uma vez, meus sentimentos pelo seu pai. Ouvi falar que era um bom homem.

Ela saiu e fechou a porta de mansinho. Escutei seus passos se afastarem rapidamente. Voltei para a cozinha, achei duas fatias de pão, certifiquei-me de que não estavam mofadas e as enfiei na torradeira.

A visita tinha sido rápida e tranquila. Eu estava acostumado a receber assistentes sociais. Foram tantos que desisti de decorar seus nomes. Nenhum deles me visitava mais que uma única vez. Davam a impressão de estarem sempre exaustos e na correria. Viviam consultando seus formulários e me confundiam com um delinquente que morava a duas quadras daqui. Kendrick nem precisara abrir a pasta. Sabia tudo sobre mim, meu pai e como vivíamos. Apareceu no dia seguinte ao assassinato. A maioria dos assistentes sociais que conheci anteriormente estava sempre seis meses atrasada. Talvez ela fosse uma criatura mitológica, uma assistente social que conseguia fazer bem o seu trabalho. Não acreditava que isso existisse. Mas o documento que apresentou era genuíno. Sou disléxico, não cego.

No entanto... ela não havia sido muito prestativa. Perguntou mais do que respondeu e saiu apressada. Seus folhetos não me ajudariam a pagar as contas, que ainda estavam em nome do meu pai. Talvez eu não precisasse me preocupar com isso, desde que elas fossem pagas em dia. E a renda dos direitos autorais? Não era com ela que papai pagava as parcelas do financiamento da casa? O financiamento... A quem pertencia a casa, agora? A mim ou ao banco? Eu nem sabia em que banco meu pai tinha conta.

As torradas haviam saltado enquanto eu não estava olhando e já haviam começado a esfriar. Deixei para me preocupar depois. Tinha de clarear as ideias, descobrir o que fazer.

Senti o ar fresco e úmido do fim da manhã, mas não demorei muito a sentir a ardência familiar nos pulmões. Corria pelo ramal para reboque do rio Tâmisa a oitenta por cento de minha velocidade máxima. Preferia correr às quatro ou cinco da manhã, quando realmente podia me soltar sem me preocupar em colidir com outros corredores ou com gente passeando com o cachorro. Mas o ramal estava deserto àquela hora, a não ser por um ciclista ou outro. Desviava dos que vinham em minha direção e tentava ultrapassar os que iam à minha frente, em parte pelo desafio, em parte porque ficavam putos da vida quando eu conseguia.

No começo, a corrida era apenas parte do meu treinamento na academia de boxe em que meu pai me matriculara. Depois, tornou-se uma finalidade por si só. Eu gostava de boxe. E levava jeito. Um palhaço qualquer me apelidou de Maguire, o Triturador. Depois de um ano e pouco treinando, a maior parte dos lutadores em minha categoria começou a me evitar. Foi então que Delroy adoeceu e a academia fechou as portas. A princípio, temporariamente, mas nunca mais reabriu, obrigando-me a treinar por conta própria. Correr era o meu exercício favorito. Sozinho, com o vento batendo no rosto, a ardência no peito e a pulsação do sangue no ouvido. Meu pai havia tentado me acompanhar. Dizia que jamais me pediria para fazer algo que ele próprio não estivesse disposto a tentar. Mas logo desistiu. Não conseguia manter o ritmo. Ainda bem. Eu sempre buscava me superar.

Foi o boxe que me colocou na linha. A clareza do esporte, o foco. A sensação de viver o momento. Basta um mínimo de desatenção para ser nocauteado. Logo aprendíamos que, por maior e mais forte que você seja, sempre haverá alguém ainda maior e mais forte que você, o que nos ensinava a pensar além da luta. Matricular-me na academia foi a melhor ideia que meu pai teve na vida.

Dei meia-volta ao chegar à ponte seguinte. Olhei para o relógio e vi que estava quinze segundos acima da minha melhor marca. Redobrei o esforço.

Meu pai havia se matriculado em todos os cursos que podia pagar e lido todos os livros da biblioteca pública que se propunham a ensinar como criar os filhos com rigor e firmeza, essa baboseira toda. Ele sabia que eu vivia zangado, que estava fora de controle, e sabia a razão. Só queria ajudar. Mas não podia fazer mais por mim do que eu mesmo. Transformei sua vida em um purgatório: as altercações no colégio, a vadiagem, a delinquência, a tentativa patética de me tornar um traficante. Ele ficou ao meu lado. Foi ao tribunal e tentou persuadir quem lhe desse ouvidos de que eu era um bom garoto, apesar das provas dizerem o contrário. De certo modo, sempre esteve ao meu lado, mesmo quando eu era culpado como o diabo. Nunca me culpou. Sequer culpou minha mãe por nos deixar, embora não precisasse ser Freud para entender que foi por causa disso que comecei a sair dos trilhos. O coração quer o ele quer, dizia ele, fungando. Jamais admitiu que o coração dela não o desejava mais. Nem a mim.

Passei pela Kew Bridge, vinte segundos abaixo da minha melhor marca. Agora, sim. Segui pelo ramal até que ele se confundisse com as ruas da zona residencial restaurada à margem do rio. Cruzei a High Road e dobrei a esquina em minha rua, tentando manter o ritmo até o último minuto para neutralizar a dor causada pelo acúmulo de ácido lático nos músculos da panturrilha.

Papai fez de tudo para que eu não odiasse minha mãe. Em vão. Eu queria que a odiasse tanto quanto eu. Também foi em vão. Sempre foi apaixonado por ela, mesmo depois que ela nos deixou. Certa vez, eu me escondi atrás da porta do quarto de casal para dar um susto neles, mas os dois começaram a cantar sua canção preferida, "Sweet Thames flows softly", sobre um casal cujo romance desabrocha e murcha ao longo do Tâmisa. Percebi a alegria e o afeto na voz de papai e saí de mansinho, sem que eles soubessem que os havia escutado. A canção certamente o fazia se lembrar dela, mas, mesmo assim, ele a cantarolava sempre que ligava o *laptop*.

Cheguei perto de casa e gastei minhas reservas de energia acelerando ainda mais, correndo no meio da rua.

Um sujeito corpulento, de terno amassado, estava encostado em um carro diante de minha casa, olhando para ela enquanto fumava. Prendergast.

Pareceu surpreso e ligeiramente alarmado ao me ver correndo em sua direção. Assim que me reconheceu, relaxou, jogou o cigarro no chão e o apagou com a sola do sapato. Parei ao seu lado, arfante, e comecei a alongar enquanto minha pulsação voltava ao normal. O suor escorria formando manchas acinzentadas no meio-fio.

— Vida que segue, não é mesmo? — disse Prendergast. — Segundo as estatísticas, os parentes de vítimas de assassinato passam dias atordoados, às vezes semanas. Ficam sentados com o olhar perdido no espaço, se esquecem de tomar banho, se esquecem de comer, não conseguem dormir de jeito nenhum. Você não me parece tão abatido.

— Não sou uma estatística — retruquei com rispidez, sem vontade de gastar o fôlego com ele.

— Vai gostar de saber que estamos fazendo progresso na investigação. Rastreamos os passos do seu pai na véspera do assassinato. E os seus, também. Aliás, o seu gerente na Max Snax que saber por onde você anda. Eu o pus a par da situação.

Prendergast abriu o sorrisinho amargo de sempre. Sua conversa com Andy deve ter sido imperdível. Jargões policiais contra jargões empresarias. Um encontro de mentes nada brilhantes.

— A polícia já tem algum suspeito em vista? — perguntei enquanto dobrava as pernas, uma de cada vez, tentando encostar os joelhos na testa.

— O seu pai passou a última noite bebendo no Weaver's Arms, na Griffin Road. Só foi embora quando o pub fechou. Testemunhas viram quando dobrou a esquina desta rua, cantando baixinho. Depois disso... a última pessoa a vê-lo com vida foi você.

— Alguém entrou em casa de manhã, depois que saí para o trabalho usando as chaves que ele perdeu. Ou que foram roubadas.

— Não achamos nenhum vestígio de DNA de outras pessoas na casa. Nem impressões digitais. A não ser as do seu pai. E as suas.

— Eu moro aqui. É óbvio que iam encontrar as minhas digitais e o meu DNA.

— Ninguém foi visto entrando nem saindo da casa. A não ser você, na manhã seguinte. Correndo.

— Eu sempre corro.

Prendergast abriu ainda mais o sorriso.

— Engraçado. Está cheio de marginais por aí que se acham especialistas em criminalística só por assistirem a séries de TV que tratam do assunto. Mas a vida real não funciona assim. É mais bagunçada, menos dramática, mais previsível. O assassino vai acabar enchendo a cara ou ficando doidão e dará com a língua nos dentes. E a pessoa para quem ele contar a história vai contar para outra. Quando chegar aos nossos ouvidos, é o fim. Às vezes, nem leva tanto tempo assim. O culpado entra na delegacia e confessa. Principalmente se não tiver amigos de verdade nem ninguém em quem confiar. De um jeito ou de outro, a verdade sempre prevalece.

— Desde quando você dá a mínima para a verdade? Chega a uma conclusão e escolhe as provas que confirmam a sua teoria. Assim dá menos trabalho.

— Ah, é? Mas você tem passagem pela polícia, não tem?

Já estava de saco cheio daquele sorriso.

— Quando vou receber o corpo do meu pai de volta? Gostaria de enterrá-lo o mais cedo possível.

— O juiz de instrução vai pedir uma autópsia — retrucou Prendergast. — Amanhã ou depois, vai abrir um inquérito e decidir quando liberar o corpo.

— Posso estar presente ao inquérito?

— Um policial entrará em contato com você para tratar dos detalhes. Faz parte da burocracia.

Prendergast sorriu de novo e tirou alguns papéis dobrados do bolso interno do paletó.

— Assine aqui — disse ele, entregando-me os papéis junto a uma caneta retrátil barata.

Desdobrei-os e passei os olhos neles. Prendergast deu um suspiro e desviou o olhar, irritado.

— Vá em frente. Leia tudo antes de assinar. Não tenho nada melhor para fazer.

— O que é isto?

— Uma lista dos itens retirados da sua casa como parte da investigação — explicou Prendergast. — Precisamos da sua assinatura no recibo.

Ele abriu a porta de trás do carro. Havia uma caixa de papelão no banco traseiro, cheia de objetos enfiados em robustos sacos plásticos. Dava para ver meu *laptop* no fundo. Passei os olhos nas páginas de novo. É, era uma lista, com certeza. Reconheci a logomarca da Dell. Eles deviam ter copiado meu HD para vasculhá-lo com calma, sem me alertar.

Depositei a papelada no capô e rascunhei minha assinatura. Pela careta que Prendergast fez, imaginei que estivesse preocupado com a pintura e me arrependi de não ter feito pressionado a caneta, que devolvi junto ao recibo, com mais força. Apanhei a caixa de papelão. Notei que a carteira de meu pai também estava dentro, além das chaves sobressalentes.

— Até mais, Maguire — disse Prendergast, entrando no carro.

Arrancou e saiu em uma velocidade alta demais para uma rua tão estreita.

Entrei em casa, fechei a porta com o pé e deixei a caixa sobre a mesa, defronte do lugar onde meu pai estava sentado quando foi morto. Que absurdo, pensei. Não podia ficar andando na ponta dos pés como se ele ainda estivesse ali, dormindo com a cabeça apoiada nos braços. Tinha de me acostumar com sua ausência.

Desempacotei o *laptop* e o depositei no lugar onde papai trabalhava. O adaptador estava embrulhado em outro saco, junto aos cabos de força. A bateria não prestava mais. O computador só funcionava ligado na tomada. Conectei os cabos e liguei o *laptop*, que suspirou e ofegou como um cachorro velho ao ser arrastado para um passeio.

O que será que os policiais haviam pensado sobre o que encontraram no HD? Deviam ter verificado minhas páginas nas redes sociais primeiro, o que provavelmente não demorou muito. Não era a dislexia que me impedia de compartilhar momentos da minha vida, e sim a falta de assunto. Além disso, sempre que via as páginas dos outros, tinha a impressão de que eles também não tinham nada a dizer, o que não os impedia de escrever sem parar. Tentei ser mais sociável durante algum tempo, mas logo percebi que era a mesma algazarra que a criançada fazia nos bancos de trás do ônibus escolar, só que escrita em vez de falada.

É claro que a quantidade de amigos fazia diferença. E eu não tinha nenhum. A polícia devia ter chegado à conclusão de que eu era solitário e antissocial. Até imbecis como eles acertam de vez em quando.

Entrei com minha senha e o *laptop* grunhiu mais alto ainda. Os policiais não haviam pedido a senha, embora tivessem amparo legal para isso. Com certeza, tinham dado um jeito de entrar. Ser um dia tivesse algo a esconder no PC, precisaria arrumar uma proteção mais eficaz.

Abri o navegador e entrei no *site* do AnyDocs. No alto, à direita, vi os espaços para entrar com o nome de usuário e a senha. *NoelPMaguire*, digitei. Era o nome de usuário que meu pai sempre usava. Depois foi a vez da senha, que eu achava ter adivinhado durante a corrida, mas me fugira ao dar de cara com Prendergast.

Lembrei-me qual era e a digitei com cuidado, sentindo a língua sair pelo canto da boca como fazia desde criança ao tentar pôr as letras em ordem. Recolhi a língua e cerrei os dentes.

Escrevi *sweethamesflowsoftly* e apertei a tecla *enter.*

Um pequeno círculo começou a perseguir a própria cauda enquanto o *site* processava a entrada. A tela piscou.

Uma longa lista de documentos surgiu. O primeiro era chamado O *Chefão — Episódio Um — Quinto Esboço.* Havia sido modificado pela última vez dois dias antes. Na véspera do assassinato.

Cliquei duas vezes no título e esperei pacientemente a página se abrir. Tinha o formato de um roteiro comum: um bloco de texto, um espaço, um nome no meio da página, seguido por outro bloco de texto, com margens menores. Devia ser um diálogo. Era a primeira de cento e vinte páginas. Deus do céu.

Respirei fundo, me concentrei e comecei a ler.

TRÊS

Estava escuro lá fora quando terminei. Minha cabeça latejava. Eu detestava ler na frente de outras pessoas. Sozinho, podia impor meu próprio ritmo, embora fosse um ritmo tão lento que irritava até a mim mesmo. Mas acho que não foi só a dislexia que dificultou a leitura do roteiro. Todos os personagens falavam pelos cotovelos, nunca iam direto ao ponto. Ou então, se iam, não paravam de repeti-lo. O excesso de reviravoltas e traições na trama dificultava sua compreensão. As ações dos personagens não faziam sentido, pareciam servir apenas para complicar desnecessariamente suas vidas.

Mas papai certamente não tinha sido assassinado por um crítico.

Fazia uma hora que meu estômago não parava de roncar, por isso pus água para ferver na chaleira e despejei o resto de macarrão que encontrei em uma panela. Era melhor pedir ao papai para comprar mais, pensei sem querer. Foi então que a ficha caiu. Todas as coisas que ele fazia e passavam despercebidas não seriam mais feitas, a não ser que eu mesmo as fizesse. Ele não voltaria mais para casa nas manhãs de segunda-feira com uma embalagem de macarrão vencido. Não deixaria xícaras de chá pela metade esfriando no chão enquanto cochilava diante da TV. Não se esqueceria mais de dar descarga depois de fazer cocô. Não cantaria enquanto cozinhava... Fiquei sem ação durante algum tempo, tentando entender o que sua ausência implicava e me perguntando quando começaria a de fato sentir saudade dele. A chaleira apitou. Despejei a água na panela, adicionei um pouco de sal, acendi o gás e deixei a água ferver de novo.

O roteiro era sobre um gângster de meia-idade chamado Grosvenor, rico, bem-sucedido, temido e respeitado no submundo londrino. Seu braço-direito, Dunbar, era um irlandês com passado nebuloso de terrorista que fazia o trabalho sujo para o patrão. Papai certamente escrevera o papel do irlandês para si mesmo. Grosvenor tinha um sobrinho jovem, ambicioso e brutal, disposto a tudo para ganhar notoriedade, mesmo que para isso tivesse de provocar uma guerra entre as gangues, deixando Dunbar em meio ao fogo cruzado.

Uma das sequências retratava o assalto a um carro-forte que transportava barras de ouro para o aeroporto de Heathrow. Essa parte me soou familiar. Um assalto assim realmente acontecera, seis meses atrás. Um segurança havia sido baleado e morto. Ninguém sabia o valor roubado. A polícia ainda não prendera ninguém. Dizia-se que fora serviço de profissionais, do crime organizado, mas as testemunhas estavam apavoradas demais para depor.

Escorri o macarrão, despejei um vidro de molho pronto na massa e ralei um pouco de queijo *cheddar*.

A verdade é que dava para adivinhar em quem papai havia se inspirado para escrever o roteiro. Durante minha breve e insignificante carreira no crime, ouvia um nome ser pronunciado com medo, assombro e reverência: Joseph McGovern, mais conhecido pela alcunha de "Governador". O sujeito mais durão de Londres, o mafioso que a polícia não conseguia prender. Grosvenor, McGovern... Papai mal se dera ao trabalho de disfarçar o nome. Não que isso fosse enganar alguém.

Ele sempre dizia que as melhores histórias são aquelas colhidas na fonte. Quando atuava, não se contentava em ler sobre o papel que ia representar e nunca confiava cegamente no roteirista. Preferia sair em busca de pessoas que tivessem a mesma profissão do personagem e aprender com elas, observando como se comportavam e escutando suas histórias. Alguns diretores e roteiristas perdiam a cabeça quando ele afirmava conhecer o personagem melhor do que eles. Como escritor, devia ter seguido o mesmo método, procurado sujeitos envolvidos no crime organizado e feito um monte de perguntas. E agora estava morto. Não consegui evitar um sorriso ao imaginar o que papai diria: "Devo ter feito as perguntas certas."

Raspei o resto de molho com a última garfada de macarrão e empurrei o prato sobre a mesa. Sabia o que fazer. Meu pai havia sido assassinado. Mesmo que houvesse algo de errado comigo, mesmo que ainda não conseguisse chorar por ele, era meu dever descobrir quem o matara. E por quê. O que faria quando — ou se — descobrisse era outra história, mas não estava disposto a continuar levando aquela vidinha de merda como se nada tivesse acontecido nem ficar de pernas para o ar enquanto Prendergast e sua turma tentavam me incriminar.

Eu sabia por onde começar. O próprio inspetor havia me dado uma pista.

O pub Weaver's Arms ficava a quinze minutos de caminhada de nossa casa. O prédio imitava o estilo Tudor e, antigamente, era apenas mais um entre vários parecidos. Quando os prédios vizinhos foram demolidos e deram lugar a arranha-céus, restou apenas o pub, solitário com seu *beer garden* de concreto ao ar livre, em meio a um mar ondulado de parques públicos, cheios de lixo e cocô de cachorro. Àquela hora da noite, o bar parecia acolhedor visto de fora. O brilho intenso e amarelado da iluminação atravessava as janelas de vidro fosco, dando-lhe o aspecto de um aconchegante e tradicional pub inglês. Se estivesse nevando, a cena poderia ter saído de um cartão-postal natalino.

Assim que abri a porta, minhas narinas foram invadidas pelo fedor de suor e cerveja choca, e meus ouvidos, assaltados pela algazarra dos fregueses tentando sobrepujar os sucessos antigos que emanavam do *jukebox*. O lugar estava bem movimentado para uma noite de quinta-feira. Meia-dúzia de homens da idade de meu pai se debruçavam no balcão, falando alto e morrendo de rir das piadas que contavam uns aos outros. Grupos se espalhavam pelo recinto ao redor de jarras de chope. Um varapau louro e magricela não parava de enfiar moedas em um caça-níquel, do tipo que engolia dez libras em silêncio, mas fazia um estardalhaço quando algum otário acertava uma aposta que lhe renderia cinquenta centavos de prêmio.

Ninguém prestou muita atenção quando me aproximei do balcão. Apesar de ser menor de idade, minha altura e meu físico me permitiam passar facilmente por alguém com mais de dezoito anos. O problema é que não sabia como me comportar. Raramente frequentava pubs — treinar era mais barato do que beber — e não sabia por onde começar. Qual daqueles sujeitos havia bebido com papai algumas noites antes? Amaldiçoei a mim mesmo quando lembrei que não levara uma foto dele. Havia uma em meu celular, mas era antiquíssima. Além disso, a tela do aparelho era uma porcaria.

— Você é o Finn, não é? O filho do Noel. Meus sentimentos.

O baixinho que falou comigo devia ser indiano ou paquistanês. Seus trajes não combinavam com o ambiente. Usava casaco acolchoado de náilon e luvas sem dedos. Eu o reconheci. Era o jornaleiro de uma banca em Griffin Road. Segurava um copo alto de cerveja pela metade e balançava de um lado para o outro. Era por isso que os velhos se debruçavam no balcão. Àquela hora da noite, mal conseguiam se manter de pé.

— Obrigado. Posso lhe oferecer mais um drinque?

— Não, é por minha conta. Maureen, traga uma cerveja para o filho do Noel.

Dois senhores perto de mim ergueram a cabeça com uma expressão que registrava, além de surpresa, satisfação, como se eu tivesse chegado para ocupar o lugar deixado por meu pai.

— Você é o Finn? O boxeador? O seu pai vivia falando de você — disse um deles, estendendo a mão ossuda para mim.

Tinha cerca de sessenta anos e se vestia com elegância, usando uma camisa imaculada e calças bem passadas, como se tivesse acabado de sair de um campo de golfe. O homem ao seu lado era dez anos mais velho e trajava calças jeans e camiseta. Parecia um estudante que exagerara muito na bebida e no cigarro.

— Lamento muito pelo que aconteceu. O seu pai era um bom sujeito — disse o Desmazelado.

— Foi terrível, mesmo — disse o Camisa Elegante.

Demonstraram uma compaixão genuína ao apertar minha mão.

— O meu nome é Jack — disse o homem bem vestido. — Este aqui é o Phil. Você já conhece o Sunil.

Sunil, o jornaleiro, me entregou um copo de cerveja.

— Um brinde ao seu pai — disse ele. — Bom amigo, bom de papo e bom de copo.

— Saúde — retruquei.

Bebemos.

Ainda bem que tinha comido o macarrão. Eu era peso-leve em relação à bebida. Depois do segundo copo, comecei a perder a concentração. Havia planejado beber devagar e enchê-los de perguntas, mas os parceiros de copo de papai insistiam em me manter abastecido de cerveja, como se encher a cara fosse terapêutico. O que não deixa de ser. Disputavam o privilégio de me assegurar o quanto meu pai era gente boa, como se eu não o conhecesse.

De certo modo, eu não conhecia mesmo essa personalidade boêmia dele. Naquele instante, Sunil contava uma história, imaginei que pela enésima vez, sobre o dia em que papai se escondeu embaixo de uma mesa para despistar um valentão com tatuagens tribais, que alegava ter sido corneado por ele. Os outros dois o interrompiam para acrescentar detalhes que julgavam hilários. Eu estava tentando ser sutil, mas, se não chegasse logo ao ponto, acabaria abraçado com aqueles caras cantando junto a Frank Sinatra no *jukebox*, assim como as velhinhas na outra ponta do balcão, que guinchavam como raposas disputando sacos de lixo.

— O papai veio aqui faz alguns dias, não foi?

— Quando?

Eles franziram a testa um para o outro, coçando a cabeça, como se eu tivesse pedido que recordassem algo de sua infância.

— Na sexta-feira? — disse Jack. — Eu não estava aqui, tinha ido buscar minha esposa, que teve alta do hospital...

— Anteontem — atalhei. — No domingo à noite.

— O alemão — disse Phil. — Você também veio, Jack. O cara lhe comprou um charuto.

— Ah, é, um tal de Hans.

— Hans? — perguntei.

— Um jornalista — respondeu Sunil. — Do Suddeutsche Zeitung.

— O que um jornalista alemão queria com o meu pai?

— Ele estava preparando uma matéria sobre o Governador — explicou Phil. — O Noel disse que estava escrevendo sobre ele também, e os dois compararam anotações.

— Como ele era? Que idade tinha?

— Uns quarenta e poucos anos — arriscou Phil.

— Um pouco mais baixo que você. Parecia em boa forma — acrescentou Jack.

— E generoso — disse Phil. — Pagou todas as rodadas da noite.

— Louro — prosseguiu Jack. — Fala muito bem o inglês.

— E sabe beber — completou Sunil. — Deve ter tomado umas doze vodcas com suco de laranja. Quem diria?

A descrição me soou familiar. É claro, o Delroy, dono do ginásio de boxe. Ele não era de beber tanto assim, mas, se quisesse fazer parte da turma de beberrões, teria sido fácil enganá-los. Só de olhar, não teriam como saber se realmente havia vodca no suco de laranja.

— Vocês falaram para os policiais sobre esse tal de Hans quando eles vieram aqui para saber do meu pai?

— Falamos, mas eles não deram muita bola — respondeu Jack, dando de ombros. — Mata logo a sua cerveja que eu peço outra.

— E o Governador? O que o papai falou sobre ele para o Hans?

A conversa parou de fluir por alguns instantes. Phil mexeu no nariz. Sunil tomou um gole de cerveja.

— O Noel aconselhou o alemão a não fazer perguntas — disse Jack, por fim.

— Por que não? — perguntei.

— Porque as paredes têm ouvidos — atalhou Sunil.

— Não é saudável se meter com o Governador, só isso — resumiu Jack. — Avisamos seu pai, mas ele nem quis saber.

— Como assim, "as paredes têm ouvidos"?

— O McGovern é dono de vários estabelecimentos aqui na vizinhança — respondeu Sunil. — Clubes de *strip-tease*, cassinos, restaurantes, até lavanderias. Vai ver é dono até deste pub.

— E quanto menos a gente tocar neste assunto, melhor — disse Jack, com firmeza, apontando para meu copo. — O que é que você está bebendo? Cerveja preta?

— O papai estava escrevendo sobre o McGovern. Será que foi por isso que morreu?

Jack deu um suspiro e desviou o olhar. Phil se inclinou em minha direção. Não se barbeava há alguns dias e seu queixo estava coberto de pelos cinzentos.

— Finn — disse ele —, se o seu pai pisou nos calos do Governador, e ele mandou alguém para matar o Noel, ninguém vai conseguir provar. Por isso, não interessa se ele é culpado ou não. Se você sair por aí fazendo alegações desse tipo...

Ele largou o copo no balcão como se tivesse se enjoado de cerveja.

— Estou morto de fome. Vou procurar uma barra-quinha de *kebab*.

— A patroa está me esperando — disse Jack, tomando o resto da cerveja de um gole só.

— Tenho que acordar às seis — disse Sunil. — Foi um prazer, Finn. Cuide-se, viu?

— É, tome cuidado — acrescentou Phil, vestindo um casaco militar seboso.

— A gente se vê — disse Jack, vestindo seu blazer elegante.

Deu um tapinha em meu ombro, acenou para a gar-çonete e se dirigiu até a porta, seguido pelos outros dois.

Deixei que fossem embora.

Entrei em casa e fechei a porta devagar, mas o som ecoou como se eu a tivesse batido. Fazia mais frio lá dentro do que fora. Tínhamos aquecedor central, mas papai detestava ligá-lo. *Se estiver com frio, vista um suéter,* res-mungava. Na verdade, ele era mais friorento do que eu e às vezes passava horas assistindo à TV enfiado em um velho saco de dormir com um gorro de lã na cabeça, como um mendigo em sua própria sala de estar. Ligar o aquecedor estava fora de cogitação naquele instante. Eu nunca havia aberto uma conta de água, luz ou gás e não fazia ideia de quanto pagávamos pelos serviços, nem de como pagávamos. Eu só tinha uma nota de vinte libras na carteira. Quanto tempo ia durar? Eu sabia que a carteira de meu pai estava na caixa que Prendergast devolvera, e lembrava a senha de seu cartão de débito, mas não fazia ideia de quanto havia em sua conta. Duvidava que tivesse mais de cem libras de saldo. Será que o banco congelara seus bens depois do assassinato? Será que o banco sequer saberia que o cliente estava morto se eu não contasse? Era improvável que me processassem por gastar o dinheiro do meu próprio pai. Mas boa parte da grana vinha do seguro-desemprego. Se eu não avisasse ninguém de sua morte, o governo continuaria pagando. Assim que a verdade viesse à tona, no entanto, o Estado ia querer o dinheiro de volta. A não ser que estivessem se sentindo particularmente generosas ou tivessem perdido a papelada, as autoridades cobrariam juros e quem sabe até abririam um processo contra mim. Ou as duas coisas.

Eu tinha cerca de cento e cinquenta libras na poupança que papai abrira em meu nome fazia alguns anos. Quando ele estava vivo, parecia muito dinheiro, mas, naquela situação... Resolvi ligar para a assistente social, a Kendrick, na manhã seguinte. Na pior das hipóteses, ela poderia me ajudar a decidir o que fazer com minhas finanças. A cada dia que passava, surgiam mais problemas. Antigamente, eu me achava o mais pragmático da casa, pensava que era eu quem cuidava de meu pai, e não vice-versa. Nunca me dera conta dos sapos que ele era obrigado a engolir como adulto, sem reclamar.

Pus água para ferver. Estava tarde demais para tomar chá ou café, mas encontrei um pacote de macarrão instantâneo que papai sempre comprava por ser barato e que eu sempre recusava quando ele me oferecia. Pelo menos, serviria para me esquentar naquela noite.

Entrelacei os dedos ao redor da caneca e esperei o *laptop* ligar. O pequeno HD chacoalhava como um caixa de fósforos cheia de formigas. Por fim, a área de trabalho surgiu acompanhada de uma fanfarra metálica. Nunca me preocupara em criar uma senha por não ter nada de importante a esconder. Além disso, odiava senhas. Elas sempre surgiam na tela como uma fileira de pontinhos, e eu não tinha como saber se havia digitado errado alguma letra até ser tarde demais.

Abri o Google e digitei, bem devagar, as palavras "McGovern" e "crime organizado". Hesitei antes de dar *enter*. Tive medo de que o Governador de algum modo ficasse sabendo da busca. Idiotice pura. Estava sendo tão paranoico quanto os velhos beberrões no Weaver's Arms. Como se McGovern não tivesse nada melhor a fazer do que passar o dia bisbilhotando a internet. Apertei a tecla.

Apareceram *links* para inúmeras páginas. Os primeiros eram de matérias jornalísticas. Respirei fundo. Ia virar a noite ali, mas tomei coragem e comecei a clicar.

Estranho. O nome e o apelido do mafioso surgiam em diversas matérias que enchiam linguiça discorrendo a respeito de suas conexões com o submundo e seu império imobiliário, mas nenhuma delas entrava em detalhes. Certa vez, McGovern havia sido intimado a comparecer a uma audiência por evasão de divisas, mas a acusação foi retirada quando a papelada referente ao caso misteriosamente se perdeu. Ninguém ousou sugerir que McGovern estivesse envolvido no fortuito incidente. Talvez os donos dos jornais tivessem medo de ser processados. Ou talvez

McGovern tivesse outros modos de lidar com a publicidade negativa.

Consegui ler apenas três matérias antes que meus olhos começassem a arder. Resolvi tentar a sorte pela última vez e fui parar em um blog chamado The Inside Duff, escrito por alguém que alegava conhecer todos os podres do submundo londrino. Segundo o blogueiro, McGovern esteve envolvido em tudo quanto é crime: do Grande Assalto ao Trem, em 1963, ao 11 de Setembro. Aqueles que ousavam lhe passar para trás acabavam enterrados sob magníficos prédios londrinos, quase todos pertencentes a McGovern.

O blogueiro tentava parecer ultrajado e enojado, mas era fácil perceber que nutria uma admiração secreta pelo mafioso. Filho de irlandeses da classe operária em Northolt, o Governador era um bom samaritano e excelente pai de família. Segundo o blog, nunca havia feito mal a ninguém que não fosse um criminoso como ele, doava rios de dinheiro para instituições de caridade, sem se gabar disso, e era esperto demais para acabar na cadeia. Havia até uma foto desfocada de sua casa no noroeste de Londres, um palácio cafona tão grande que fazia as mansões dos mais bem pagos jogadores de futebol parecerem barracos.

O roteiro de meu pai não era tão condescendente quanto o blog. O Chefão era um marginal que só chegara ao topo por ser ainda mais cruel que seus rivais. É verdade que a trama levava um bom tempo para chegar ao ponto, mas o McGovern, na versão de papai, era muito mais convincente do que o que aparecia na internet.

Notei que não havia fechado as cortinas. Além da luz do abajur, que acendera ao chegar, a única iluminação da sala provinha da tela do *laptop*. Meu reflexo na vidraça da janela era bem mais nítido que as silhuetas na escuridão lá fora. Corei ao pensar que algum transeunte podia ter me visto debruçado sobre o computador, mexendo os lábios enquanto lia. Quem sabe alguém estivesse me espionando das trevas naquele instante. Levantei-me, fechei as cortinas e tranquei a porta da frente. A de trás já estava trancada. Embora alguém ainda tivesse as chaves que meu pai havia perdido, ninguém entraria na sala sem que eu visse. De qualquer modo, eu não podia passar a tranca na porta da frente porque ela havia entortado ao longo dos anos e não se alinhava mais ao batente.

Na verdade, era possível que não estivesse sozinho naquele instante. Alguém poderia ter entrado quando saí para o pub. Alguém que poderia se aproximar sorrateiramente por trás de mim enquanto eu fazia buscas no computador. Agucei os ouvidos. Tentei não apenas escutar, mas sentir a presença de um estranho. Não ouvi nem senti nada. A casa estava vazia, a não ser por mim, e eu estava sozinho. De repente, fui tomado por um sentimento de autopiedade. No mesmo instante, pisei mentalmente no sentimento, esmagando-o no chão como se fosse uma barata. Não estava disposto a sentir pena de mim mesmo. Nem naquela situação, nem nunca.

Subi a escada, escovei os dentes sem olhar meu reflexo no espelho, joguei as roupas na cadeira do quarto e me enfiei embaixo das cobertas.

QUATRO

— Assistência Social.

— Alô... Hum... Eu queria falar com uma pessoa, a Elsa Kendrick.

— Do que se trata?

— O meu pai morreu faz pouco tempo. Tenho dezessete anos. — Fiz uma careta. Eu soava como um pirralho de cinco anos discando um número de emergência. — Hum... Preciso de orientação para administrar minhas finanças, sabe, e ela disse que eu podia ligar se...

— Aguarde um momento, por favor.

Trinta segundos de toques eletrônicos se passaram. Tomei o resto do meu café instantâneo. Tinha um gosto azedo. Com certeza, o leite estava fora da validade. Eu teria que sair para fazer compras. Detestava fazer compras.

— Assistência Social.

Uma voz diferente, outra mulher. Essa devia ter uns vinte e poucos anos. Ainda eram nove e vinte da manhã, mas ela já soava tensa e irritada.

— Oi, eu queria falar com a Elsa Kendrick.

Não me dei ao trabalho de explicar tudo de novo.

— Ela está de licença. Posso ajudá-lo?

— Ah, certo...

Droga, pensei, lá vamos nós de novo naquele maldito carrossel, um rosto diferente a cada dia.

— Hum... Sabe quando ela volta?

— Infelizmente, não temos previsão.

Que diabo aconteceu com ela?

— Desculpe, quando ela saiu de licença? Falei com ela ontem. Achei que...

— Ontem? A Elsa foi sus... Quer dizer, saiu de licença médica dois meses atrás.

— Espere aí, você ia dizer que ela foi suspensa?

— Desculpe, o senhor deseja mais alguma coisa? Talvez eu possa ajudá-lo.

— Ela é ruiva e tem por mais ou menos quarenta anos? — perguntei.

— Desculpe, com quem estou falando?

— Você sabe onde ela mora?

— Não podemos dar esse tipo de informação. Olha, se eu puder lhe ajudar em alguma coisa, por favor diga logo. Estamos muito ocupados.

— Deixa pra lá.

— Pode deixar seu nome e um número para contato? Pedirei para alguém ligar.

— Não. Esqueça. Obrigado.

Desliguei. Não iam ligar de volta mesmo. Nunca ligavam. Fiquei olhando para o celular como se o aparelho fosse exibir uma mensagem avisando que o telefonema não dera em nada. Se Elsa Kendrick estivesse mesmo de licença médica, por que tinha ido me visitar, carregada de panfletos? E por que fizera todas aquelas perguntas a respeito de papai e do paradeiro de minha mãe? Talvez seu número estivesse na lista telefônica... Improvável. Do contrário, assistentes sociais seriam incomodados noite e dia por malucos, bêbados, tarados e suicidas em potencial. Se eu quisesse achar Kendrick, teria de arrumar outro jeito.

Tomei um susto quando o telefone tocou e quase o deixei cair no chão. A palavra TRABALHO piscou na tela enquanto o aparelho vibrava. Merda, era o Andy.

— Oi, Andy.

— Bom dia, Finn. Como está passando?

— Estou bem, obrigado, levando em conta o que aconteceu.

— Ótimo, ótimo. Ficamos sabendo do seu pai. Terrível. Lamentamos muito.

Fiquei surpreso. Ele soava quase humano. Droga, pensei, eu devia ter ligado antes e pedido uns dias de licença.

— Andy, desculpe o sumiço. Minha vida está um caos. Não sei o que fazer.

— Tudo bem, tudo bem. É por isso que estamos ligando. Queríamos lhe avisar que não há com o que se preocupar.

Por que Andy estava se referindo a si mesmo no plural? Será que havia se multiplicado?

— Obrigado, Andy, eu agradeço, de verdade. Volto ao trabalho assim que puder. Ainda nem sei quando vai ser o enterro.

— Não queremos que se preocupe, Finn. Por isso decidimos reexaminar nossas opções vis-à-vis seu cargo.

— O quê?

— Estávamos no processo de rever os níveis de contratação e os quadros de planejamento, de qualquer modo. Precisamos realizar alguns ajustes para aumentar a eficiência.

— Espere aí. Repita o que disse.

— Somos muito gratos por sua dedicação e desejamos tudo de bom para você — recitou Andy.

— Quer dizer que está me demitindo?

— Precisamos remanejar nossos recursos externamente.

Aquela papagaiada toda era para tornar as coisas mais fáceis para mim ou para ele? Ou será que Andy não conseguia mesmo se expressar em linguagem humana? De qualquer modo, entendi por que preferiu me dar a notícia por telefone. Se estivéssemos cara a cara, já teria levado um soco.

— Ou seja, você está me demitindo.

— A verdade é que temos de ser rigorosos com a imagem projetada por nossos funcionários. Não podemos aceitar que alguém da equipe esteja envolvido com a polícia.

— Andy, não estou envolvido com a polícia. O meu pai foi assassinado.

— Mas, pelo que sei, até agora você é o principal suspeito.

— E quem foi que disse isso?

— Lamento, mas não posso discutir comunicados que podemos ou não ter recebido. Seu salário pendente será pago, como sempre...

— Foi um inspetor chamado Prendergast, né? — atalhei.

— Como dissemos antes, desejamos tudo de bom a você. Caso volte a se encontrar neste aprazível recanto, venha nos visitar e não se esqueça de pedir o seu desconto especial para veteranos da rede Max Snax.

— Neste aprazível recanto? Eu moro aqui, seu cretino!

— Desculpe, Finn, mas temos que desligar. Tenha um ótimo dia.

Desligou antes que eu tivesse tempo de informar ao duplo Andy onde enfiar o desconto especial para veteranos.

Descobri que estava apertando o aparelho com força, como se fosse o pescoço do gerente. Ele me despediu mesmo? Me despediu, sim! Dois dias depois de ter me agraciado com o segundo pino dourado. *Graças a Deus, você se livrou daquela espelunca*, disse a vozinha em minha cabeça. *Foda-se a Max Snax, Andy e aquela porcaria de emprego.*

É, o emprego era uma porcaria, mas era um emprego, e agora eu estava desempregado. Quanto tempo duraria meu dinheiro? Eu tinha de descobrir qual era o banco de papai, ligar para o serviço de atendimento e avisar o que aconteceu.

Ah, foda-se isso, também. A primeira providência que tomariam era congelar a conta. Melhor deixar esse assunto para depois. Além disso, eu tinha alguém para visitar antes.

A casa de McGovern parecia ainda maior do que nas fotos. Não que eu pudesse vê-la bem de onde estava, na calçada defronte, escondido atrás do caminhão de uma empresa de jardinagem. O muro era proibitivo. Tinha quatro metros de altura, com tijolos lisos, pintados de branco. A cada sete metros, erguia-se um pilar encimado por um punhado de câmeras de vigilância. Os portões de entrada tinham apenas três metros de altura, mas eram de aço reforçado e também pintados de branco. A propriedade era discreta, anônima e impenetrável. O excesso de segurança não chamava tanta atenção naquela vizinhança, onde havia outras mansões imponentes e uma ou duas embaixadas de países do Oriente Médio. A diferença é que os muros altos e as câmeras de vigilância desses lugares serviam para impedir a entrada de criminosos, enquanto que, na propriedade de McGovern, os criminosos já estavam lá dentro.

Não foi difícil achar a casa. Havia uma menção à rua no blog Inside Duff. Eu não sabia era o que fazer depois. Passou pela minha cabeça que podia esperar a noite cair, vestir-me como um ninja e escalar o muro com a ajuda de uma corda. Reparei que os galhos de algumas árvores mais antigas impediam a visão das câmeras de certos trechos do muro. Mas não levara roupas pretas comigo.

Na verdade, eu não tinha nenhuma roupa preta. A cor destacava minha caspa. Por outro lado, não me parecia uma boa ideia ir andando até o portão e tocar a campainha. *Olá, meu nome é Maguire, acho que o sr. McGovern pode ter mandado alguém matar meu pai.* Das duas uma: ou me mandariam pastar ou me deixariam entrar e eu nunca mais seria visto. Não que muita gente fosse dar pela minha falta.

Levara uma hora para chegar lá e não estava com pressa de voltar para casa. A rua estava deserta no meio da manhã, embora não exatamente silenciosa. Um jardineiro, trepado em um plátano, podava com uma serra-elétrica os galhos verdes que brotaram na primavera, deixando-os cair em uma parte isolada da calçada. Seu colega, usando colete de segurança de alta visibilidade e protetores de ouvido, enfiava os galhos na trituradora rebocada pelo caminhão. As lâminas da máquina produziam um ruído contínuo e ensurdecedor, que aumentava quando triturava os galhos, lançando as lascas em um monte cada vez maior na traseira do veículo. O caminhão de outra empresa de jardinagem, rebocando uma trituradora mais nova e mais reluzente, aproximou-se de nós, sinalizando que ia dobrar à esquerda, justamente onde ficava a mansão de McGovern. Reduziu a velocidade, subiu na calçada e parou grudado aos portões brancos de aço da propriedade do gângster. Não consegui decifrar o nome da empresa, escrito com tinta verde-escura sobre a pintura verde-clara e muito chique da carroceria. O motorista abriu a janela, apertou o botão do interfone e gritou alguma coisa, o que me deu tempo de ler o nome: *Daisy Cutters Serviços de Jardinagem.*

Não consegui entender o que o motorista dizia. E, pelo visto, o segurança com quem ele tentava falar pelo interfone também não. O motorista foi obrigado a se repetir diversas vezes por causa da barulheira feita pela trituradora. Por fim, os portões se abriram, deslizando com um rangido e descortinando lentamente a vereda pavimentada que se estendia, sinuosa, até os degraus que levavam à sólida porta de madeira no pórtico branco da mansão. Tive tempo apenas de perceber que a casa se assemelhava àquelas mansões glamorosas e artificiais de Hollywood que a gente vê em séries americanas estreladas por atrizes igualmente glamorosas e artificiais antes que os portões se fechassem de novo. Droga, pensei; se tivesse sido mais rápido, poderia ter me esgueirado por trás do caminhão... A não ser, é claro, pelas câmeras de vigilância. Sem dúvida, os seguranças teriam soltados os cachorros em cima de mim e aguardado um bom tempo antes de chamá-los de volta. Mas aquilo me deu uma ideia. Hesitei... Ia mesmo arriscar? Teria de agir rapidamente se decidisse que sim.

Foda-se. Saí de trás do caminhão, tirei o agasalho e a camiseta e os amarrei na cintura.

A trituradora continuava funcionando a todo vapor quando apertei o botão do interfone, alguns minutos depois. Uma voz respondeu, mas não deu para entender nada. Afastei-me do interfone e gritei: "Estou com o pessoal da Daisy Cutters", mas tinha certeza de que a pessoa do outro lado não entendera nada, também. Olhei para a câmera de vigilância e acenei com a cabeça para o portão. Eu estava com o torso nu, usando apenas calças jeans e carregando um monte de galhos nos braços. Assumira a expressão entediada que julgava apropriada a um ajudante que tivesse sido obrigado a recolher os galhos que caíram do lado de fora da propriedade, embora duvidasse que alguém visse meu rosto, escondido atrás da folhagem. Nada aconteceu, e continuou não acontecendo por um bom tempo. Será que me viram atravessar a rua? Merda, será que notaram que eu não usava luvas de jardinagem? Tive um calafrio, mas não foi por causa da brisa gelada.

Escutei o ruído de um motor quando os portões estremeceram e começaram a se abrir. Avancei, vacilante, com os braços carregados de galhos, e dei um sorriso agradecido para a câmera. Mal havia passado pela fresta quando os portões se fecharam com um ruído metálico que me fez pensar em uma sineta anunciando o jantar... só que o aperitivo era eu.

Sem dúvida, os seguranças estariam de olho em mim, por isso não podia abandonar o disfarce. Segui pela vereda, deixando uma trilha de folhas atrás de mim, em direção ao caminhão da empresa. Não avistei ninguém da verdadeira equipe de jardinagem, mas ouvi o motor de um aparador de grama sendo ligado atrás da casa. Pela quantidade de arbustos e árvores que havia na propriedade, a equipe passaria o dia inteiro ocupada. Larguei os galhos ao lado da trituradora, vesti a camiseta e o agasalho e me dirigi ao local de onde vinha o som do aparador, tentando dar a impressão de que fazia parte da equipe. Passei a vista de soslaio ao redor para ver se encontrava alguém e aproveitei para dar uma boa olhada na casa. De perto, continuava a parecer hollywoodiana. Tudo nela era reluzente, novinho em folha, caro e ligeiramente artificial. Ao lado do pórtico, portas-janelas com cortinas pesadas se abriam para um terraço mobiliado com mesas e cadeiras de ferro, que pareciam vindas de uma revista de decoração e nunca usadas. Saindo do terraço e indo para lugar nenhum em particular, havia uma armação de madeira em forma de túnel, que servia de suporte para roseiras. Uma pérgula, era assim que se chamava. Entrei no túnel e parei, procurando câmeras de vigilância. Se eu as visse, elas me veriam, também. Mas a pérgula parecia ser um lugar seguro. Apoiei-me em um espaço entre as roseiras para decidir o que fazer. Meu plano para entrar na propriedade funcionara, o problema é que eu não poderia sair por onde tinha entrado. Na verdade, eu não sabia como sairia dali e nem o que estava procurando. Que é que eu tinha ido fazer ali, afinal de contas?

Eu queria ter uma conversinha com o McGovern, isso sim. Perguntar cara a cara para ele o que sabia a respeito de meu pai e de seu roteiro. Mesmo que não respondesse, queria ver sua reação. Talvez ele mandasse seus capangas me darem uma surra por invadir sua propriedade, mas e daí? Não seria a primeira vez que eu apanhava. Quando me dei conta de que ninguém na academia de boxe queria me enfrentar, comecei a me gabar disso, e Delroy convidou um peso-médio aposentado e decadente para lutar comigo. Seu alcance era menor que o meu, mas mesmo assim ele me encheu de porrada. O que não nos mata nos fortalece, dissera papai, tirando um saco de ervilhas do congelador para passar no meu queixo. Na época, achei que ele estava falando besteira. E não mudei de ideia depois. Era bem possível que McGovern simplesmente me matasse, e mesmo que me deixasse apenas semimorto, não entendia de que modo isso me tornaria mais forte.

Tudo isso supondo que McGovern estivesse em casa, o que podia muito bem não ser o caso. Diziam que tinha mansões espalhadas pela Europa e uma ilha no Caribe. Quem escolheria passar o inverno em Londres quando podia estar em uma praia na Jamaica? Talvez eu estivesse apenas perdendo tempo. Mas não adiantava chorar pelo leite derramado. Não podia me esconder nos arbustos até o anoitecer. Só me restava tentar tirar o melhor proveito possível da situação.

Meu disfarce até agora funcionara e talvez me desse o tempo de que precisava antes que o circo pegasse fogo. Arranquei alguns caules da roseira, arranhando as mãos no processo, e saí da pérgula carregando-os nos braços. Dei a volta na casa, sentindo-me como o idiota da aldeia, levando um buquê de gravetos e espinhos para sua cabra favorita. A casa parecia não ter fim. No começo, devia consistir apenas de quatro paredes e um teto, mas foi ganhando extensões ao longo dos anos que, por sua vez, ganharam outras extensões, com pisos extras e garagens. O espaço entre as extensões e os anexos era pontilhado por pequenos terraços, pátios e áreas de lazer, alguns com cara de algo que se veria na Espanha, outros todos pretos e brancos e minimalistas, como se o arquiteto fosse um eterno indeciso.

Escutei vozes; uma criança gritando. Os gritos pareciam vir de um ambiente fechado com piscina. A dez metros de distância, erguia-se um anexo com teto de vidro inclinado. A gritaria vinha de lá. Se eu tivesse uma piscina em casa, pensei, não deixaria crianças entrarem para acabar com meu sossego. A gritaria não tinha fim e parecia vir de uma menina. Ela só parava de berrar para respirar. Pelo visto, não havia ninguém por perto para mandar que calasse a boca.

Ao me aproximar, fiquei tão desnorteado com a algazarra que me esqueci de procurar por câmeras de vigilância. A parede de trás do anexo era composta por uma série de painéis de vidro retráteis, que davam para um terraço. O painel central estava aberto. Uma menina, que devia ter uns cinco anos, usando um maiô rosa com babados, abraçava os joelhos e gritava a plenos pulmões. Não tirava os olhos da piscina, onde um menino, no máximo um ano mais velho, debatia-se, jogando água para todo lado. Estava se afogando na parte mais funda.

Larguei os caules das rosas e entrei correndo no anexo. Arranquei o agasalho e comecei a tirar o cinto, mas o garoto parecia perder as forças. Há quanto tempo já estaria ali? Joguei-me na piscina de roupa e tudo. Minhas calças jeans se encheram imediatamente de água e deram a impressão de ficar cem vezes mais pesadas. Meus tênis pareciam âncoras, puxando-me para o fundo. Eu devia ter enchido os pulmões antes de mergulhar, mas era tarde demais. Desisti de tentar voltar à superfície e fui nadando embaixo d'água até o menino, que afundava lentamente, mexendo a boca em silêncio, como um peixe. Seus cabelos louros formavam um halo ao redor do rosto pálido e assustado. Lutei para chegar até ele, senti o braço dele tocar o meu e finalmente consegui agarrá-lo e puxá-lo contra mim. Seu corpo estava mole, um peso morto. Não, morto não, pensei, por favor. Fiz um esforço sobre-humano para levá-lo à superfície. Quando finalmente emergi, minha cabeça clareou e arfei em busca de ar. O corpo mole do garoto pesava em meu braço direito. Comecei a nadar de costas, tateando com o braço esquerdo em busca da borda. Meus pulmões ardiam e eu já estava quase sem forças quando bati no ladrilho. Tentei inutilmente me segurar, mas meus dedos escorregaram na superfície lisa e quase desloquei o ombro. Em um último esforço, consegui passar o braço por cima da borda, sem soltar o garoto. A menina parou de chorar e se contentou em soluçar.

— Está tudo bem! — sussurrei, arfante. — Ele vai ficar bem. Vá buscar ajuda.

Ela ficou me olhando e engoliu em seco.

— Vá buscar *ajuda*! — gritei.

Ela saiu correndo, com os pezinhos chapinhando nos azulejos molhados. Passei a vista ao redor e avistei uma escada a três metros de onde estávamos. Batendo as pernas, pesadas como chumbo, e sem largar a borda da piscina, consegui chegar até lá. Foi fácil pendurar o garoto sobre o ombro. Ele estava leve como uma toalha de rosto molhada. Apoiei o pé no último degrau, deitei o menino nos azulejos e subi a escada, com o jeans grudado nas pernas.

O resgate havia durado cerca de um minuto. Com um pouco de sorte, eu teria tempo de salvá-lo. Debrucei-me sobre ele e tentei me lembrar de alguma coisa do que Delroy me ensinara a respeito de primeiros-socorros. Amaldiçoei a mim mesmo e aos meus colegas no ginásio por não termos prestado atenção nas aulas. Preferíamos ficar bolinando a boneca usada para treinamento. Mas consegui me lembrar de algumas coisas. Senti um gosto de meleca ao cobrir com minha boca a boca e o nariz dele. Dane-se a falta de higiene, pensei. Soprei, fiz uma pausa e soprei de novo. Massagem cardíaca... Como era mesmo que se devia fazer em crianças? Bastava usar uma das mãos e pressionar quinze vezes o esterno...

Ouvi gritos e discussões do lado de fora, mas não parei. Soprar três vezes na boca e no nariz e pressionar o esterno, uma vez, duas...

O menino tossiu, fez uma careta, virou de lado e vomitou. Depois, voltou a tossir, uma tosse convulsiva, drenando a água dos pulmões. Fiquei sentado com as pernas dobradas, totalmente exausto, e me dei conta de que tinha plateia. A garotinha estava de mãos dadas com uma loura de trinta e poucos anos, cabelão e corpão, que havia exagerado na maquiagem. Uma moça dez anos mais jovem, de rosto franzido e cabelos pretos presos em um rabo de cavalo, olhava horrorizada para a cena. Atrás delas, havia um gorila de terno, impassível e silencioso, com uma cicatriz no rosto. Um homem esbelto e bronzeado, de cabelos prateados e olhos azuis acinzentados, abriu caminho entre o grupo.

Eu já o tinha visto em fotos tiradas na frente de um tribunal. Nelas, ele usava o colarinho do sobretudo voltado para cima, a aba do boné voltado para baixo e óculos escuros. Mesmo assim, não havia dúvida de que se tratava do mesmo sujeito. McGovern se agachou ao lado do garotinho, que não parava de tossir, e passou a mão na cabeça dele.

— Está tudo bem, Kell. Você já vai ficar bom.

O Governador voltou seus olhos cinzentos para mim.

— Obrigado. E agora me diga, quem diabos é você?

CINCO

— Kell, vá até ali e aperte a mão daquele sujeito.

O garotinho, enfiado em um roupão grosso e grande demais para ele, obedeceu e me estendeu a mão.

— Obrigado — disse, com um fiapo de voz.

— De nada. Na próxima vez, veja se tem algum adulto por perto antes de pular na piscina, certo?

— Certo.

Ele sorriu para mim como se não estivesse morto alguns minutos antes.

Estávamos todos de pé na sala de visita, ou melhor, em uma das salas de visita da casa principal. No caminho, eu havia passado por uma série de aposentos similares ao longo do corredor. Naquele, três sofás de couro branco estavam dispostos em semicírculo ao redor de uma mesa de centro cromada com tampo de vidro, na qual erguia-se uma pilha de revistas de ricos e famosos. Sobre uma enorme lareira de mármore negro, cuja cesta estava cheia de lenha empoeirada, assomava uma gigantesca televisão de tela plana, enfiada em um nicho feito sob medida para o aparelho. O papel de parede dourado era claro, com textura de seda bordada. Outras mesinhas de madeira laminada espalhavam-se pelo recinto, sustentando abajures pesados, de cúpula bege e adornos dourados, além de mais e mais pilhas de revistas. Era tudo espalhafatoso demais, mais caro do que elegante, embora eu não entendesse porra nenhuma de decoração. Sentia-me desconfortável, descalço no tapete felpudo que se estendia de uma parede a outra, com a água escorrendo pelas pernas, apesar do roupão que haviam me emprestado.

McGovern mal tivera tempo de perguntar meu nome quando as mulheres começaram a fazer um escândalo por causa do menino, discutindo se deveriam levá-lo a um hospital. Pelo que entendi, o moleque era filho de McGovern, e a loura de curvas acachapantes, sua segunda esposa, Cherry. Kristie, a adolescente de feições que pareciam deformadas por uma cirurgia plástica malfeita, era a babá. McGovern sugerira que eu tirasse as roupas encharcadas no vestiário. De lá, enquanto descascava as calças jeans que haviam se grudado às minhas pernas, escutei as vozes das duas mulheres, alteradas pela comoção e pelo medo, que respondiam, defensivas e chorosas, às perguntas que McGovern fazia em voz baixa e imperturbável. Em meio à cacofonia de desculpas e lamentações, deu para entender que cada uma das duas pensava que a outra estava vigiando as crianças na hora do incidente.

Cherry fazia compras pela internet, e Kristie conversava ao telefone com o namorado.

Quando finalmente saí da cabine, segurando as roupas molhadas longe do corpo, Kristie havia sumido. Imaginei que tivesse levado a culpa, embora a expressão de McGovern demonstrasse que ele ainda não havia se dado por satisfeito.

— Venha conosco — disse ele, tomando a dianteira.

Sua esposa o seguiu, carregando o garotinho, já recuperado, com a menina trotando atrás dela. O guarda-costas de McGovern — o gorila com uma cicatriz no rosto — aguardou com as mãos cruzadas em frente ao corpo, impassível, que eu seguisse meus anfitriões. Acompanhou-me de perto durante o trajeto e esperou ao lado da porta aberta que eu largasse as roupas molhadas antes de entrar na casa.

— Agora que o Kell se acalmou — disse McGovern para a esposa —, leve-o de volta para a piscina.

— Joe... — protestou ela, embora sem muita convicção.

— Ele tomou um susto. A melhor coisa a fazer é enfrentar o medo para não criar um trauma. E desta vez você entra com ele, entendeu? — Deu um tapinha afetuoso no queixo do filho. — A mamãe vai lhe dar uma aula de natação. Mas fique na parte mais rasa, certo?

O menino assentiu.

— Certo, papai.

A mãe do menino me olhou de soslaio. Por um instante, tive a impressão de que ela queria me dar um abraço, mas logo mudou de ideia. Não pegaria bem cair nos braços de um completo desconhecido, vindo não se sabe de onde, na frente do marido, mesmo se tratando de alguém que salvara a vida de seu filho. Contentou-se em abrir um sorriso discreto e tímido para mim, que me deixou boquiaberto como um peixinho dourado.

— Mais uma vez, obrigada — disse ela.

Deu a mão para o menino e saiu com ele da sala. O garoto ainda teve tempo de acenar, sorridente, para mim. A menina havia sido mandada para o quarto no andar de cima, para trocar de roupa, portanto restamos apenas eu e McGovern na sala. Além de seu guarda-costas, é claro, tão grande e imóvel que poderia ser confundido com um armário.

— Não entendi bem o seu nome — disse McGovern.

— Finn Maguire — respondi, examinando atentamente seu rosto. Mas não percebi nenhuma reação. Meu nome não significava nada para ele. Ou então, ele era macaco velho demais para deixar transparecerem suas emoções.

— Irlandês como eu, hein?

Ele abriu um sorriso.

— Londrino. O meu padrasto era irlandês. Herdei o sobrenome dele.

McGovern estendeu a mão, que apertei. Seu aperto era firme e forte, e senti que ele avaliava o meu, também.

— Obrigado, Finn. Você salvou a vida do meu filho.

— De nada, sr. McGovern.

Outro homem entrou na sala, sem fazer barulho. Tinha trinta e poucos anos, era magro e esbelto, e se movia como um lutador ou um dançarino, embora a última hipótese fosse improvável. Vestia-se casualmente, mas com elegância. Suas roupas imaculadas exibiam discretas marcas de grife. O rosto era estreito e anguloso, com as maçãs do rosto proeminentes e o nariz fino. Tinha um sorrisinho permanente nos lábios, como se vivesse pensando em uma piada realmente engraçada que não desejava compartilhar com ninguém. Naquele instante, carregava uma sacola de plástico com a logomarca de uma conhecida loja de roupas de South Ken. O ruído do plástico era a única coisa que indicava sua presença, mas McGovern soube de quem se tratava sem precisar olhar para trás.

— James, este aqui é Finn Maguire.

— Estou sabendo. O herói do momento — disse com voz suave e tom debochado.

Entregou a sacola para McGovern, que tirou algumas roupas de dentro dela e as ofereceu para mim.

— É um dos meus agasalhos. Acho que somos mais ou menos do mesmo tamanho. Experimente.

— Obrigado.

Deixei o casaco no sofá e vesti as calças por baixo do roupão, tentando não me preocupar que McGovern, o guarda-costas e James vissem a minha rola. Depois tirei o roupão e vesti o casaco, enquanto McGovern sentava-se no sofá defronte ao meu. James seguiu seu exemplo, com um ar displicente e inquisitivo, sentando-se no sofá do meio. Havia um par de tênis novinhos no fundo da sacola, e calcei-os rapidamente. Eram um número maior que os meus, mas eu é que não ia reclamar.

— Aceita uma bebida, Finn? — perguntou McGovern.

Debruçou-se em minha direção, apoiando os cotovelos nos joelhos e entrelaçando os dedos, sem tirar os olhos acinzentados de cima de mim. Reparei que não piscava muito. Eu conhecia bem aquele truque. Também era capaz de passar um longo tempo sem piscar e sabia que isso incomodava as pessoas, sem que soubessem a razão. Algo nas minhas calças estava machucando minhas nádegas. Arranquei a etiqueta sobre a qual havia me sentado. O agasalho era novinho em folha, e o preço na etiqueta, astronômico. Guardei-a no bolso para não macular a exagerada decoração da sala.

— Não, obrigado — respondi.

Eu sabia que a conversa fiada estava chegando ao fim. Meu cérebro adquiriu a mesma clareza fria que me tomava conta sempre que eu entrava no ringue. A adrenalina que corria em minhas veias fez com que minhas panturrilhas se contraíssem.

— Fico feliz que estivesse por perto quando meu filho precisou de ajuda. E agradecido por isso. Mas agora quero saber como e por que invadiu a minha casa.

— Entrei pelo portão da frente, carregando um monte de galhos. Torci para que o vigia pensasse que eu estava com os jardineiros. E ele pensou.

McGovern abanou a cabeça, rindo baixinho para si mesmo. Voltou sua atenção para James.

— Vou ter uma conversinha com ele — disse James.

— Mais do que isso — corrigiu McGovern. — Para que estou pagando esses cretinos?

James não retrucou.

— De qualquer modo, Finn, não dá para negar que você tem colhões. É boxeador?

— Já treinei um pouco.

— Nunca me engano. Luta bem?

— Quebro um galho.

Eu estava tentando não gaguejar ou parecer nervoso, mas comecei a ficar com receio de ter ido longe demais. McGovern, no entanto, não pareceu insatisfeito com minhas respostas curtas. Recostou-se no sofá e estendeu um braço musculoso no encosto.

— Vamos direto ao ponto, certo? O que veio fazer na minha propriedade? Com certeza, não planejava assaltar a casa. Não parece tão estúpido assim.

— Preciso de emprego.

— De emprego?

Pela primeira vez, McGovern foi surpreendido. Fiquei surpreso comigo mesmo, também. Não tinha ideia do que diria ao me ver cara a cara com ele, mas, inconscientemente, chegara à conclusão de que perguntas diretas não me levariam a lugar algum. Foi um golpe de sorte — para mim, pelo menos — ter encontrado o filho dele se afogando. Precisava aproveitar essa vantagem, o favor que ele ficara me devendo. Acusá-lo de ter mandado matar meu pai serviria apenas para irritá-lo e desperdiçar qualquer consideração recém-conquistada. Era melhor que me infiltrasse, que me aproximasse das pessoas que trabalhavam com ele. Assim, talvez tivesse uma chance de descobrir a verdade. Além disso, eu precisava mesmo de um emprego, difícil de achar mesmo que eu não fosse um disléxico que abandonou os estudos e acabara de ser despedido.

— Tenho cara de assistente social? Ou de agente de condicional?

Eu não tinha certeza se McGovern estava se divertindo com a minha cara-de-pau. Ou James, que continuava a exibir o sorrisinho de sempre.

— Não estou procurando serviços pesados ou suspeitos, entende, sr. McGovern? Mas ouvi falar que o senhor é dono de restaurantes e boates, essas coisas... E já trabalhei na área.

— Fazendo o quê? Era cozinheiro?

— Não, era mais voltado ao atendimento.

— Onde?

Meu rosto ardeu.

— Na lanchonete Max Snax que fica perto de Kew Bridge.

— O quê? Vendia aquelas porcarias de frango frito? Ouviu essa, James? O moleque pensa que sou o fundador do KFC.

O sorriso de James dera lugar a uma gargalhada espasmódica, que ele tentava, sem sucesso, abafar com a mão. McGovern parecia achar graça e se sentir insultado ao mesmo tempo.

— Sr. McGovern, desculpe, mas estou realmente desesperado. Faço qualquer coisa, lavo pratos, banheiros... Preciso trabalhar. O meu pai morreu...

Comecei a piscar, envergonhado por estar suplicando a um criminoso psicopata pelo privilégio de limpar suas latrinas, por implorar pela compaixão de um homem que podia muito bem ser o mandante do assassinato de meu pai. Por que não o confrontei e exigi que me dissesse a verdade, caralho? *Porque ele mentiria para você*, disse a voz em minha cabeça, *e era possível que o matasse também.*

— Não tenho muito dinheiro — prossegui. — Não sei ler direito, e tenho... passagem pela polícia. Por tráfico de drogas.

Essa informação despertou seu interesse.

— Maconha?

— Cocaína. — Não mencionei que havia sido preso antes de realmente começar. — Alguém... Ouvi falar que o senhor tem... sabe como é, diversos interesses. Achei que se desse um jeito de me encontrar com o senhor, cara a cara, o senhor me daria algum crédito, nem que fosse pela ousadia.

McGovern ficou pensativo.

— Quando ele morreu? O seu velho?

— Anteontem. Alguém assaltou a nossa casa e bateu na cabeça dele. Levaram seu *laptop* e todas as anotações que ele tinha feito para uma história que andava escrevendo.

Voltei-me para James, que não tirava os olhos de mim, com uma expressão tão neutra e indecifrável quanto à do patrão. McGovern mexia os maxilares de um lado para o outro, ruminando.

— Que pena — disse McGovern. — Lamento muito.

— Obrigado.

Ele olhou para James.

— Que tal o Iron Bridge?

Eu tinha ouvido falar do Iron Bridge. Quem não tinha? Um restaurante chiquérrimo em Pimlico, às margens do Tâmisa, bem defronte da central elétrica de Battersea. Tinha seu próprio programa de TV, comandado por um chefe de cozinha sem papas na língua vindo de Newcastle chamado Chris Eccles, que ostentava o status de celebridade local. McGovern possuía ações do restaurante? Mas James já estava torcendo o nariz.

— Não vai dar. O Eccles só contrata funcionários que pareçam saídos das passarelas.

— Ligue para ele, de qualquer jeito. É o mínimo que podemos fazer pelo nosso garoto.

Sua bondade soou tão artificial que, pela primeira vez, senti um arrepio. Ele se inclinou para frente e me encarou com aqueles olhos azuis acinzentados.

— Sou um dos sócios-capitalistas do restaurante. Não digo a Chris Eccles como tocar o seu negócio, mas, se eu pedir com gentileza, ele vai arrumar um serviço para você. Deixe o número do seu celular com o James. Daqui a um ou dois dias, ele vai ligar avisando aonde você deve ir e com quem falar, combinado?

Era minha deixa. Dei meu número para James, que o gravou em seu celular, e me levantei, segurando a sacola de compras.

— Obrigado, sr. McGovern. Fico muito grato. E me desculpe, sabe, por ter invadido a sua propriedade.

— Não apareça de novo por aqui. E fique de bico fechado. Não quero mais ninguém saltando o muro atrás de emprego.

— Não vou falar nada, juro.

Abri um sorriso fotográfico para ele, mas McGovern não viu, ocupado em tirar do bolso sua carteira. Separou algumas cédulas de cinquenta libras, que me entregou dobradas.

— Não me leve a mal, sr. McGovern, mas não posso aceitar.

— Não fode. Você disse que estava duro. Esse dinheiro vai lhe ajudar até arranjarmos um serviço para você.

Enfiou as cédulas no bolso do meu casaco.

— Obrigado. Depois devolvo o agasalho.

— Não precisa. É um presente. Aliás, fica melhor em você do que em mim.

Fui andando até a porta.

— Espero que o Kelly esteja bem.

— Está, sim, não se preocupe. Mas não posso dizer o mesmo do Stephan.

— Stephan?

McGovern abriu um sorriso largo.

— O segurança encarregado de vigiar o portão da frente, hoje. James vai mandá-lo fazer um... Como é que se chama mesmo? Curso de reciclagem.

Não quis nem pensar na reciclagem que Stephan tinha pela frente. Mas qualquer um que trabalhasse para o Governador devia estar ciente das consequências caso cometesse um erro, pensei. Então me dei conta de que eu logo seria um deles.

— Terry vai levá-lo para casa.

O gigantesco guarda-costas deu um passo à frente.

— Não precisa, eu pego o metrô.

— O Terry é meu motorista. Vai deixá-lo bem na porta de casa. Eu insisto.

É claro, o McGovern queria saber onde eu morava. Quer dizer, então, que não sabia? Estendeu a mão mais uma vez.

— Até logo, Finn. Boa sorte.

— Obrigado, Governador.

Eu não tinha certeza se McGovern gostava do apelido, mas é possível que ele nem tivesse escutado. Já se virava para conversar com James. A montanha que se chamava Terry se interpôs entre nós. Entendi o recado, apanhei as roupas molhadas, enfiei-as na sacola de plástico e segui, obediente, o guarda-costas até a garagem.

Terry me levou para casa em um daqueles tanques com tração nas quatro rodas que as ricaças londrinas usam para transportar os filhos, protegidas da gentalha por duas toneladas de aço, couro e vidros fumê. O carro era tão estável e silencioso que Terry poderia passar por cima de uma moto sem que eu percebesse. Talvez até tivesse passado. Eu estava sentado atrás do banco do motorista, que rangia com o peso do guarda-costas. Ele dirigia sem dizer uma palavra, sem amaldiçoar o tráfego, sem olhar para mim pelo retrovisor, sem ligar o rádio, sem ouvir música. Olhei para a nuca maciça de sua cabeça raspada e me perguntei se ele prestava atenção nas conversas do patrão. Uma luz azul piscava, intermitente, em seu fone de ouvido. Um automóvel luxuoso daqueles devia possuir um sistema de telefonia sem fio.

Merda. Meu celular.

Estava no bolso das minhas calças quando saltei na piscina. Apalpei a sacola de plástico e senti que continuava no mesmo lugar, junto a minha carteira e ao meu *travel card*. A água não teria afetado esses últimos itens, mas, ao tirar o celular do bolso dos meus jeans encharcados, constatei que o mergulho não fizera nada bem ao aparelho. Estava completamente pifado. E de nada adiantaria arejá-lo. Dava para ver bolhas de ar deslizando por trás da tela. Só serviria como peso de papel, e mais nada.

— Número 18, certo? — perguntou Terry ao dobrar a esquina da minha rua.

— Isso, obrigado. À esquerda, quase no fim do quarteirão.

A rua era tão estreita que táxis e furgões de entrega tinham de grudar os pneus no meio-fio para deixar que outros veículos passassem, com dificuldade, mas Terry não se deu ao trabalho. Parou no meio da rua, bloqueando o tráfego, e deixou o motor ligado. Na pressa, atrapalhei-me com a maçaneta, mas por fim consegui abrir a porta e saltar do carro.

— Obrigado pela carona — disse, e fui brindado com um quase imperceptível aceno de cabeça.

Fechei a porta, mas o carro não partiu. A janela do passageiro era levemente fumê e senti que Terry me observava enquanto eu caminhava até o pórtico, apanhava as chaves — ainda molhadas e frias — e abria a porta da frente. O carro não se mexeu. Só quando entrei em casa e fechei a porta, escutei o ronco suave do motor se afastando pela rua.

A caixa de papelão cheia das coisas que Prendergast devolvera continuava sobre a poltrona da sala, ao lado da tigela que eu usara no café da manhã e que ainda tinha restos de cereal grudados nela, como se fossem de papel machê. Papai ficava uma fera quando eu deixava a louça suja, embora muitas vezes fizesse o mesmo, como eu insistia em lembrá-lo.

Depois de passar algum tempo vasculhando a caixa, encontrei o que procurava: o celular jurássico de meu pai, com sua telinha de cristal líquido. Ele nunca conseguiu juntar dinheiro para comprar um novo, mas alegava não trocar o aparelho porque não queria. Dizia não ver vantagem nos modelos novos, cuja bateria mal durava um dia, quando a de seu velho aparelho durava pelo menos uma semana. Isso quando ele se dava ao trabalho de carregá-la, uma vez por mês. Papai havia deixado o telefone carregando quando saiu para o *pub* em sua última noite, embora eu vivesse lembrando-o de que não adiantava ter um celular e não andar com ele no bolso. Verifiquei as chamadas feitas e recebidas, sabendo que a polícia fizera o mesmo. Como esperava, as dez últimas ligações recebidas eram minhas, algumas de meses antes, e as feitas por ele eram para o telefone fixo de nossa casa. O celular não me daria pista alguma.

A água escorreu quando abri a tampa traseira do meu celular pifado. Tirei a bateria, arranquei o chip, sequei-o o melhor que pude com o casaco, enfiei-o no aparelho do papai e apertei o botão de ligar. Após alguns segundos, o telefone deu sinais de vida com uma fanfarra metálica. Era uma droga de aparelho, e não impressionaria nenhum mauricinho ou patricinha, muito menos um *nerd*, mas quebraria o galho.

Comecei a subir a escada para ir ao quarto trocar de roupa quando o alarme sonoro do celular disparou e a tela piscou para anunciar que eu tinha uma nova mensagem de voz. Alguém tentara entrar em contato comigo naquela tarde, provavelmente enquanto eu estava pingando no tapete felpudo do Governador. Não reconheci o número, mas era uma chamada local. Liguei para a central de mensagens.

"Aqui é o investigador Amobi, do Departamento de Investigação Criminal." Sua voz grave e calma parecia mais adequada a um padre do que a um policial. "Liguei para sua casa mais cedo, mas ninguém atendeu. Gostaria de lhe informar que o inquérito sobre a morte do seu pai será realizado no tribunal de Fulham, amanhã de manhã, às onze horas. Como foi você quem o encontrou, precisa comparecer para testemunhar. Se não puder, o inquérito provavelmente será adiado, atrasando a liberação do corpo para o sepultamento. Lamento por avisar tão em cima da hora, e ainda por cima por telefone, não pessoalmente. Vou tentar entrar em contato novamente. Se receber esta mensagem, por favor ligue para mim aqui na delegacia ou para o celular".

Recitou o número e desligou.

Amobi dava a impressão de ser um bom sujeito, mas não era ele quem estava a cargo da investigação, e sim aquele cretino do Prendergast. Tive vontade de contar para alguém o que havia descoberto. Sobre aquele "jornalista alemão" que esteve no Weaver's Arms na véspera do crime, por exemplo. O Departamento de Investigação Criminal teria meios de entrar em contato com o jornal, aquele tal de Zeitung ou coisa que o valha, e descobrir se Hans trabalhava mesmo lá. Caso fosse verdade, poderiam interrogá-lo para saber o que meu pai lhe dissera a respeito do Governador. No entanto, segundo os amigos de copo de papai, os policiais foram avisados sobre Hans e não fizeram nada a respeito. Ou então, fingiram não estar interessados para manter a investigação em sigilo, mas eu duvidava disso. Prendergast já tirara suas próprias conclusões.

Talvez eu devesse contratar um advogado para me acompanhar no inquérito... Mas isso poderia dar a impressão de que eu tinha algo a esconder. Foda-se, pensei. Não saberia mesmo onde arrumar um advogado assim, de uma hora para outra, mesmo que tivesse como pagar seus honorários. Lembrei-me do burocrata preguiçoso e incompetente que fingiu me defender quando fui acusado de tráfico de drogas, anos antes, e cheguei à conclusão de que, na pior das hipóteses, eu me sairia melhor sozinho do que com alguém como ele. De todo modo, não faltaria ao inquérito. Queria reaver o corpo do meu pai, não deixá-lo pelado em uma gaveta refrigerada durante meses. Liguei para o número que ouvi na mensagem e fui atendido por um investigador entediado que me disse que Amobi não estava. Deixei recado.

Na manhã seguinte, troquei umas três vezes de roupa. Tentei parecer elegante, mas sempre acabava me sentindo com cara de réu. Depois, passei um bom tempo cogitando se valia a pena me preocupar com o que usar na ocasião. Quando percebi que estava atrasado, enfiei as calças jeans, apanhei o blazer que papai havia encontrado em um brechó e me dera de presente no Natal anterior e o vesti sobre uma camisa branca, razoavelmente limpa, antes de sair correndo para o ponto de ônibus.

Cheguei bem a tempo ao tribunal, o que me poupou de esperar sentado em uma cadeira de plástico junto aos pobres coitados que perambulavam pelos corredores como almas penadas. A recepcionista uniformizada me direcionou para um recinto reluzente, com uma iluminação forte demais. Fileiras de bancos de madeira estendiam-se de frente para a plataforma onde sentava-se a juíza de instrução, uma mulher de feições severas e cabelos grisalhos, na casa dos cinquenta anos, que usava óculos em formato de meia-lua. O sujeito de terno sentado diante dela devia ser o meirinho. Depois de conversar em voz baixa com a juíza, ele pronunciou o nome do meu pai.

Pensei que fosse encontrar Prendergast, mas ele mandara um investigador de baixo escalão chamado Jenkins em seu lugar. Em tom monótono, ele discorreu sobre o que a polícia sabia a respeito da morte do meu pai como se lesse uma lista de compras feita pela namorada. Tive a impressão de que se ateve aos fatos, a não ser quando alegou que esteve presente à cena do crime. Não me lembrava de tê-lo visto, mas seu rosto era tão comum que poderia ter passado despercebido. Além disso, informou à juíza que a polícia trabalhava com várias hipóteses, embora, até onde eu soubesse, o principal suspeito fosse um só: eu. Mas me contive para não dar um pulo e gritar: "Objeção!".

Quando o investigador terminou, meu nome foi chamado e saí arrastando os pés para testemunhar, tentando não pensar nas associações desagradáveis que o ambiente me trazia. Não precisei prestar juramento. Simplesmente respondi as perguntas do modo mais claro e impassível que pude. Talvez tenha sido até impassível demais, porém a juíza não pareceu ser incomodar com isso. Fez algumas anotações com sua caneta prateada, trocou algumas palavras com o meirinho e declarou para as poucas pessoas presentes que a identidade da vítima e a causa da morte haviam sido estabelecidas: Noel Patrick Maguire tinha sido assassinado por um ou mais desconhecidos. Avisou que retomaria o inquérito depois que a polícia desse por encerrada a investigação.

Pelo que Amobi havia dito, pensei que o inquérito terminaria no mesmo dia. Minha surpresa deve ter transparecido, porque a juíza tirou os óculos e me explicou que eu receberia a certidão de óbito e deveria levá-la ao cartório. Já que a polícia não precisava mais do corpo, ele seria entregue aos meus cuidados, como parente mais próximo da vítima.

Saí do tribunal antes do meio-dia e peguei o metrô até o centro administrativo de minha comarca, onde nascimentos, casamentos e mortes tinham de ser protocolados. Era a primeira vez que ia lá. O prédio era circundado por salgueiros murchos, provavelmente plantados para suavizar o aspecto brutal do volumoso edifício de linhas retas. Imaginei que tivesse sido construído na década de 1970 por um arquiteto que possuía ações de uma fábrica de concreto. Placas em meia-dúzia de línguas direcionavam o visitante a todo tipo de repartições, onde se poderia pagar os impostos municipais ou reclamar da coleta de lixo, mas a localização do cartório parecia ser segredo de Estado. Por fim, descobri uma porta de vidro com um aviso pregado com fita adesiva por dentro, proibindo que se jogassem arroz e confetes. Senti uma estranha satisfação ao perceber que o aviso havia sido ignorado. O chão estava cheio de papéis cor-de-rosa picados e grãos de arroz.

Abri a porta e me guiei por outras placas, que me conduziram a um pequeno escritório cinzento, decorado com um pequeno vaso cinzento de flores artificiais sobre uma pequena mesa cinzenta, atrás da qual sentava-se uma pequena mulher cinzenta, que examinou a certidão de óbito de meu pai. Fez uma série de perguntas rotineiras — qual o nome completo do morto, sua data de nascimento, o que fazia para ganhar a vida —, carimbou um punhado de papéis, entregou-me um deles, devolveu a certidão e apontou para uma estante giratória, cheia de folhetos.

O *que fazer em caso de morte*. Eram os mesmos panfletos que Elsa Kendrick me dera quando foi me visitar na manhã em que voltei da delegacia. Pensei em visitar o serviço de assistência social, instalado no mesmo prédio, e perguntar por ela. Talvez descobrisse por que havia tirado licença médica, por que fora me visitar, como ficara sabendo da morte de meu pai. Mas sabia que me deixariam esperando durante horas para me dizer que não poderiam compartilhar essas informações. Além disso, eu já estava de saco cheio das lâmpadas fluorescentes, cadeiras de plástico e repartições governamentais. Peguei um ônibus que me deixou em frente a uma loja aberta 24 horas, perto de casa, administrada por dois indianos que, até onde eu sabia, nunca saíam lá de dentro. Apanhei um bife congelado, uma caixa de leite de meio litro e fui até o balcão. Um dos indianos fez uma careta quando lhe entreguei uma das cédulas de cinquenta libras que o Governador me dera. Rabiscou nela com uma caneta detectora e ergueu-a contra a luz. Ainda relutante, registrou a compra e me deu o troco. Eu estava a caminho de casa quando reparei em um estabelecimento em frente ao qual passara milhões de vezes sem me dar conta. Daquela vez, parei.

Parecia uma casinha suburbana, apartada da rua por um jardim bem-cuidado e um canteiro de narcisos anêmicos. Por trás das cortinas de malha da janela da frente, avistei uma escrivaninha de mogno com uma caneta requintada montada em um suporte, ao lado do qual jazia um livro-razão azul, fechado sobre um mata-borrão. Atrás da casa havia um quintal cercado por paredes altas. Na que dava para a rua, uma placa com letras brancas, em caligrafia solene, anunciava: *Funerária Parker & Parker.*

Fui até a porta, girei a maçaneta com cautela e empurrei. Um sininho tocou pesarosamente em algum lugar lá dentro, e o aroma nauseante de lírios me atingiu em cheio o rosto.

SEIS

Papai me acordou batendo com o fundo de um copo de suco de laranja em minha mesa de cabeceira.

— Desculpe — disse ele —, mas você precisa tomar suas vitaminas.

Sorriu. Seus cabelos estavam melados de sangue. O celular dele tocou, mas papai não se mexeu. Continuou parado, sorrindo para mim.

— Não vai atender? — perguntei.

— Atenda você. Diga que não estou mais em casa.

Estava mesmo tocando, o telefone dele, agora meu. Vibrava com tanta força que estava prestes a cair, dançando na mesa. Nem sinal do copo de suco de laranja. Apanhei o celular e franzi os olhos para entender o que estava escrito na tela. *Número privado*.

— Aqui é Finn Maguire — resmunguei.

— Esteja no Iron Bridge às cinco da tarde. Diga que foi enviado por mim.

Levei um segundo para reconhecer quem estava falando, mas o tom desdenhoso na voz de James era inconfundível.

— Às cinco? Hoje?

O corpo de meu pai seria velado na funerária naquela tarde. A pausa breve e zangada que James fez antes de responder deixou claro que ele não gostava que questionassem suas ordens.

— Quer a porra do emprego ou não?

— Quero, sim, obrigado. Estarei lá.

Ele desligou.

Vi que horas eram. Faltavam alguns minutos para as sete da manhã. Sempre pensei que criminosos acordassem tarde depois de passar a noite infringindo a lei. Vai ver James estava indo dormir. De qualquer modo, ele havia me feito um favor. Os raios de sol da primavera se infiltravam pelo quarto. Senti uma comichão nas pernas. Fazia alguns dias que não me exercitava. Precisava recuperar o tempo perdido.

Enquanto corria, pensei nas providências que havia tomado para o enterro. Stone, o agente funerário, era um sujeito pálido e rechonchudo, de quase trinta anos, com as unhas bem cuidadas e uma expressão estudada de consternação, que se tornara ainda mais sombria quando mencionei que estava na pindaíba. Indagou se eu desejava enterro ou cremação. Optei pela última. Papai sempre achou cemitérios lugares deprimentes, e imaginei que não o produto nunca sai de moda e os clientes julgam que pechinchar é falta de educação. Não que eu invejasse Stone pelo emprego que tinha.

Voltei para casa quarenta segundos acima de minha média e ralhei mentalmente comigo mesmo. Depois de tomar banho e fazer a barba, tomei o café da manhã na tigela da véspera. Mas lavei-a primeiro. Não sou tão largado assim.

Ainda não sabia de onde tirar dinheiro para pagar o funeral. Não fazia ideia de qual seria meu salário no Iron Bridge, caso me contratassem. Apesar de todo meu esforço para baratear o enterro, as estimativas de Stone indicavam que eu precisaria desembolsar algumas centenas de libras. Eu ainda tinha a maior parte do dinheiro que McGovern me dera, mas planejara economizar para um velório regado a álcool com os velhos companheiros de papai no Weaver's Arms. Com certeza, ele ficaria mais satisfeito do que se eu torrasse o dinheiro comprando um caixão elegante para ser cremado.

Àquela altura, meus problemas financeiros haviam realmente começado a me preocupar. Eu tinha de avisar ao banco. O que aconteceria se não conseguisse pagar as parcelas do financiamento. O banco ia se apropriar da casa? Ou a casa era minha agora? Será que eu a herdara automaticamente ou era preciso que a herança constasse no testamento? Nem sabia se ele havia deixado um testamento. Deus do céu... talvez a casa passasse a pertencer a minha mãe. Onde eu ia morar, então?

Caso o testamento existisse, eu fazia uma boa ideia de onde encontrá-lo.

fosse gostar de ir parar em um deles. Nunca visitava túmulos dos parentes e não se sentia culpado por ca disso. Alegava ter feito sua parte enquanto estavam vi e que seriam capazes de reconhecer seus gestos. Co maior naturalidade, o agente funerário explicou que a mação exigia outro certificado médico, mas que cuid pessoalmente do assunto. Eu podia apostar que o ser seria acrescentado à conta.

Um dos panfletos deixados por Elsa Kendrick fala respeito de verbas governamentais para ajudar quem e va desempregado a enterrar seus parentes. O dinheiro diretamente na conta do agente funerário, mas não co todos os custos. Por trás de sua máscara de consterna e serenidade, o sr. Stone aproveitava cada oportunid para aumentar o valor da conta. A maior parte das soas não quer parecer sovina ao enterrar um paren fica envergonhada de regatear. Mas eu não estava ne para o que os outros pensavam. Principalmente po tratar de meu pai, para quem encontrar uma barga era quase uma vocação. Senti que o sr. Stone começa se irritar com minha insistência de que tudo deveria o mais barato possível. Quando escolhi que a missa f realizada na segunda-feira, por exemplo, que saía em conta do que no sábado. Quando perguntei se el parente de um dos Parkers, o sr. Stone explicou que havia mais Parker algum no negócio. A funerária h sido vendida para uma grande rede nacional. Era entender por que empresas de grande porte demon vam interesse no ramo. Trata-se de um mercado em

Abri a porta do quarto de meu pai. As cortinas continuavam abertas. Ele sempre fazia a cama assim que acordava, mas isso era o máximo de organização a que se permitia lá dentro. Camisas e calças jeans nos mais diversos estados de sujeira permaneciam empilhadas na cadeira ao lado da cama. A cômoda estava cheia de moedas de um centavo, que nem valia a pena juntar, além de canetas velhas e frascos de desodorante vazios que ele não se dera ao trabalho de jogar fora. Seu cheiro ainda permeava o ambiente, mas começava a sucumbir à sujeira que se acumulava. Transferi as roupas sujas para a cama, arrastei a cadeira até o armário e subi nela. Embaixo de uma coleção de chapéus mofados e amassados, havia uma mala de fibra chinesa com dois fechos, um deles quebrado. Apanhei-a pela alça, arrastei-a para baixo, joguei-a na cama e abri o fecho que ainda funcionava.

A mala estava entupida de documentos, alguns em pastas, outros em envelopes, arrumados de forma aleatória. O primeiro envelope que abri continha certidões amareladas. A primeira tinha a palavra "NASCIMENTO" impressa no topo. Na coluna da esquerda, consegui decifrar meu nome, Finn Pearce Grey. O documento seguinte era a certidão de casamento de Noel Patrick Maguire, ator, com Lesley Helen Grey, atriz. Guardei-as. Não me serviam para nada.

O segundo envelope estava repleto de folhas impressas, todas parecidas. Reconheci a logomarca de um banco nelas, mas as letras e os números se embaralharam quando tentei decifrá-los. Quatro palavras, contudo, ressurgiam no cabeçalho de cada página: *Pagamento Periódico dos Juros*. Enfiei as folhas de volta no envelope e continuei procurando. Meia hora depois, meus olhos ardiam, minha cabeça latejava e eu não vira a palavra "testamento" escrita em lugar nenhum.

Guardei os envelopes e as pastas na mala. Pensei em retorná-la ao guarda-roupa, mas mudei de ideia. Poderia precisar dela de novo. Enfiei-a embaixo da cama, apanhei as camisas e as calças e enfiei-as no cesto de roupa suja. Então me perguntei por quê. Ele não as usaria de novo, e eu não as queria. Mas não estava disposto a despejá-las em um saco de lixo e deixá-las na porta de um brechó. Não estava sendo sentimental, embora parte de mim desejasse que sim. Estava era com preguiça.

A sala de velório era mal iluminada, abafada e sem janelas. Lembrou-me da sala na delegacia em que eu havia sido interrogado, embora fosse um pouco maior. O que mais chamava atenção no recinto era meu pai, deitado em um caixão disposto dobre um cavalete de madeira. O esquife era de compensado laqueado, que tentava passar por madeira, com alças de plástico douradas, que sequer tentavam parecer latão. Pelo visto, Stone fazia questão de que todos soubessem quando alguém comprava o caixão mais barato. Serviria de alerta a futuros clientes.

Papai não se importava, é claro. Parecia dormir, embora sua cabeça estivesse muito inclinada para trás, como se fizesse esforço para não encostar o queixo na camisa. Devia ser para esconder o estrago feito em seu crânio. Os auxiliares de Stone o vestiram com seu segundo melhor terno. Papai só possuía dois. O que trajava naquele instante era marrom-escuro, de grife, comprado em algum brechó, e ainda parecia elegante. O outro, cinza-chumbo, ficaria mais elegante ainda, mas eu precisava dele para o funeral, mesmo que meus ombros forçassem a costura e não desse para abotoá-lo. Os cabelos claros de papai e sua barba desgrenhada salpicada de fios grisalhos haviam sido penteados, talvez até aparados. Não dava para saber se estava maquiado. Sua pele apresentava a mesma cor de sempre. Mas estava imóvel demais, anormalmente imóvel, a imobilidade da morte. Toquei em sua testa fria. Senti vontade de beijá-la, do modo como ele beijava a minha, mesmo quando fiquei mais alto que ele, mas refreei o impulso, receando parecer mórbido e esquisito.

Então me dei conta de que não estava nem aí, debrucei-me sobre o caixão e beijei a testa dele. Foi como beijar uma pedra lisa, revestida de cera fria.

O agente funerário estava parado em um canto, com as mãos cruzadas sobre a virilha.

— Obrigado, sr. Stone. Ele ficou ótimo.

Stone assentiu. Fiquei em dúvida se havia dito a coisa certa. Na verdade, eu não sabia o que dizer. Não rezava desde garoto, quando estudei em um colégio católico, e não chorava desde que minha mãe nos deixara. Não ia recomeçar agora. Nem prece nem choro tinham resolvido meus problemas.

— Não vai ficar para receber os amigos e os parentes? — perguntou Stone quando me virei para sair.

— Ainda não avisei aos amigos dele — respondi.

— Mas já recebemos um telefonema. De uma senhora, que deseja prestar suas homenagens — explicou Stone.

— Lamento, mas não perguntei o nome dela.

— Ela disse quando vinha?

— Avisei que poderia chegar a qualquer hora depois das duas da tarde.

— Não posso ficar. Tenho um compromisso importante.

Parecia uma desculpa esfarrapada, mas não havia alternativa.

— Não se preocupe. Estarei aqui para recebê-la.

Fui embora, mas não voltei para casa. Escolhi uma mesa perto da janela no café defronte à funerária. O dono do estabelecimento planejara reproduzir o ambiente chique de um bistrô francês, mas a insistência da clientela local por ovos e batatas fritas acabou com seu sonho. O cheiro de gordura lamentavelmente contrastava com a decoração em tom carmesim. Pedi um café e recebi uma cafeteira que devia conter o suficiente para quatro ou cinco xícaras, mas não a esvaziei. Não queria estar no banheiro quando a mulher, quem quer que fosse ela, chegasse para prestar suas homenagens. Eu tinha uma ideia de quem seria. Achei que o café fosse o lugar ideal para ficar de olho na funerária, mas não contei com o ponto de ônibus em frente. A cada dez minutos, um ônibus de dois andares parava bem na porta do café, dificultando a vista. Assim que o segundo parou, eu ainda estava torcendo o pescoço para ver a porta da funerária quando me dei conta de que a mulher que eu procurava havia descido do ônibus.

Embora eu estivesse quase ao seu lado, do outro lado janela, Elsa Kendrick, a assistente social, parecia preocupada demais para notar minha presença. Ergueu a gola do casaco e olhou para os dois lados da rua antes de atravessá-la em direção à funerária. Pensei em ir atrás dela, mas emboscá-la na capela, diante do corpo do meu pai, não me pareceu uma boa ideia. Além disso, ela já havia mentido para mim e poderia facilmente mentir de novo. Resolvi agir como se fosse um capanga do Governador.

Fui até o balcão e paguei a conta, sem tirar o olho da porta da funerária. Vinte minutos depois, Kendrick ressurgiu, apertando um lenço na mão, de olhos e nariz avermelhados. Virou à esquerda e se dirigiu ao ponto de ônibus do outro lado da rua, para pegar o caminho de volta. Aguardei no café até que o ônibus chegasse, contei até dez enquanto Kendrick embarcava com os outros passageiros e atravessei a rua correndo. O motorista havia acabado de fechar a porta, mas abriu-a quando supliquei com um sorriso. Passei o *travel card* na leitora e esquadrinhei o andar de baixo. Nem sinal de Kendrick. Ela devia ter subido. Assim que o ônibus saiu, abri caminho até a última fileira, onde me sentei para esperar.

Fora uma manobra arriscada, mas não vi outro modo de descobrir onde Kendrick morava, a não ser que saísse correndo atrás do ônibus. Quando ela desceu na funerária, percebi que usara a escada que levava ao andar superior e torci para que se sentasse lá em cima na volta. Dava para entender sua preferência. O andar de baixo estava sempre lotado de enormes carrinhos de bebê, aposentados mal humorados e estudantes que ouviam suas músicas horrorosas nos minúsculos alto-falantes dos celulares. Por sorte, as aulas ainda não haviam acabado, mas não faltavam velhos de cara feia chupando a dentadura e mamães que embarcavam e desembarcavam carrinhos de bebês durante o trajeto. A cada parada, eu ficava tenso e me preparava para a descida de Kendrick, mas o ônibus seguia em frente, emaranhando-se na infinidade de lojas, ruelas e sinais de trânsito que perfazem o Oeste de Londres. E nada da assistente social. Comecei a pensar que me confundira, que ela não havia embarcado no ônibus. Talvez tivesse me visto e dado um jeito de me despistar... Não, ela teria de ser muito paranoica para achar que estava sendo seguida. Embora, é claro, isso fosse verdade.

Ônibus sempre me dá sono. Pode ser barulhento, mas é quentinho, e o movimento me embala. Escutei o clique-claque de saltos altos nos degraus e me dei conta de que estava de olhos fechados. Abri-os a tempo de ver Elsa Kendrick na porta de saída, tocando a sineta. O ônibus diminuiu a velocidade e parou. A porta se abriu com um chiado, e ela desembarcou. Virou à esquerda e caminhou na direção contrária do trajeto do ônibus. Aguardei que passasse por mim antes de me levantar. O velho de boné amassado que havia se sentado ao meu lado bufou e fez careta, como se eu tivesse resolvido descer só para incomodá-lo. Não teve pressa de me dar passagem. A porta já havia se fechado quando consegui me desvencilhar. Os segundos que se passaram até o motorista abri-la de novo pareceram durar uma eternidade. Saltei e passei a vista ao redor. Avistei os cabelos ruivos de Kendrick quando ela atravessou a rua na faixa de pedestres no fim do quarteirão. Atravessei a rua atrás do ônibus e quase fui atropelado pela motocicleta de um entregador de pizza, que buzinou e me xingou por baixo do capacete. Não dei bola e apertei o passo.

Kendrick andava de cabeça erguida, com as mãos nos bolsos do casaco. Movia-se com rapidez e elegância. Tinha o corpo bonito, admito, por isso não me incomodava ficar de olho nela. Quando dobrou abruptamente uma esquina, acelerei ainda mais o passo.

Cheguei à esquina bem a tempo de vê-la parada em frente a porta de uma casa no meio do quarteirão, mexendo na bolsa. As casas geminadas eram estreitas e apartadas da calçada por pequenos jardins de muro baixo. Se ela virasse a cabeça, eu não teria onde me esconder, a não ser por um poste de luz. Mas Kendrick tirou um chaveiro da bolsa, escolheu uma chave, abriu a porta e entrou na casa sem olhar para trás. Escutei a caixa de correio embutida chacoalhar quando ela bateu a porta.

Fui até o portão. A casa era ligeiramente maior que a nossa, mas, ao contrário da maioria das outras naquela rua, tinha duas portas de entrada, em vez de uma. Devia ter sido convertida em um prédio de dois andares, e não fazia ideia de qual porta era a dela. Um pequeno canteiro havia sido aberto no concreto do jardim. Algumas roseiras mirradas erguiam-se com otimismo do barro grudento. As portas eram idênticas, pré-fabricadas e sem pintura, com painéis de vidro ondulado, tingido de amarelo, para deixar os raios de sol entrarem nas raras vezes em que este brilhava. Uma luz se acendeu atrás da porta à direita, nos fundos do apartamento, provavelmente na cozinha. Os botões das campainhas também eram idênticos, de plástico preto, com um espaço embaixo para o nome do morador, mas não havia nome algum. Ora bolas, pensei, tenho cinquenta por cento de chance de acertar de primeira. Toquei a campainha da direita e aguardei. Ouvi o som de passos se aproximando por trás da porta. O rosto de Kendrick surgiu em um dos painéis envidraçados.

Ela entreabriu a porta e, ao me reconhecer, seu primeiro impulso foi fechá-la de novo. Falei antes que tivesse tempo para isso.

— Me desculpe, sra. Kendrick. Liguei para o serviço de assistência social, mas me disseram que a senhora estava de licença médica.

— Não atendo em casa. Você não deveria ter vindo até aqui.

Reparei que ela segurava uma grande taça de vinho.

— Desculpe, só queria falar com a senhora. Sei que era amiga do meu pai.

Na verdade, eu não sabia, mas era um bom chute. Afinal de contas, é raro ver uma assistente social chorando pela morte de um cliente.

— Só queria conversar com alguém sobre... sobre tudo o que aconteceu. Preciso de ajuda.

Não tinha certeza se a postura de garotinho perdido estava funcionando, mas pelo menos ela ainda não havia batido a porta.

— Como descobriu onde eu moro?

— Meu pai deixou um monte de escritos. Dei uma olhada neles.

O que não era mentira, convenhamos.

— Ele escreveu sobre mim?

Ela pareceu preocupada e, ao mesmo tempo, intrigada. Olhei para o relógio. Ia chegar atrasado ao encontro no restaurante. Dane-se, pensei.

— Posso entrar? Juro que não vou demorar muito. Tenho uma entrevista de emprego às cinco.

Ela deve ter percebido que pelo menos isso era verdade, pois abriu a porta e se afastou para me dar passagem. Segui-a pelo hall acanhado, dividido ao meio por uma parede fina, até a sala de estar. O andar de baixo, ocupado por ela, devia consistir, no máximo, de dois aposentos e a cozinha. A porta do meio, provavelmente de seu quarto, estava fechada. As paredes e o carpete da sala eram claros, de tons neutros. As cadeiras modernas, de ângulos retos, compradas naquela famosa loja de móveis sueca, eram revestidas com capas beges. Eu sabia que cores claras ajudam a fazer o ambiente parecer maior, e o apartamento dela precisava de toda ajuda possível. A arrumação era neuroticamente impecável, embora os produtos de limpeza não conseguissem disfarçar totalmente um estranho cheiro agridoce, como o de perfume estragado.

— Aceita alguma coisa para beber? — perguntou Kendrick, acenando com a taça de vinho para mim antes de enrubescer. — Um chá ou café, digo.

— Não, obrigado — respondi, sentando-me na ponta do sofá.

Não tinha certeza de como arrancar dela o que queria saber, nem por onde começar.

— Você disse que precisa de ajuda?

— É. Tudo aconteceu de uma hora para outra. Não sei o que fazer primeiro.

— Leu os folhetos que deixei?

— Passei os olhos neles. O problema é que achei que sua visita tinha sido oficial, mas me informaram que a senhora já está de licença há meses. Era amiga do meu pai, não era?

Ela abaixou os olhos, constrangida e sem graça, agora que não podia mais usar seu cargo como desculpa. Sentou--se na poltrona a minha frente.

— Não consegui acreditar quando soube do que aconteceu — disse ela. — Principalmente quando ouvi falar que...

— Que a polícia acha que eu seja o culpado? — atalhei.

— Queria ver por mim mesma. Desculpe por ter mentido para você. Seu pai não havia lhe contado sobre nós, e tentei respeitar a vontade dele. Mas, assim que o vi, descobri que os policiais se enganaram. O Noel me falava muito a seu respeito. Tinha muito orgulho de você. Pela força de vontade que teve para mudar de vida depois de tudo o que passou.

— É. Mas foi ele quem me deu essa força.

— O que Noel escreveu sobre mim?

Abri a boca e hesitei antes de responder.

— Não sei. Roubaram boa parte da papelada dele.

Ela pareceu curiosa que eu conseguira enganá-la, apelando para sua vaidade.

— Ele não escreveu nada a meu respeito, escreveu? E nunca lhe contou sobre nós.

Era sua vez de agir como uma adolescente magoada.

— Imaginei que algo estivesse acontecendo — disse eu.

— Alguns meses atrás, ele foi ao salão cortar o cabelo e começou a se vestir com mais elegância. Comprou aquele terno marrom, mesmo estando duro. Às vezes, voltava muito tarde para casa, tentando não me acordar, mas dava para perceber que...

— O quê?

— Que ele estava mais feliz.

O rosto dela se iluminou.

— Talvez ele estivesse planejando me contar — prossegui. — Não conversávamos muito. Quer dizer, ele falava, mas eu não prestava muita atenção. E agora é tarde demais.

Isso era verdade, também. E eu descobrira que a verdade é um bom modo de desarmar as pessoas.

Kendrick suspirou e tomou outro gole de vinho. A taça era grande, mas já estava pela metade.

— Como vocês se conheceram? — perguntei.

— No Coach and Horses, um pub aqui perto. Ele foi lá fazer uma pesquisa qualquer. Disse que ia se encontrar com uma arquiteta, ou algo assim, e achou que eu fosse ela. Talvez fosse apenas uma cantada, mas funcionou.

— Não foi, não. Ele sempre levou mais jeito para fazer pesquisa do que para escrever. O que ele estava pesquisando?

— Ah, uma lenda urbana, algo sobre um gângster que enterrava suas vítimas nos pilares do viaduto. Onde a rodovia cruza o canal.

Ela achou graça do absurdo da história. Para mim, porém, depois de ter conhecido o Governador, a história não me parecia nem um pouco absurda. Com quem papai andara conversando, afinal?

— Depois disso, ele passou a frequentar o pub algumas vezes por semana. Às vezes, passava a tarde aqui, comigo...

Kendrick ficou envergonhada. Duvido que passassem a tarde jogando *Scrabble*.

—Noel era tão amável — prosseguiu ela. — Não acredito que sua mãe deu o fora nele. E no próprio filho. Que vadia.

Ela falou com tanta amargura que a criança abandonada parecia ter sido ela, e não eu. Senti vontade de tranquilizá-la, dizendo que eram águas passadas, mas cheguei à conclusão de que aquilo não era da sua conta. Além disso... eu não tinha certeza se *eram* águas passadas.

— Eu sempre pedia que ele passasse a noite comigo, mas ele se recusava. Tinha de voltar para você — disse ela, com um sorrisinho de inveja. — Prometeu me levar para conhecê-lo o mais cedo possível, mas antes tinha de preparar o terreno, afinal vocês dois passaram tanto tempo sozinhos. E aí...

— Aí ele foi assassinado.

Ela se encolheu e assentiu.

— E a senhora nunca conheceu os amigos dele? A turma do Weaver's Arms?

Ah, merda. O Weaver's Arms... A história que os velhos contaram a respeito do meu pai se escondendo embaixo da mesa.

Kendrick percebeu a mudança em minha expressão.

— O que foi?

— Desculpe, Elsa, mas a senhora é casada?

— Separada.

Ela ergueu a mão esquerda, e vi a marca branca, quase imperceptível, deixada pela aliança no dedo anelar.

— Quando se separou?

— No ano passado. Bem antes de conhecer o Noel.

— Como ele é, fisicamente? O seu marido.

— Ex-marido. Tem quarenta e poucos anos. Barrigudo. Careca no topo, cabelos brancos e curtos. E é cheio de tatuagens no antebraço. Tribais.

Meu pai se escondera embaixo da mesa para fugir de um sujeito com tatuagens tribais... Um sujeito que ele estaria corneando.

— Por que vocês se separaram? Desculpe a intromissão.

— O Jonno é... um pouco esquentado — disse ela, quase sussurrando, e virou a taça de vinho.

— Era violento com a senhora?

— Agora é você que parece ser o assistente social. Tem certeza de que não quer beber alguma coisa?

Kendrick se levantou e foi até a cozinha. Eu a segui pelo hall e aguardei na porta da cozinha enquanto ela tirava uma garrafa de vinho da geladeira e enchia a taça.

— O que o seu ex faz da vida?

— É caminhoneiro. Internacional. Vive viajando entre a Inglaterra, a Alemanha e a Holanda.

— A senhora devia se sentir sozinha.

Kendrick olhou com raiva para mim, como se eu estivesse me compadecendo dela. Talvez estivesse mesmo, pensei, por isso voltei a falar antes que ela me interrompesse.

— Ele passou esta semana aqui na Inglaterra?

O que eu queria mesmo perguntar era onde ele estava na noite em que meu pai morreu, mas ela leu nas entrelinhas e parou com a taça a caminho da boca.

— Não — retrucou Kendrick, abanando a cabeça. — Ele não seria capaz. Nem mesmo o Jonno. Não acredito...

— E se eu quiser trocar uma palavrinha com ele?

— Não faça isso. O Jonno... Olha, é provável que ele nem estivesse no país naquela noite...

— Ótimo, ele pode dizer isso para a polícia.

— Não conte para a polícia. Por favor, Finn. Você não sabe do que ele é capaz.

— Não vou dizer que falei com a senhora.

Kendrick deu as costas para mim ao tomar outro gole de vinho, como se estivesse envergonhada.

— O número dele está listado — disse ela, passado algum tempo. — Na seção de transportes. Jonno Kendrick.

— Certo.

Olhei para o relógio e vi que tinha menos de uma hora para chegar a Pimlico para a entrevista de emprego no restaurante. Eu estava do lado errado de Londres, e a hora do *rush* estava prestes a começar.

— Tenho que ir — disse eu, encaminhando-me para a porta da frente.

— Finn, espere.

Ela deixou taça na mesa e foi atrás de mim.

— Prometa que não vai fazer nenhuma besteira.

— Obrigado, Elsa. E obrigado por... fazer o meu pai feliz.

— Fique mais um pouco. Beba algo de verdade — disse ela, com um sorriso tímido que se refletia no olhar. — Não vou contar para ninguém.

— Desculpe, Elsa, mas eu tenho mesmo uma entrevista de emprego.

— Ligue para eles. Desmarque. Você passou por uma experiência terrível, Finn. Nós dois passamos.

Ela pôs a mão em meu braço e olhou para mim. De repente, eu me perguntei o que levara aquela assistente social a ser suspensa. Kendrick deve ter lido meus pensamentos, porque recolheu a mão e começou a enrolar os cabelos.

— Tchau — disse eu, abrindo a porta.

— Cuide-se, viu.

Ela fechou a porta atrás de mim. Que bizarro, pensei. Será que ela tinha dado em cima de mim? Primeiro tive medo de não conseguir entrar na casa dela, depois, de não conseguir sair. Será que papai sentiu a mesma coisa?

SETE

Cheguei ao Iron Bridge com cinco minutos de atraso e empapado de suor. O restaurante já estava aberto, embora ainda fosse cedo para o jantar. A decoração era discreta e sofisticada. A iluminação indireta refletia nas taças de cristal e nos talheres imaculados, dispostos sobre toalhas de mesa de linho. O ambiente não seguia as tendências da moda nem apelava para uma nostalgia cafona. Era atemporal e elegante. Uma garçonete, vestida de preto dos pés à cabeça, esvoaçava de mesa em mesa como um beija-flor, arrumando com habilidade minúsculos vasos de flores. Ergueu os olhos para mim quando entrei. Pelo visto, os funcionários eram escolhidos com tanto cuidado quanto a decoração. Ela era esbelta e curvilínea, de pele perfeita e olhos castanhos. Devia ser da Malásia ou da China. Aproximou-se com um sorriso aberto e descontraído. A camiseta, as calças jeans e os tênis que eu usava me faziam parecer mais um assaltante do que um cliente, mas ela não demonstrou ter percebido.

— Olá, como posso ajudá-lo?

— Vim falar com o sr. Eccles. Sobre um trabalho.

Ela piscou. É claro, pensei, além de chef de cozinha, Eccles era uma celebridade. Tinha um programa na tevê, não ia se dar ao trabalho de contratar e demitir pessoalmente os funcionários. Eu devia ter pedido para falar com o mordomo, ou seja lá como se chamava o gerente em lugares assim.

— Vou ver se ele pode atendê-lo — disse ela, passado o susto. — Quem deseja falar com ele?

— Maguire. Finn Maguire.

Não mencionei o Governador, nem planejava fazê-lo. Quem quer que me entrevistasse saberia quem havia me recomendado. Além disso, eu tinha certa vergonha de ter meu nome associado ao dele.

— Sente-se, por favor — disse ela, acenando com graciosidade, mas recusei.

Tentei não ficar mexendo os pés nem enfiar as mãos no bolso enquanto aguardava. O lugar me intimidava, mas eu não queria passar por caipira.

Ela voltou alguns minutos depois e abriu um sorriso calculado.

— Por aqui, por favor.

Gesticulou para que eu fosse na frente e me conduziu até os fundos do restaurante. Ao lado das portas de vaivém da cozinha, havia outra, tão pouco chamativa que era quase invisível. Estaquei, sem saber se a porta se abria com um empurrão ou se descia como uma ponte levadiça. Eu podia até não passar por caipira, mas certamente era o próprio bobo da corte. A garçonete passou a minha frente, abriu a porta com delicadeza e apontou para um corredor mal iluminado, pintado de vermelho-escuro.

— O chef está no escritório. Primeira porta à esquerda.

Bati à porta e aguardei. Fiquei em dúvida se alguém respondera, mas já não via a hora de acabar com aquela tortura, por isso entrei no escritório.

Era decorado com a mesma discrição do salão, mas dominado por uma escrivaninha lustrosa de madeira clara, com um daqueles computadores supermodernos no topo, com todos os periféricos integrados a uma tela gigantesca. O escritório possuía sua própria cozinha, o que parecia esquisito, já que havia uma cozinha comercial ao lado, mas vai ver que Eccles gostava de privacidade ao elaborar novas receitas.

Chris Eccles, em pessoa, sentava-se à escrivaninha, trajando o tradicional uniforme branco de chef de cozinha. Folheava uma pilha de recibos e fazia anotações em uma caderneta, sem dar bola para o computador. Fazia sentido. Em seu programa na TV, ele sempre insistia em preparar os ingredientes à mão. Fui até à escrivaninha, sentindo-me um pouco nervoso, e pigarreei. Ele ergueu os olhos e me examinou com atenção por cima dos estreitos óculos de grife que haviam se tornado uma de suas marcas registradas.

— Olá. Meu nome é Finn Maguire.

Eccles conferiu as horas em seu relógio de pulso. Eu estava sete minutos atrasado. Tive a impressão de que ele desejava me passar um sermão, mas se contentou em indicar com o queixo a cadeira defronte à escrivaninha. Sentei-me com as mãos no colo, arrependido por não ter ido para casa tomar banho e trocar de roupa depois da funerária em vez de bater perna seguindo Elsa Kendrick por West London.

— Me disseram que você tem experiência na cozinha — disse ele.

Direto ao ponto, sem rodeios. Seu tom de voz era neutro, como se a decisão já estivesse tomada e restasse a ele apenas manter as aparências. Na televisão, ele carregava no sotaque de Newcastle. Ao vivo, não se dava ao trabalho.

— Não tenho, lamento. Só como atendente de lanchonete.

Ele fez uma careta.

— Qual?

— Faz alguma diferença?

— E que cargo estava planejando ocupar aqui?

— Qualquer um, sr. Eccles, não sou exigente.

— Quer trabalhar no salão?

— Como garçom?

— Sim, como garçom, atendendo aos clientes, servindo vinho.

— Pode ser, mas... Acho que não faria jus ao seu estabelecimento.

Ele começou a ranger os dentes. Seus maxilares eram fortes e quadrados. Os cabelos, negros e volumosos, raramente obedeciam às suas ordens. Os espectadores, nem todos do sexo feminino, só faltavam desmaiar quando ele arregaçava as mangas da camisa e punha a mão na massa, piscando para a câmera. Mas não piscava para mim naquele instante. Parecia muito zangado, como se alguma celebridade excêntrica tivesse pedido a ele que a servisse pessoalmente um prato feito em uma bandeja de plástico, nu a não ser pelo avental.

— Desculpe, mas quer dizer que se considera bom demais para atender os clientes? Porque é isso o que fazemos aqui.

— Não, não. Olha, sr. Eccles, acho que o senhor entendeu mal. Sei quem sugeriu que me recebesse... — A bem dizer, *ordenou que me contratasse*, mas achei melhor não entrar em detalhes. — Mas não trabalho para ele, quer dizer, não espero que...

Respirei fundo e recomecei.

— A verdade é que preciso de um emprego. Um emprego de verdade. Estou disposto a fazer qualquer coisa, limpar os banheiros, esvaziar as latas de lixo, tanto faz. Se o senhor ficar satisfeito com o meu trabalho, e achar que levo jeito, adoraria trabalhar como garçom, um dia. Mas acredite, o senhor não gostaria de me ver tão cedo no salão, a não ser que os seus clientes apreciem que a comida vá parar em seus colos.

Eccles ficou pensativo, como se quisesse acreditar em mim, mas desconfiasse que se tratava de uma cilada.

— E o que dirá para o nosso amigo em comum?

É óbvio que ele se referia a McGovern, e igualmente óbvio que a relação entre eles não era de amizade.

— Não vou dizer nada. Mesmo que o senhor não tenha trabalho para mim e me mande para casa. Ele me devia um favor. Arranjar esta entrevista foi esse favor. Ele nunca me prometeu um emprego. Isso depende do senhor. Juro.

Eccles tirou os óculos e bateu com a haste da armação nos dentes. Foi um momento bizarro. Eu já o vira fazer isso na televisão, em um comercial de manteiga irlandesa.

— Venha comigo — disse ele, levantando-se da cadeira e marchando para fora do escritório.

Saí apressado atrás dele como o corcunda Igor seguindo o dr. Frankenstein.

Ao entrarmos na cozinha, o ruído de atividade subitamente aumentou. Ouvi panelas se chocarem umas com as outras e gritos de "Sim, Chef!". Pelo visto, os funcionários morriam de medo de Eccles e se desdobravam para dar a impressão de estarem atarefados. Passamos por uma moça nervosa que se esforçava para criar pequenas esculturas com massas de doce. Mais adiante, um cozinheiro com as mãos cheias de escamas estripava e filetava uma pilha reluzente de peixes. Nos fundos da cozinha, um sujeito com um par de compridas luvas pretas, que não combinavam com o uniforme branco, raspava o que pareciam ser restos de ovo de uma panela de aço inoxidável.

— Gordon — disse Eccles.

O funcionário deu um pulo e praticamente assumiu posição de sentido.

— Sim, Chef!

— Vá ajudar o Eric com os peixes. E preste muita atenção no que ele diz.

Gordon ficou radiante e arrancou as luvas. Imaginei que estivesse sendo promovido. Quantas eras havia passado ali como aprendiz, lavando louça?

— Sim, Chef. Obrigado, Chef — balbuciou ele.

Eccles apanhou as luvas e bateu com elas em meu peito.

— Tem máquina de lavar em casa?

— Não.

— Sabe lavar louça, então?

— Sei.

— Sei, *Chef* — corrigiu ele. — Quer um macacão?

— Não, obrigado, Chef.

— Então mãos à obra.

Calcei as luvas e olhei para o oscilante monte de panelas empilhadas à esquerda da pia, incrustadas de restos de massa, ovo e o que parecia ser pele de peixe estorricada. Esguichei detergente na pia, abri a água quente ao máximo, apanhei uma esponja de lã de aço e comecei a assobiar.

Meia hora depois, eu já estava arrependido de não ter aceitado o macacão. O trabalho era pesado, e a camiseta grudava em meu corpo por causa do suor. Com certeza não era o tipo de cozinha em que eu poderia trabalhar sem camisa. Todos os funcionários usavam uniformes abotoados até o pescoço, embora fizesse tanto calor lá dentro quanto em uma caldeira no inferno. Eccles movia-se sem pressa entre eles, raramente levantando a voz, a não ser quando queria ser ouvido sobre a cacofonia das panelas. Guardava os acessos de raiva para o programa de TV. Gordon foi ver como eu estava me saindo, e aproveitei para perguntar onde ficavam guardados os macacões. Eram tão grandes e folgados que deixavam o ar entrar. Tirei a camiseta suada, vesti um deles e voltei ao trabalho.

O barulho se tornou cada vez mais ensurdecedor à medida que a noite avançava. As panelas sujas se empilhavam como estilhaços de bomba em um campo de batalha, mas escovei-as e lavei-as sem parar. À certa altura, a cozinheira que eu vira antes se aproximou rapidamente de mim, deixou um prato de salada com salmão empanado na pia e voltou correndo para seu posto. Comi aos poucos, para não comprometer meu desempenho. A comida estava uma delícia. Fora isso, ninguém na cozinha me deu bola, o que por mim estava ótimo.

Percebi o barulho diminuindo antes mesmo de conferir as horas. Passava das onze e meia. A pilha de panelas diminuíra tanto que dava até para contá-las. À meia-noite, eu já estava enxugando a pia, sem notar que Eccles me observava. Quando me dei conta disso, virei para trás e dei de cara com ele, de braços cruzados e um sorrisinho no rosto, como quem ganhou uma aposta.

— Você foi bem — disse ele.

— O emprego é meu?

Ele enfiou a mão no bolso de trás das calças do uniforme, tirou uma carteira fina, contou cinco notas de vinte libras e entregou-as para mim. Fiquei olhando para elas.

— Por sete horas de trabalho?

Sua expressão sugeria que eu não fizesse perguntas imbecis.

— Muito obrigado, sr. Eccles — disse eu, tirando as luvas ruidosamente.

— O seu nome é Finn? — perguntou ele, como se não tivesse prestado atenção mais cedo.

— É.

— Combine seus turnos com a Josie, nossa gerente, certo? E quando não puder vir, por qualquer motivo, ligue para ela e avise.

— Não. Quer dizer, não vou precisar ligar. Quero dizer, não vou faltar, Chef.

Ele assentiu e foi embora, acompanhado de murmúrios reverentes de "Boa noite, Chef". Enfiei o macacão no cesto de roupas sujas e vesti a camiseta.

Não parei de tocar nas cédulas dobradas no bolso durante toda a viagem de metrô até minha casa. Tinha medo de que evaporassem como mágica. Ficou combinado que eu trabalharia sete noites por semana, com dois dias de folga por quinzena. Cem libras por noite, sete noites por semana... Mas talvez fosse apenas um bônus de incentivo. Talvez Eccles começasse a me pagar o salário mínimo quando eu assinasse o contrato. Não, pensei. Ele acha que faço parte da gangue do Governador e pensa que está pagando por proteção. Se não encher meus bolsos, teme que eu vá correndo me queixar ao McGovern. Mas eu tinha explicado que não, que queria apenas ganhar um salário justo pelo meu trabalho. Era bom que eu explicasse de novo. Mas cem libras por noite... Ah, deixaria para explicar depois.

Só então me lembrei de que o dinheiro não era meu principal objetivo, e sim me infiltrar nos negócios do Governador e descobrir a verdade sobre a morte de meu pai. Era possível que o restaurante não passasse de fachada para lavagem de dinheiro. Fui pago em dinheiro vivo, afinal de contas. Mas seria dispendioso demais mantê--lo apenas como fachada. Além disso, casas de aposta e cassinos eram bem mais apropriados para isso. Será que o Governador investira no Iron Bridge por querer fazer parte de uma elite que não frequentaria suas boates e bordéis? Mas se Eccles tinha tanto medo de McGovern, por que havia feito negócio com ele?

A não ser que não lhe tenham dado opção.

De qualquer modo, eu duvidava que fosse descobrir mais a respeito do Governador lavando panelas todas as noites. Mas estava cansado demais para pensar no assunto. Era quase uma da manhã quando cheguei a minha rua, tão exausto que mal conseguia erguer os pés para caminhar. Não reparei na moça escondida embaixo de uma sacada a duas casas da minha. Na verdade, só me dei conta de sua presença quando ela me chamou. O capuz do agasalho escondia seu rosto.

— Ei, você tem fogo?

— Desculpe — respondi. — Não fumo.

— Quer dizer que não vai dar nem para filar um cigarro.

— Se você não tem cigarros, por que quer fogo?

Ela abaixou o capuz, soltou os cabelos, olhou para mim com mais atenção e fez uma careta.

— Ah, merda — disse a moça. — É você.

Na última vez que nos encontramos, Andy reclamara que ela estava ocupando a melhor mesa da lanchonete e me mandou escorraçá-la. Eu não fazia a menor ideia do que ela estava fazendo de madrugada na minha rua, mas, em vez de deixá-la onde a encontrei, convidei-a para entrar. Ela deu de ombros e aceitou. E assim, como quem não quer nada, foi parar no meio da minha sala de estar, apertando o agasalho contra o corpo.

— Está mais frio aqui dentro do que lá fora — disse ela.

— Eu sei. Aceita algo quente para beber?

— Não é melhor ligar o aquecedor?

— Claro.

Fui até a cozinha, apertei a tomada e aguardei o aquecedor funcionar. Quando voltei à sala, encontrei-a folheando com displicência os envelopes endereçados a meu pai. Tinha quase certeza de que eram contas e elas vinham se acumulando na mesa nos últimos dias, mas eu ainda não me dera ao trabalho de abrir. Não entenderia nada do que estivesse escrito, de qualquer jeito.

— Meu nome é Finn, aliás.

— Eu sei. Me disseram que você talvez tivesse um bagulho para vender. Ou pó.

— Quem disse?

— Tem ou não tem?

— Tenho cerveja. Mais nada.

— Aceito uma cerveja, então.

Sem parar de apertar o agasalho, a moça se deixou cair no sofá. O couro fajuto rangeu e pipocou enquanto ela se afundava no assento surrado. Não me mexi. Ela ergueu os olhos como se quisesse saber por que seu pedido estava demorando. Quando nossos olhares se cruzaram, abaixou a cabeça.

— Meu nome é Zoe — disse, em voz baixa.

Apanhei a penúltima lata de cerveja na geladeira e me dei conta de que, se ela pedisse algo para comer, eu estava frito. Só restavam metade de uma cebola mofada, enrolada em papel filme, e um pote vazio de margarina. Eu realmente precisava me dignar a fazer compras.

— Então, como vai a vida no mundo glamoroso do serviço de refeições ligeiras? — perguntou Zoe na sala.

Voltei para lá e entreguei a lata de cerveja para ela.

— Como sempre. Desculpe, mas todos os copos estão sujos.

— Cadê os seus pais? — perguntou ela, abrindo a lata e tomando um gole.

— A minha mãe nos deixou faz muito tempo. E o meu pai morreu.

— Sério? Quem dera o meu tivesse morrido.

Sua bravata infantil me irritou. Ela não fazia ideia do que dizia.

— Ele foi assassinado. Alguns dias atrás. O enterro é na segunda-feira.

— Que merda. Quer dizer, sinto muito.

Ela ficou constrangida, algo que não devia lhe acontecer com muita frequência. Tomou outro gole. Agora eu é que estava me sentindo um tolo, como se tivesse dito: "Meu pai está mais morto do que o seu".

— Não trabalho mais na Max Snax. Fui despedido. Fiquei até feliz com isso. Detestava aquela porcaria, mas nunca tive coragem de pedir demissão.

— O que está fazendo agora?

— Lavando panelas em um restaurante.

— Não parece ter sido uma boa troca.

— Paga mais.

— Não vai me acompanhar? — perguntou ela, erguendo a latinha.

— Estou exausto. Além disso, não sou de beber muito.

— Então é melhor eu cair fora — disse ela, sem se mexer.

— Os seus pais não ficam preocupados?

— O meu pai não está nem aí para mim. E o sentimento é recíproco.

— Onde ele pensa que você está?

— Na casa de uma amiga.

Ela deu de ombros de novo. Imaginei que as coisas iam mal mesmo na casa dela para que Zoe se sentisse mais à vontade na sala de um completo desconhecido, sem que ninguém soubesse onde estava.

— O que você foi fazer na Max Snax naquele dia? — perguntei. — De manhã tão cedo. Foi expulsa do colégio ou algo assim?

— Estava matando aula. Ou você acha que eu usaria aquele uniforme marrom-cocô por livre e espontânea vontade? Por que não põe uma música?

— O aparelho de som está quebrado.

Bocejei. Ela pôs a lata no chão, como se realmente pretendesse ir embora, mas não se levantou do sofá.

— Obrigada pela cerveja. Preciso ir.

— Quer que eu chame um táxi?

— Não, obrigada. Não tenho dinheiro para isso.

— Como ia pagar pelas drogas, então?

— Por que você não para de fazer perguntas idiotas?

— Porque estou na minha casa.

— Use a imaginação.

Mas ela não conseguiu sustentar meu olhar. Interpretava bem o papel de mulher fatal, mas era só fingimento.

— Neste caso, é mesmo uma pena que eu esteja sem bagulho para vender. O que eu ganho pela cerveja?

— Uma conversa inteligente.

Achei graça, e ela também. Passamos algum tempo rindo como crianças.

— Quais são os seus planos? — perguntei. — Se voltar para casa a esta hora da noite, o seu pai vai ficar ainda mais desconfiado.

As risadas evaporaram.

— Não é da sua conta — disse ela.

Aposto que essa era uma das suas frases preferidas.

— Pode dormir aqui, se quiser — ofereci. — No sofá. Deixo o aquecedor ligado. Tem uma colcha sobrando lá em cima.

Estava no quarto do meu pai, mas não queria que ela dormisse lá, embora não me incomodasse que dormisse na sala. Na verdade, tive de admitir que estava até gostando da ideia, embora não fosse dizer isso em voz alta. Daria a impressão de ser um sujeito solitário ou tarado, talvez as duas coisas, embora não fosse o caso. Ou era?

— Não, obrigada — disse ela, empurrando as almofadas do sofá com as omoplatas. — Este troço está todo encaroçado. Foi revestido com o quê? Jornais?

— A escolha é sua.

— Não posso dormir em uma cama?

Ela me encarou com a cabeça ligeiramente inclinada para o lado. Desconfiei de que não estivesse se referindo à cama de meu pai. Fiquei tentado, é claro. Não dava para ver a silhueta dela por baixo do agasalho e das calças jeans, mas eu me lembrava muito bem daquelas pernas. Até o modo como ela bebia cerveja na lata era excitante. E tinha um rosto de anjo. Um anjo rabugento. Mas achei que ela não estava me dando valor. Senti parte de mim objetando com veemência na região da virilha, mas indeferi a objeção.

— É pegar ou largar.

— Tá bom — disse ela, conformada.

Não tive certeza se estava se sentindo aliviada ou ofendida.

— Quer a colcha?

— Quero, por favor.

— E uma escova de dentes?

— Vai me contar uma história antes de dormir, também?

Achei graça. Era admirável o modo como ela não deixava a peteca cair.

A colcha do meu pai era barata, desconfortável e volumosa como um colchão inflável. Quase tropecei ao descer a escada por não enxergar os degraus. Cheguei cambaleante à sala e depositei a colcha em uma cadeira. Quando ergui os olhos, dei de cara com Zoe tirando as calças jeans. Suas pernas compridas eram lisas e branquinhas. Deu para ver um pedaço de sua calcinha rendada por baixo da camiseta. Será que o sutiã combinava? Ela me pegou olhando e abaixou a camiseta para cobrir a bunda. Cocei a testa, fingindo pensar em outras roupas de cama que poderia buscar para ela, mas na verdade tentando disfarçar o fato de não saber para onde olhar. Não fui muito convincente.

— Vou sair cedo — disse Zoe. — Quero chegar em casa antes que o meu pai acorde. Não preciso de mais aporrinhação.

Usou as duas mãos para prender os cabelos em um rabo-de-cavalo, arqueando as costas. A pose destacou o contorno de seus seios. E que seios fabulosos eram aqueles. Percebi que ela fazia isso de propósito. Como se mostrasse a um apostador o prêmio que levaria se tivesse jogado bem. A objeção em minhas calças se tornou tão vigorosa que eu seria capaz de praticar salto com vara para atravessar a sala. Mas não compreendia bem os sinais que ela enviava. Além disso, gostava dela e não queria pôr tudo a perder.

— Aqui está a colcha — falei, redundante.

— Boa noite.

Ela apanhou a colcha na cadeira, embrulhou-se nela, aninhou-se no sofá e bateu em uma almofada para amaciá-la e usá-la como travesseiro. Aquele monte na colcha devia ser a curva de seu quadril...

Deus do céu, pensei, e me dirigi à escada.

— Durma bem.

Apaguei a luz da sala, deixei acesa a do corredor e fui correndo para o banheiro. Sem entrar em detalhes, não demorei muito lá dentro e fiquei contente por não ter aceitado a oferta que ela fez, se é que fez. Zoe teria se decepcionado com a duração do produto.

Naquele dia, eu havia corrido de manhã bem cedo, visitado a funerária, seguido Elsa Kendrick até sua casa e trabalhado em pé durante sete horas no Iron Bridge. Mesmo assim, não conseguia dormir. Duas mulheres completamente diferentes haviam dado em cima de mim. Ou assim me parecia. Passara mais da metade do ano usando o uniforme bege de poliéster da Max Snax, tão atraente quanto a lepra, e nenhuma mulher sequer olhara para mim, disso eu tinha certeza. Antes disso, meus namoros haviam durado, no máximo, seis semanas. Eu treinava boxe, corria e trabalhava. Não conhecia muitas garotas, nem me esforçava para isso. Sim, a Trudy me bolinava quando eu passava por ela na cozinha da lanchonete, mas Trudy era uma gorducha brincalhona de idade indeterminada que bolinaria qualquer coisa, até mesmo um saco de batatas.

Tinha perdido a virgindade aos 14 anos, quando estava bêbado ou drogado, ou os dois, com uma lourinha de cabelos compridos e cara de tédio. Eu era o terceiro em uma fila de quatro. Ela era maior de idade, por pouco, mas não gostava de me lembrar da experiência, que não fora nada edificante. Certa vez, ouvi um sujeito no rádio dizendo que, depois da morte da esposa, um bando de mulheres começou a dar em cima dele, oferecendo consolo, sobretudo físico. Não lembrava se o sujeito aceitara alguma dessas ofertas, talvez fosse cavalheiro demais para revelar, mas fiquei pensando se o mesmo acontecia com quem perdia o pai. Tive vontade de conversar com papai a respeito disso, mas lembrei que estava morto e que nunca mais conversaria com ele, a não ser se orações contassem. Eu não sabia se acreditava no poder das preces, mas papai, com certeza, não. Dizia que era como conversar com um amigo invisível. Mesmo que rezasse para ele, e que pudesse me ouvir onde quer que estivesse, fingiria não ter me escutado, só para não dar o braço a torcer. Sorri ao pensar nisso.

Papai, por que essa mulherada toda está dando em cima de mim? Imaginei-o fazendo pouco caso. Certo, então por que eu *acho* que elas estão dando em cima de mim? *São como ônibus*, diria papai. *Nunca passa nenhum quando a gente quer e, de repente, vêm todos juntos de uma só vez*. Típico de papai fazer piadinhas em vez de dar respostas. Tentei entender por conta própria, sem pensar nele. Talvez elas queiram algo em troca. Um ombro amigo, quem sabe, ou alguém que lhes dê atenção. *É isso o que a sua mãe dizia*, interrompeu uma voz que poderia ser de meu pai. É possível, pensei. Mas por que escolheriam logo a *mim* para isso?

Não ouvi quando ela foi embora. Pela manhã, encontrei a colcha dobrada com esmero, ou pelo menos com o máximo de esmero com que era possível dobrá-la. Zoe havia deixado um recado escrito com caneta vermelha no verso de um dos envelopes de contas. Sua caligrafia era tão ruim que as letras se embaralhavam por conta própria, e não por causa de minha dislexia. Por fim, consegui decifrar a mensagem.

Flw
Z
Bjs

OITO

No filme O *touro indomável* — um dos favoritos na academia de Delroy —, o boxeador Jake La Motta pede a sua mulher que o deixe louco de tesão antes de uma luta e depois despeja um balde de gelo dentro do calção. Em tese, isso o obrigaria a extravasar sua frustração no ringue. Terminei tão rapidamente minha corrida naquela manhã que mal saí de casa e já tinha voltado. Comecei a fazer minhas flexões e abdominais, tentando não pensar em Zoe seminua, mesmo que para isso tivesse de me preocupar com dinheiro.

Se eu durasse no novo emprego, porém, não precisaria esquentar a cabeça. Nunca havia trabalhado à noite, a não ser nas raras ocasiões em que dobrava na Max Snax e chegava em casa fedido e exausto demais para me exercitar. Mas trabalhar somente naquele horário seria ótimo para mim. Desde que a academia de boxe fechara, eu não tinha nada para fazer à noite. A televisão só passava porcarias, ir ao cinema era caro e a leitura nunca esteve entre os meus passatempos favoritos.

Então me ocorreu que o emprego no restaurante não duraria muito. Se não me ajudasse a descobrir quem matou meu pai, seria apenas aceitar um favor do McGovern. Embora eu tivesse salvado a vida de seu filho, não me parecia muito saudável manter qualquer vínculo mais duradouro com o Governador.

Estava na minha sexta série de abdominais, com os músculos pegando fogo, quando a campainha tocou. Por um instante, pensei que pudesse ser Zoe, mas sufoquei imediatamente a esperança e contive a pressa. Era provável que nunca nos víssemos de novo.

Quando abri a porta, dei de cara com o investigador Amobi, vestindo o traje da moda para ambiciosos policiais à paisana. Havia outro homem grudado nele, usando terno azul e sobretudo bege, combinação preferida dos inspetores de polícia em séries de TV e que quase ninguém usa na vida real. Suas feições eram tão comuns que não o reconheci... Era Jenkins, é claro, o policial que esteve presente ao inquérito.

— Olá — disse Amobi. — Podemos tomar alguns minutos do seu tempo?

— Aqui ou na delegacia? — perguntei.

— Aqui está ótimo — respondeu Amobi. — É uma visita de rotina. Viemos lhe pôr a par dos progressos na investigação.

Jenkins permaneceu imóvel como um manequim como se estivesse ali só para fazer figuração. Olhei por trás deles.

— Cadê o Prendergast?

— O inspetor Prendergast tem diversos outros casos sob sua supervisão — retrucou Amobi, tranquilamente.

— Que progressos fizeram até agora?

— Será que poderíamos entrar?

Mesmo que fizesse uma mesura, Amobi não conseguiria parecer mais afável e solícito. Representava um novo tipo de tira, perito em relações públicas, sem traços da arrogância que os policiais mais jovens inconscientemente copiam dos mais velhos. O que o tornava ainda mais perigoso e indecifrável que os outros.

Afastei-me para lhes dar passagem. Jenkins quase se chocou com Amobi quando o investigador parou para limpar os pés. Pelo aspecto de seus sapatos, meu tapete deve ter deixado suas solas mais sujas do que estavam antes. Jenkins seguiu o exemplo do chefe, mas sem muito entusiasmo.

Apanhei a toalha pendurada no corrimão da escada e dei uma cheirada. Quebraria o galho. Enxuguei o suor do rosto enquanto Amobi olhava de relance para a colcha dobrada no sofá e se sentava no espaço livre ao lado dela. Jenkins sentou-se na poltrona, contrariado, como se preferisse sentar ao lado do chefe ou ficar perambulando pela sala, examinando os retratos de família em busca de pistas, como os investigadores fazem nas séries.

— Conversamos com vários moradores — disse Amobi.

— Batemos de porta em porta nas casas desta rua e de ruas vizinhas, durante vários dias e noites, para nos certificarmos de ter falado com todos. Suspeitávamos que o intruso poderia ter fugido pelos fundos, mas ninguém nas casas atrás da sua viu algo suspeito.

Assenti, com receio de que aquilo não passasse do prólogo antes que ele me desse voz de prisão. Mas Amobi parecia sincero.

— Lamento não termos notícias melhores — prosseguiu. — Falamos com os conhecidos do seu pai nas vizinhanças e fizemos o possível para retraçar os passos dele antes do crime. Até agora, não descobrimos nada que possa ser considerado fora do comum. Será que você lembrou algum detalhe que não consta de seu depoimento?

Lá vai, pensei.

— Você estava em estado de choque — explicou Amobi. — Muitas testemunhas se surpreendem ao lembrar informações vitais dias depois do incidente.

— E quanto ao Hans? — perguntei.

Meu nariz estava escorrendo. Limpei-o na toalha e percebi a expressão de nojo de Jenkins. Limpei-o de novo, de propósito. Amobi não esboçou qualquer reação, nem ao meu gesto nem à minha pergunta.

— Hans? — disse ele.

— O sujeito que esteve no pub na véspera do assassinato. Na noite em que meu pai perdeu as chaves. Ele se apresentou como repórter de um jornal alemão, um tal de Suddeutsche qualquer coisa... Mas vocês, com certeza, já sabiam disso.

Amobi se fizera de desentendido para soltar minha língua, compreendi tarde demais. Nunca aceite um convite desse sujeito para jogar uma partida de pôquer, pensei.

— Estamos seguindo essa pista, mas a descrição das testemunhas não ajudou muito. Beberam demais naquela noite.

Não o Hans, pensei.

— Mas vocês entraram em contato com o jornal? — perguntei. — Quer dizer, devem ter agentes que falam alemão, não é?

Talvez fosse pedir demais. Pelo que vi no inquérito, o tal Jenkins mal falava inglês.

— Como eu disse, estamos seguindo essa pista. Mas estou mais interessado em saber como você ficou sabendo desse tal de Hans? — perguntou Amobi.

— Do mesmo jeito que vocês. Perguntando por aí.

— Fez algum outro contato que julgue ser útil? Ou descobriu alguma pista que possa nos ajudar na investigação?

Ele assumira o papel de padre, tentando fazer com que eu confessasse meus pecados, como se isso fosse me dar algum alívio.

— Não.

— Não ficou sabendo de nada ou não quer nos contar?

— Sim.

Amobi deixou passar minha resposta. O silêncio azedou. Jenkins tirou o celular do bolso e começou a verificar seus e-mails. Passados alguns instantes, sentiu que Amobi o observava friamente, com um olhar de censura. Desligou o telefone e o guardou.

Vocês sabiam que o papai tinha uma namorada?, pensei em perguntar para Amobi. *Ouviram falar que o marido dela era ciumento e foi procurá-lo no pub?* Mas eu queria falar com Jonno Kendrick pessoalmente. Quem sabe até deixasse alguns cacos dele para a polícia juntar.

— Só estamos tentando descobrir quem matou o seu pai — disse Amobi, abrindo os braços em um gesto da mais pura inocência. — Sabemos que você quer a mesma coisa, mas não podemos deixar que corra riscos desnecessários. Nós, policiais, é que somos pagos para correr riscos.

— Certo.

Era minha vez de me fazer de desentendido, embora eu não estivesse realmente fingindo. Não sabia aonde Amobi queria chegar. Ele deu um suspiro.

— Você foi visto alguns dias atrás em Maida Vale. Se fez passar por jardineiro para entrar na residência de um notório criminoso.

Merda. A mansão do Governador estava sob vigilância. Eu devia ter imaginado. Anos antes, a polícia metropolitana havia criado uma divisão especializada em investigar chefões da máfia como McGovern, embora isso não os tivesse levado a lugar algum. É claro que estariam de olho na casa. A pergunta era: há quanto tempo estavam de olho em mim?

— Posso saber o que foi fazer lá? — perguntou Amobi.

— Vocês suspeitam que matei meu pai. Sei que não fui eu, mas não tenho quinze mil policiais ao meu dispor para sair batendo de porta em porta, perguntando quem foi. Por isso, fui direto ao topo.

— Você entrou na casa do McGovern para perguntar se foi ele quem matou seu pai?

— Isso mesmo.

— E o que ele respondeu?

— Perguntem vocês mesmos. Afinal, não são pagos para correr riscos?

A resposta certeira atingiu Amobi nas costelas. Fiquei orgulhoso de mim mesmo. Ele arregalou os olhos e estava prestes a retrucar, mas se conteve.

— Joseph McGovern é um homem perigoso, senhor Maguire — disse, me encarando. — Sem escrúpulos. Manda aleijar, cegar e matar os outros, sem piedade. Não apenas seus inimigos. Amigos com quem brigou, também. Capangas que não têm mais serventia. Crianças e parentes de quem controla algum negócio que cobice. Acho que você é muito corajoso e pensa que não tem nada a perder. Mas acredite em mim, caso se envolva com o McGovern, vai acabar se arrependendo. Ele sempre descobre um jeito de fazer os outros sofrerem.

Eu poderia jurar que a temperatura na sala havia caído. Amobi me fazia pensar em pastores fanáticos, porém era ainda mais assustador por causa da fala mansa e da dicção perfeita, com um leve sotaque nigeriano.

— Sei de tudo isso — respondi. — Fiz meu dever de casa. Sei que ele é investigado por uma divisão especializada. E que ainda não o pegaram porque ele antecipa os passos da polícia antes mesmo que vocês decidam como vão agir. Talvez seja adivinho.

Era bem mais provável que tivesse policiais veteranos no bolso, mas Amobi sabia disso tão bem quanto eu.

— Se eu tivesse alguma pista que ligasse o McGovern ao assassinato — prossegui —, o senhor seria o primeiro a saber. E McGovern seria o segundo. Ou talvez o quarto ou o quinto.

A provocação final quase estragara meu discursinho. Não queria que Amobi pensasse que eu o estava chamando de corrupto. Mas logo depois me perguntei por que deveria me importar com que o investigador pensasse.

— Podemos nos ajudar mutuamente — disse Amobi.

— Ótimo. Você me avisa quando tiver interrogado esse tal de Hans, e eu conto como é o jardim do McGovern.

Amobi sorriu.

— Obrigado por sua ajuda — disse ele, tão calorosamente como se eu tivesse acabado de assinar uma confissão de culpa.

Levantou-se, seguido por Jenkins. Será que se Amobi tropeçasse ao descer os degraus da frente, Jenkins tropeçaria também?

— Obrigado pela visita — falei.

Amobi tirou um cartão de visitas do bolso, com a sutileza de um mágico.

— Se mudar de ideia, este é meu número particular.

Olhei para o cartão e pensei em rasgá-lo, mas teria sido uma atitude infantil, por isso o guardei no bolso traseiro do agasalho. O agasalho de McGovern, pensei, com uma pontada de culpa.

Amobi abriu a porta e saiu, sem tropeçar. Acenou para mim.

— Mais uma vez, obrigado — disse ele, abrindo um sorriso.

Porra, eu queria ter dentes como os dele.

Jenkins deu um sorriso forçado ao me agradecer antes de fechar a porta.

Fui visitar meu pai naquela tarde. Fiquei sentado olhando para o corpo no caixão. Queria ficar sentado ali até sentir alguma coisa, mas não conseguia parar de pensar no funeral iminente, no discurso que seria obrigado a fazer e na possibilidade de que ninguém comparecesse à missa. E no que eu diria caso alguém aparecesse e me perguntasse o que havia acontecido. Ou no que diria para mim mesmo. Será que McGovern era paranoico o bastante para mandar matar um sujeito metido a roteirista? Será que meu pai ferira seu ego a esse ponto ou descobrira algo importante? Se descobriu, o que seria? O que estava escrito nos papéis que foram roubados?

Será que o assassinato tinha mesmo algo a ver com McGovern? Se os policiais falaram com os velhotes no pub, devem ter ouvido a história do marido ciumento. Ao contrário de mim, Amobi não deixaria uma informação do tipo passar em branco. Mas agora eu sabia de quem se tratava, Jonno Kendrick, e era provável que os policiais ainda não soubessem. Não ainda, pelo menos. Portanto, eu ainda tinha chance de conversar com ele primeiro.

Não adiantou nada. Fiquei sentado ali, olhando o cadáver, como se alguém tivesse trocado meu pai rabugento por uma estátua de cera malfeita. Ele não habitava mais aquele corpo, e eu não conseguia sentir nada pelo que restara, por isso fui embora.

Naquela noite, no Iron Bridge, o prato dos funcionários era uma receita que tinha gosto de menta, cordeiro e nozes. Desmanchava na boca. Tão gostosa que fiz uma pausa para saboreá-la, o que foi um erro. No espaço de alguns segundos, Gordon acrescentou duas panelas engorduradas à pilha, que quase tombou no chão. Amparei-a com os cotovelos e voltei ao trabalho. Por fim, a maré de espuma começou a vazar. Eccles ressurgiu, tirando a carteira do bolso.

— Falei com a Josie — disse ele. — Na semana que vem, vamos oficializar o seu contrato. Preciso do número da sua conta.

— Prefiro receber em dinheiro.

— Mesmo assim, vou ter que descontar os impostos e o seguro.

Ele deu a conversa por encerrada e se afastou.

— Preciso tirar uma folga na segunda-feira, Chef.

— Não era você que queria um trabalho honesto?

Eccles me olhou com o desgosto de quem se sente traído.

— Sei que está muito em cima, desculpe.

— Não ponha tudo a perder, Finn. Achei que havíamos nos entendido.

Está aí um sujeito que não se deixaria intimidar pelo Prendergast, pensei. Eram igualmente assustadores. *Nenhum dos dois é páreo para o McGovern*, acrescentou a vozinha em minha cabeça.

— O meu pai morreu faz alguns dias. O funeral é na segunda-feira.

Eccles me encarou.

— Você só pode estar de sacanagem.

— É por isso que eu precisava tanto deste emprego. Mas preciso tirar a noite de segunda de folga. Na verdade, não tenho escolha.

Eccles bateu com a haste da armação dos óculos nos dentes.

— Certo — disse ele. — Mas se não aparecer para trabalhar na terça, não dê mais as caras por aqui.

— Obrigado, Chef.

Ele parou antes de sair e voltou até onde eu estava.

— E, Finn... Lamento sobre o seu pai.

— Ah, obrigado, Chef.

Seu *cretino*, acrescentei mentalmente enquanto enxugava a pia. Na verdade, eu poderia ir trabalhar na segunda à noite. Depois do enterro, a recepção, ou seja lá que nome tivesse, terminaria às seis. E eu não estava planejando passar a noite enchendo a cara para matar a saudade.

NOVE

Minha alma era um velho cavalo
Posto à venda em uma vintena de feiras.

Eu havia decorado o poema para não ser obrigado a lê-lo na frente dos outros. Não sabia como se chamava, apenas que meu pai costumava declamá-lo sempre que bebia demais, o que não acontecera tantas vezes que me permitisse recordar topos os versos. Lembrava-me apenas de alguns, o suficiente para pesquisar na internet. Descobri que o nome do poema era "Pegasus", de um poeta irlandês chamado Kavanagh, mas não foi tão fácil, porque existe um poeta inglês de mesmo nome, com as mesmas iniciais. Quando me dei conta disso, já estava quase vesgo de tanto garimpar versos. Nunca me interessei por poesia — por que os poetas nunca vão direto ao ponto? —, mas, quando terminei de ler o poema, fiquei convencido de que papai aprovaria a escolha. Era minha última chance de agradá-lo.

O poema era sobre um artista que tenta arranjar trabalho e vive sendo rejeitado. O simbolismo era tão óbvio que até um tapado como eu entenderia.

...os compradores
Eram homenzinhos que temiam a atitude incomum do cavalo.

É isso aí, papai, foi por isso que deixaram de contratá-lo. Você dava medo nos sacanas.

Andava preocupado com o tamanho da capela mortuária. Era grande demais para o número de pessoas que eu esperava. Receava que parecesse vazia e patética. Às quinze para as dez, no entanto, algumas pessoas começaram a chegar, depois outras, e mais outras. Espalhavam-se pelos bancos em grupinhos. Quando a missa começou, a capela estava praticamente cheia. À minha direita, no meio do recinto, alguns vizinhos me escutavam com educada atenção. Papai costumava parar no portão das casas deles para fofocar e falar mal do crescimento desenfreado das cercanias, de assaltos, do aumento dos aluguéis e até mesmo da eterna falta de vagas para estacionar, embora não tivesse carro. A mim, os vizinhos cumprimentavam apenas com um aceno de cabeça. De vez em quando, pegava-os me olhando de soslaio, com ar de desaprovação. Os acenos eram tentativas de me apaziguar, para que eu não assaltasse suas casas ou mijasse em seus tanques de peixes tropicais.

À minha esquerda, nas fileiras da frente, sentavam-se os canastrões antigos colegas de profissão de meu pai. Deu para reconhecê-los assim que foram chegando à capela, pelo modo como se abraçavam e se beijavam e pelas gargalhadas que logo abafavam em gestos teatrais. Naquele instante, comportavam-se com solenidade, escutando meu discurso e sem dúvida pensando que meu pai se sairia melhor. Deviam estar tentando adivinhar se haveria algo para comer na recepção. Em todo caso, rezavam para que a bebida fosse de graça.

"Não precisava mais regatear com o mundo..."

Tão logo pronunciei essas palavras,
Cresceram asas no dorso do cavalo.

Nos fundos da capela, à esquerda, sentavam-se Jack, Phil e Sunil, o jornaleiro, a turma do Weaver's Arms. À direita, na última fileira, avistei o investigador Amobi. Ainda bem que não levara Jenkins. O panaca passaria metade da missa mexendo no celular. Na fileira em frente à de Amobi, havia um sujeito alto, de coluna torta, e uma mulher gorducha, de óculos, ambos em silêncio, com as mãos no colo. Senti um nó na garganta ao reconhecê-los. Eram Jerry e Trudy, da Max Snax. Terminei de recitar o poema com a voz embargada.

Agora posso cavalgá-lo
Por todas as terras com que sempre sonhei.

Ao engasgar, percebi os sorrisos tristes e complacentes dos atores na primeira fila. Acharam que me emocionei por ter perdido o pai? Ou sabiam que eu estava fingindo, que a única tristeza que sentia era por mim mesmo? Dobrei o papel, que não precisei ler, desci do púlpito e voltei a me sentar, ciente do rangido de meus sapatos gastos no chão ladrilhado.

O jovem clérigo polonês, padre Januszek, subiu ao púlpito. Usava um estranho penteado da década de 1970, que salientava suas orelhas e as maçãs do rosto, dando-lhe o aspecto de um garotinho em um comercial de iogurte. Mas pelo menos não apelou para clichês shakespearianos, do tipo "o mundo inteiro é um palco", nem para contos de fada, como Jesus recebendo papai no paraíso de braços abertos. Falou sobre a trajetória do meu pai, os papéis que interpretara e as críticas positivas que recebeu no começo de carreira. Parecia o presidente de um fã-clube. A verdade é que eu lhe passara essas informações, retiradas de um antigo currículo de papai que encontrei entre seus arquivos no AnyDocs.

— Nos últimos anos — disse o padre Januszek —, Noel havia começado a explorar novos aspectos de seu talento através da escrita. Infelizmente, foi retirado de nosso convívio antes que seu projeto se tornasse realidade, um projeto que todos nós gostaríamos de ter conhecido.

Parecia tão triste com isso que, por um instante, convenceu até a mim. Mas logo me lembrei de que, até poucos dias antes, o padre Januszek sequer ouvira falar de meu pai. Até o perdoei por ter encerrado seu discurso com uma piadinha de mau gosto sobre papai sair de cena. Assim que nossos olhares se cruzaram, o padre me convocou a juntar-me a ele para o final da cerimônia.

Meu pai era fã do U2. Cresci ouvindo as canções do grupo reverberando pela casa enquanto ele cantava, desafinado. Até que fiquei de saco cheio e o obriguei a usar fones de ouvido. Mesmo assim, ele continuava cantando junto, sempre fora do tom. Quando o som das guitarras ecoou por entre as vigas do teto da capela, compreendi que chegara o momento de dizer adeus.

Apertei um botão em uma caixa de madeira, apoiada em um pedestal. Cortinas vermelhas se abriram na parede atrás do caixão, que sacolejou e começou a se mover lentamente em direção ao nicho onde, todos sabiam, encontravam-se as labaredas vorazes do forno crematório. As cortinas se fecharam e a música acabou. O padre Januszek abençoou a congregação e deu por encerrada a cerimônia.

Os presentes deram um suspiro coletivo e se ajeitaram nos bancos. Os atores cochicharam entre si, fazendo a crítica do espetáculo, enquanto meus vizinhos verificavam as horas, cogitando se era realmente necessário ficar mais um pouco para dar suas condolências. Lembrei-me do lema que fazia parte de uma das velhas piadas sobre a indústria de entretenimento que papai adorava contar:

"Desde que haja mais gente na plateia do que no palco, o show deve continuar". Se eu, meu pai e o padre fôssemos o elenco, então o show havia sido um sucesso.

Uma retardatária havia entrado de mansinho e se sentado aos fundos da capela. Era magra, estava toda vestida de preto, com enormes óculos escuros que escondiam metade do rosto e tinha os cabelos enfiados em uma boina. Devia ser Elsa Kendrick, pensei, correndo a vista até Amobi, sentado na outra ponta do banco da recém-chegada. Ele acenou com a cabeça para mim, solenemente, e se levantou. Saiu da capela sem nem ao menos olhar para Elsa. Era mesmo a Elsa, não era?

— Finn, que cerimônia emocionante. O seu pai ficaria orgulhoso.

Um sujeito atarracado, de quarenta e poucos anos, apertava minha mão com firmeza. Seu rosto parecia ligeiramente familiar, mas esse é o problema com atores. A gente sabe que já os viu em nossa sala de estar, mas teria sido na TV ou fora dela?

— Desculpe. Meu nome é Bill Winchester. Atuei com o seu pai na novela *Henby General*, lá pela década de 1990. Mas bem que poderia ter sido na de 1890.

Ouvi diversas piadas do tipo à medida que os velhos colegas de papai se apresentavam para mim e me parabenizavam. Um desavisado acharia que eu tinha acabado de me casar. Recitavam a parte de seus currículos que se repetia no dele, mas não falavam nas circunstâncias de sua morte. Não para mim, pelo menos. Deixariam para tocar no assunto depois, compartilhando vagos rumores em voz baixa enquanto bebericavam vinho do porto e conhaque no pub. Apertei as mãos que me estendiam, agradeci a todos por terem comparecido e expliquei tantas vezes como chegar ao Weaver's Arms que me arrependi de não ter desenhado um mapa no hinário. Durante todo esse tempo, ia abrindo caminho até os fundos da capela, para falar com Elsa Kendrick. No entanto, antes que chegasse até ela, Jerry e Trudy se levantaram e bloquearam o trajeto, visivelmente envergonhados. Trudy balbuciou suas condolências enquanto Jerry assentia. Agradeci, de todo o coração, por terem comparecido. Infelizmente, não podiam ir à recepção. Sem dúvida, Andy já estava descontando do salário deles o tempo que passaram na missa. Quando foram embora, Elsa havia desaparecido. Se fosse mesmo a Elsa. Talvez fosse uma atriz. De qualquer modo, ela não me era estranha.

O dia estava claro e úmido quando saí da capela. Passei a vista ao redor, mas vi apenas pequenos grupos de pessoas acendendo cigarros à sombra melancólica das sempre-vivas que ladeavam a alameda do crematório. Alguém me chamou da capela. A voz fina e aguda de uma mulher, idosa demais para me alcançar.

— Finn? Finn...

Tantos desconhecidos me chamando pelo nome... Era uma fama passageira, pensei. Meu pai sonhara com isso, mas não era minha praia.

Achei que fosse outra colega de papai, mas, quando se aproximou, notei que era bem mais velha que os outros. Exibia um elegante corte *chanel* nos cabelos grisalhos, trazia anéis com joias de grande valor nos dedos e usava um antiquado casaco de pele que parecia caro e novinho em folha. Estava muito bem de vida para ser uma atriz. Se tivesse lucrado tanto com a profissão, eu a teria reconhecido. Devia ter cerca de oitenta anos, embora escondesse as rugas com diversas e bem aplicadas camadas de maquiagem. Mas seus olhos possuíam o brilho travesso de uma mulher muito mais jovem.

— Dorothy — disse ela, apresentando-se, — Dorothy Rousseau.

Segurou-me pelos ombros, e me abaixei para deixar que ela me desse um beijinho em cada bochecha.

— O Noel nunca falou de mim, não é? Aquele ingrato. — Ela apertou meus antebraços com seus dedos nodosos. — Meu Deus, você tem físico de halterofilista!

Afastou-se um pouco para me olhar dos pés à cabeça, sem cerimônia, como um açougueiro examinando um corte de carne.

— Nada mal. Seu pai nunca o encorajou a seguir a carreira de modelo?

— Não, só a montar um aeromodelo que me deu de presente de Natal quando eu era criança.

Ela passou algum tempo me encarando antes de cair na gargalhada e bater palmas. Gostei do riso dela. Era uma risada de criança.

— Meu Deus, como você puxou a ele. Fui agente do Noel, muitos anos atrás, quando ele estava começando. Tínhamos nossas desavenças, é claro. Ele era uma verdadeira prima-dona. Mas também era um homem adorável. Eu gostava muito dele e fiquei muito triste quando recebi a notícia.

— Obrigado, Dorothy.

— E você deu um show lá em cima, meu querido. Falando sério. E que audiência!

— É, não sei de onde surgiu tanta gente.

— Ah, fui eu que avisei, meu bem, desculpe. Posso estar aposentada, mas ainda tenho meus contatos. Assim que fiquei sabendo, espalhei a notícia. Nada pior que um funeral sem ninguém para beber de graça em sua homenagem e enlamear seu nome contando histórias impróprias. Mas não vieram só por causa da cerveja. Eles realmente amavam o seu pai. Mesmo que ele às vezes fosse um estorvo. Era o pior inimigo de si mesmo... Ah, meu Deus, você ficou com raiva de mim agora?

Ela apertou meu braço como se quisesse me assegurar de que não quis ofender a memória de meu pai. Não me admirei que Dorothy fosse agente de talentos. Era espalhafatosa demais para ser atriz.

— E muitos outros teriam vindo se não tivessem sido avisados tão em cima da hora — prosseguiu.

Tive vontade de me desculpar por isso, mas ela não me deixava sequer abrir a boca.

— O Charles Egerton, por exemplo. Ele sempre teve um fraco pelo seu pai, se é que me entende.

— Charles Egerton?

— Ah, meu Deus, sempre me esqueço de como você é jovem. E de como eu sou velha. O Charles Egerton atuava naqueles programas antigos da dupla Jeeves e

Wooster. Sempre fazia o papel do Jeeves. É claro que já não é o mesmo de antes. Depois que se aposentou, foi morar em seu castelo na Espanha. É praticamente um ermitão. Gostava tanto do seu pai que você poderia ter tido um avô gay.

— Acho que já fui lá. No castelo dele.

Fazia tanto tempo que eu quase esquecera. Lembrei-me da mansão dilapidada, cercada por montanhas, de passear com meu pai e minha mãe pelo bosque, do cheiro de terra quente e de alecrim, de tomarmos banhos juntos na piscina. Quantos anos eu tinha? Seis? E me lembrei de um velho bronzeado, de barba branca comprida e uma risada estridente que me dava um pouco de medo.

— De qualquer modo, estou tomando muito do seu tempo, meu querido — disse ela. — Sei que precisa dar atenção para os outros convidados.

Inclinei-me para que me beijasse de novo, ou melhor, que beijasse o ar ao redor de meu rosto enquanto matraqueava.

— Não posso ir ao pub, infelizmente. Já sou difícil de aguentar sóbria. Só quero dar uma palavrinha com a sua mãe. Aonde será que ela foi?

— Com a minha... o quê?

— Era a Leslie sentada lá atrás na capela, não era? De óculos escuros e boina. Pena que o casamento não deu certo, mas gostei de ver que ela veio ao funeral. A vida é curta demais. Sabe onde está hospedada?

— A minha mãe não veio. Era outra pessoa.

— Ah — retrucou ela, perplexa, antes de revirar os olhos como uma tia velha. — Eu não tenho jeito mesmo.

Não me leve a mal. Devo estar com Alzheimer. Billy, seu bandido...

Dorothy afastou-se rapidamente para dar um abraço no velho colega que contracenara com meu pai na novela. Fiquei atônito.

A mulher de preto não podia ser a minha mãe. Podia?

Jesus, como bebem os atores. A algazarra no espaço reservado para os convidados nos fundos do pub era mais apropriada a um sábado à noite, não a uma tarde de segunda-feira, embora não houvesse mais que meia dúzia de pranteadores. Que não estavam exatamente pranteando o morto, aliás. Agitavam os braços ao interpretar os papéis dos personagens das histórias que contavam com tanta veemência que o pub parecia estar lotado. Eram histórias sobre meu pai, é claro, muitas das quais eu não conhecia. E as poucas que já ouvira antes eram embelezadas com detalhes escabrosos. Cerveja, uísque, vinho do porto, conhaque e coquetéis jorravam como petróleo. O dinheiro de McGovern, que eu usara para bancar os comes e bebes, acabou em meia hora. Sem fazer uma pausa no caso que narrava, Bill Winchester deslizou o cartão de crédito no balcão e disse ao *barman* para continuar servindo. Pelo visto, era o único ator bem-sucedido do grupo.

Bebi devagar, tentando continuar sóbrio. Jack, Phil e Sunil não paravam de me pagar canecas de chope. Eu as distribuía entre os atores, que não se faziam de rogados. Queria manter a lucidez, em parte para me lembrar das novas histórias que ouvia dos tempos em que papai realmente tinha uma carreira, mas também para não esquecer os detalhes de minha conversa com Dorothy Rousseau.

Dei sorte de encontrar Bill fazendo xixi sozinho no banheiro, um refúgio da barulheira lá fora.

— Pena que a Dorothy Rousseau não pôde vir — disse eu. — Acho que teria boas histórias do papai para contar.

— Pode apostar — retrucou Winchester.

Ele ainda não chegara ao estágio de engolir as palavras, mas não tirava o olho do pinto, com receio de que fugisse de controle e mijasse em seus sapatos.

— Dorothy tem um estoque infinito de mexericos sobre as maiores celebridades britânicas — prosseguiu. — Quem cheirou cocaína momentos antes de ser apresentado a Rainha, quem tocou punheta para quem nos bastidores de um musical do West End na década de 1970 que só ficou em cartaz por três noites... É por isso que todos dizem ser apaixonados por ela. Morrem de medo, isso sim.

— Será que ela é capaz de esquecer algum rosto?

— Dorothy? Ah, não mesmo. Pode dar a impressão de ser uma cabeça de vento, mas tem a mente afiada como uma ratoeira de aço inox.

Era o que eu temia. A mulher de preto era mesmo minha mãe.

O mundo saiu dos eixos e ficou rolando em minha cabeça como uma bola de gude em uma fôrma de pudim. *Minha mãe.* Eu tinha ficado cara a cara com ela e não a reconheci. Por que ela não foi falar comigo? Por vergonha de si mesma ou de mim? *Você sabe muito bem por quê, e ela também.* Porque eu a teria escorraçado de volta para a América. Vinha ensaiando meu discurso desde os 12 anos.

Eu teria outra chance. Ela acabaria dando as caras, nem que fosse para se certificar de que não havia me tornado um fracassado por sua causa. *Lamento decepcioná-la, mamãe, mas é exatamente isso o que sou.* Se tivesse aparecido antes da morte de papai, é possível que ele a aceitasse de volta. Mas eu, não, nunca.

As cinzas de meu pai chacoalhavam na urna cinzenta dentro de uma caixa de papelão embaixo de minha cadeira. Para minha surpresa, continuavam no mesmo lugar quando voltei do banheiro. A clientela local surrupiava o que podia, por isso já havia me resignado a passar as semanas seguintes vasculhando o mercado negro de West End. Ainda bem que as cinzas estavam cercadas de atores bêbados. Os fregueses habituais do pub devem ter ficado com medo de furar a festa e serem agarrados por uma bicha velha. Ou, pior ainda, de serem obrigados a ouvir versos de Shakespeare.

Uma grande bandeja com sanduíches de presunto empapado e trágicas folhas de alface enfiadas entre gordas fatias de pão branco passava de mão em mão. A cozinha do Weaver's Arms não oferecia perigo para Chris Eccles. Mas a maioria dos atores nunca tem muito dinheiro de sobra para comer. Além disso, o álcool deixa tudo mais gostoso. A bandeja esvaziou antes de dar meia volta no recinto.

Se a mulher de preto fosse mesmo minha mãe, por onde andaria Elsa Kendrick? Caso fosse realmente namorada de papai, por que não tinha ido ao funeral? Será que havia acontecido alguma coisa com ela? Verifiquei as horas no celular. Era mais tarde do que eu pensava. Não teria tempo de passar em casa para tirar o terno e trocar de roupa. Talvez fosse melhor assim. Era um figurino apropriado para o que eu tinha em mente. Só precisava ter cuidado para não manchar de sangue o paletó. Principalmente com meu próprio sangue.

Ergui meu pai do chão — não pela primeira vez — e me dirigi à porta do pub. Havia ensaiado diversas desculpas para ir embora enquanto ainda conseguisse andar, mas ninguém notou minha saída.

A Canal Market Road estendia-se paralela ao canal. Apesar de levar mercado no nome, há cerca de cem anos não levava a mercado algum. Terminava, melancolicamente, em uma garagem de ônibus. Anos antes, a estrada funcionara como uma espécie de centro comercial, do qual restavam apenas unidades industriais decadentes. Para quem se interessasse por arquitetura, algumas delas ainda apresentavam restos deteriorados de ornamentação no estilo *art déco*. Os poucos negócios em funcionamento lutavam para sobreviver como ervas daninhas brotando pelas frestas de uma calçada de cimento bem na hora em que uma geada se aproxima. Eu havia escolhido um prédio quase no fim da estrada, que abrigara uma fábrica de caixas de papelão dobráveis. Mas quem fez um papelão foi a fábrica, que declarou falência em pouco tempo. Ainda havia algumas luzes acesas no prédio abandonado. Quem quer que tenha sido o último a sair não precisara mais se preocupar com a conta de luz. Uma placa de "Aluga-se" havia sido pregada na fachada, o que não contribuía para os meus planos. Por outro lado, havia tantas placas de "Aluga-se" e "Vende-se" ao longo da estrada que aquela passaria despercebida.

Fiquei à espreita no pórtico do prédio, com um cigarro escondido na mão, tentando dar a impressão de que era um subalterno que saíra de fininho do trabalho para dar umas tragadas. Mas não dei uma tragada sequer. Não precisava apelar para manter o disfarce. Meu alvo ainda não chegara. Na verdade, estava atrasado. Um péssimo começo se estivesse realmente interessado no trabalho que ofereci para ele ao telefone.

Três cigarros depois da hora marcada, o apito de um motor a diesel anunciou a chegada de um caminhão. Quando o veículo dobrou a esquina, vi que se tratava apenas do cavalo mecânico. Fazia sentido, é claro, já que o suposto serviço consistia em apanhar uma carga já carregada em um semirreboque. O cavalo mecânico era vermelho-carmesim, brilhante e bem encerado, equipado com três chifres de ar sobre o para-brisas, mas sem detalhes cromados nem luzinhas decorativas na boleia. Reduziu a marcha ao se aproximar e estacionou no meio--fio. Deu para ver um vulto indistinto atrás do volante conferir um bloco de anotações e olhar para o prédio em frente ao qual eu me encontrava.

Dei uma tragada no cigarro e me arrependi no mesmo instante. Havia me esquecido de como a fumaça me deixa enjoado. Fui obrigado a tentar conter a tosse. Talvez Jonno Kendrick tenha confundido a tosse abafada com o pigarro de um fumante inveterado, porque não deu bola para mim ao saltar e se encaminhar para a porta do prédio, que empurrou antes de procurar pela campainha. Não a encontrou e se voltou para mim, franzindo a testa.

— Tem alguém na recepção, meu chapa?

— Não.

Joguei fora o cigarro. Ele era grandalhão. Não alto, mas atarracado, com o dobro do meu peso. Boa parte de sua corpulência se devia a doces e cervejas, mas seus antebraços eram iguais aos do Popeye, se o marinheiro tivesse escolhido tatuagens tribais em vez de âncoras.

— Será que estou no endereço certo? Aqui é Canal Market Road?

— É, sim.

— Mas que porra é essa? — murmurou ele ao chaco-alhar de novo a porta.

— A fábrica fechou faz duas semanas.

— Duas semanas? Então quem foi que me ligou?

— Eu.

— Você? Isso é alguma piada?

— É. Mas do tipo que não tem graça.

— Pode apostar, porra. Vim de Kensal Rise até aqui, seu cretino. E por nada?

Ele deu um passo em minha direção. Não me mexi. Jonno estava cada vez mais enfurecido, o que era bom para mim. Suas papadas tremiam no rosto carnudo e sem barba. Ele cuspia ao falar.

— Não exatamente por nada — disse eu. — Preciso falar com você.

— Vai se foder. Vim aqui para fazer um serviço.

— Conhece um pub aqui perto, chamado Weaver's Arms?

— Que porra de pergunta é essa?

Indignado, confuso, a raiva aumentando. Seu rosto ficava cada vez mais pálido, em vez de corado. Um sinal de alerta.

— Você foi até lá faz algumas semanas, atrás do meu pai, Noel Maguire.

Ele hesitou ao ouvir o nome, bufando, de olhos esbugalhados. Percebi que me analisava, olhando de vez em quando por cima dos meus ombros. Apontou um dedo na minha cara.

— Olha, meu filho, aonde eu vou e com quem eu converso não é da porra da sua conta.

Enxerguei a corrente do chaveiro por entre seus dedos gorduchos. Foi um descuido imperdoável. Arranquei o chaveiro de seu punho fechado antes que ele pudesse esboçar qualquer reação.

— Devolve a porra do meu chaveiro.

— Não quero que fuja, sr. Kendrick.

— Devolve as minhas *chaves*! — rosnou ele, tentando apanhá-las.

Desviei para o lado, e ele tropeçou. Voltou ao ataque, movendo-se com maior rapidez, mas eu me esquivei de novo. Não devia ter me preocupado com seu tamanho. Ele era grande, sim, mas era lento, e dava para adivinhar aonde ia antes mesmo que mudasse de direção. Eu só precisava me esquivar de seus ataques, deixando-o cada vez mais enfurecido e frustrado, cansando-o sem precisar erguer um dedo.

Mas ele não era tão inexperiente quanto parecia. Quase me acertou um golpe com as costas da mão, que evitei por um triz, sentindo o cheiro do suor de seu punho cerrado ao passar a milímetros de meu nariz. Com mais agilidade do que eu esperava, pôs toda sua força em um soco que, se me atingisse, teria arrebentado meu estômago. Aproveitei seu erro para quebrar sua guarda e dar alguns *jabs* em seu rosto. Foram golpes leves e rápidos, mas ele recuou, cambaleante, segurando o nariz como se eu tivesse batido nele com uma chave inglesa. Quando retirou a mão e viu o sangue escorrer, mugiu como um touro e investiu com tudo para cima de mim. Esquivei-me a tempo e acertei um direto em seu queixo. Ele mal registrou o golpe, por isso caprichei no próximo e o atingi bem no meio da orelha. No meio, não embaixo. Queria que ele pudesse falar, portanto não tive intenção de quebrar seu maxilar. Por enquanto, pelo menos. Ele rugiu e se afastou encurvado, xingando e segurando a cabeça. Percebi que a luta chegara ao fim.

— Merda! Mas que merda! O que você quer, afinal, seu cretino?

— Você foi atrás do meu pai, não foi? No Weaver's Arms?

— Fui! Fui, sim, e daí? Não encostei um dedo nele.

— Não. Contratou alguém para fazer o seu serviço sujo.

— Porra, acho que você quebrou o meu nariz...

— Por que estava procurando por ele?

— Porque ele estava comendo a minha mulher, caralho. Olha só o que você fez!

— Não quebrei o seu nariz. Ainda não. E você quis dizer sua ex-mulher.

— Quis dizer minha mulher, mesmo. Ainda somos casados.

A declaração me pegou de surpresa. *Ah, papai, seu bandido...*

Kendrick se endireitou e olhou de relance para o sangue que manchara seu agasalho cinzento. Deu um gemido. Parecia mais preocupado com o prejuízo na lavanderia do que comigo.

— O que você pretendia fazer quando encontrasse o meu pai?

— Dar um aviso, só isso. Dizer para que ficasse longe da minha mulher.

Ele fungou e tossiu.

— E se não ficasse?

— Ia se arrepender. Já chega, porra!

Eu tinha jurado a mim mesmo que ia me controlar, mas fui obrigado a cerrar os punhos para que meus braços não tremessem. De punhos fechados, entretanto, minha vontade de bater em alguém só aumentava.

— Por que ele ia se arrepender? Estava planejando dar uns cascudos nele, do mesmo jeito que bate na sua mulher? Mas não conseguiu encontrá-lo, por isso contratou o sacana de um alemão, não foi?

Kendrick olhou para mim como se eu estivesse louco. Virou a cabeça e escarrou um cuspe avermelhado no chão de cimento claro.

— Que bato na minha mulher? Você andou falando com a Elsa? Merda... Caiu nessa, também? — Ele parecia prestes a dar uma gargalhada. — Tentei me divorciar dela. Anos atrás. Ela disse que ia se matar se eu a deixasse. É uma mentirosa do caralho.

— Quanta baboseira — disse eu.

— Eu ia avisar ao seu pai para ter cuidado com ela. A Elsa é doida. Vive bêbada. Ela é, como é que se diz, uma mitômana. Quantos anos você tem? Vinte? — Não respondi. — Porra, você ainda é uma criança.

Cuspiu sangue de novo.

Elsa Kendrick era uma alcóolatra? Merda. A rapidez com que secou aquela garrafa de Chardonnay, o aroma adocicado na sala de estar... Era de vinho derramado. Seria fácil se livrar do cheiro, mas ela nem devia senti-lo mais. É claro, isso explicava por que havia sido suspensa do trabalho.

— Eu não ia dar uns cascudos no seu pai. Ia dizer para que ficasse longe dela. A Elsa já tentou me envenenar, já me empurrou escada abaixo... Depois jura que não se lembra de nada, que sofre de blecautes.

— Você nunca deu queixa para a polícia?

— Porra, você não tem nem vinte anos, tem? Deve ter uns doze. Olhe para mim, olhe para ela. Se a Elsa alegasse ter agido em legítima defesa, em quem você acha que a polícia ia acreditar? Até você caiu na lábia dela. Até eu mesmo ainda caio, às vezes. Ela liga, pede desculpas e diz que vai se tratar. E aí começa tudo de novo. De um jeito ou de outro, o seu velho deve ter entendido o recado.

Ele olhou para mim como se estivesse envergonhado por ter contado tudo isso para um moleque.

— Como assim?

— Ele deu o fora nela, não deu? Faz umas duas semanas. Adivinhei assim que ela ligou, chorando e pedindo desculpas, dizendo que me queria de volta, que podíamos começar de novo. Pode contar para ele que não é comigo que tem que se preocupar. Pobre coitado.

— Meu pai está morto — disse eu. Kendrick estava prestes a cuspir de novo, mas engoliu o escarro. — O funeral foi hoje de manhã. Alguém invadiu nossa casa alguns dias atrás e bateu na cabeça dele enquanto trabalhava.

— E ela disse que fui eu?

— É a sua palavra contra a dela.

Ele hesitou por um momento antes de levantar o agasalho e a camiseta amassada que tinha por baixo. Por um instante, achei que fosse fazer um strip-tease no meio da rua para provar sua inocência. Mas ele apenas deixou à mostra sua pança cabeluda. Mesmo à luz mortiça da lâmpada de um poste distante, pude ver a cicatriz enrugada que atravessava diagonalmente sua barriga, da cintura à caixa torácica, passando a milímetros do umbigo.

— Faca de açougueiro — disse ele. — Ela passou todo o final de semana afiando a lâmina para quando eu voltasse para casa, na segunda à noite. Lamento pelo seu pai, viu? Para mim, tanto faz que acredite ou não em mim. Pode descobrir por sua própria conta. Como ele descobriu.

Joguei o chaveiro para ele. Jonno passou por mim e entrou no caminhão sem falar mais nada. Fiquei parado, com o olhar perdido na neblina noturna, enquanto ele se afastava pela Canal Market Road.

DEZ

Eu havia escondido as cinzas de papai ao lado do prédio antes que Jonno Kendrick chegasse. Apanhei a urna mortuária, ainda na caixa, e fui a pé para casa. Não era longe. Por isso, quando dobrei em nossa rua, minha mente continuava a jogar pingue-pongue entre as versões de Elsa Kendrick e de seu marido. Não queria acreditar em Jonno, mas ele pareceu realmente surpreso quando o informei da morte de meu pai. Elsa mentira desde o começo, no dia seguinte ao assassinato, em sua ânsia por descobrir o paradeiro de minha mãe. E minha mãe estava de volta. Será que Elsa havia adivinhado? Ou sabia mais do que me contou?

Através das cortinas semicerradas da sala, uma lâmpada acesa projetava seu brilho acolhedor na rua escura. Não me lembrava de ter deixado uma luz acesa. Geralmente, eu fazia questão de me certificar de que estavam todas apagadas antes de sair. Mas aquele dia não fora nada ordinário. Enfiei a chave na fechadura, abri a porta e estaquei no batente.

Senti que não estava sozinho. Primeiro, porque a casa estava quentinha. Segundo, pelo aroma de sabonete, mais cheiroso e sutil do que a porcaria que papai comprava.

Entrei e fechei a porta, com os cabelos da nuca arrepiados e os músculos tensos. Segurei a caixa debaixo do braço e fui andando de mansinho, sem fazer barulho.

Minha mãe saiu da cozinha, com uma caneca na mão.

— Olá, Finn — disse ela, como se eu acabasse de chegar da escola e as cinzas de papai não passassem de um projeto na feira de ciências.

Tomou um gole de chá. Usava o mesmo casaco com que fora ao funeral. Seus dedinhos delicados estavam entrelaçados na caneca. Lembrei-me de que ela sempre se queixava do frio que fazia na casa, e de como o papai dava um grito quando ela enfiava as mãos geladas embaixo de sua camisa, para esquentá-las.

— Como você entrou? — perguntei, passado algum tempo.

— Ainda tenho as chaves. O seu pai nunca trocou as fechaduras. Talvez você devesse fazer isso depois do que aconteceu.

— É, agora é que vou trocar mesmo.

— Aceita um chá? A água está fervendo.

— Não, obrigado.

Fiquei parado, sem tirar o casaco, pensando se não era melhor ir embora. Mas ela simplesmente esperaria por mim, e eu não podia passar a noite na rua. Senti a raiva borbulhar como lava em meu peito. A casa é minha, porra! *Ou talvez seja dela*, disse a vozinha.

— É difícil saber por onde começar, não é? — disse minha mãe.

Eu não me parecia nem um pouco com ela. Meus olhos eram azuis, os dela, castanhos. Eu era grandalhão e desajeitado, ela, pequenina e frágil. Dava para ver os ossos de suas mãos através da pele clara. Tinha feições de fada, com as maçãs do rosto proeminentes e orelhinhas delicadas. Não recordava que fosse loura, mas é possível que tivesse pintado os cabelos para esconder os fios brancos.

— Começar o quê? — retruquei, tentando aparentar indiferença, mas soando petulante, em vez disso.

— A nos inteirarmos de tudo o que se passou.

Ela foi até a poltrona e sentou-se, cruzando as pernas com elegância. Então me lembrei de que sempre andava e sentava assim, como se estivesse desfilando em uma passarela.

— Você nos abandonou, eu larguei a escola, o papai foi assassinado. Pronto, já nos inteiramos. Tchau.

Como eu esperava, ela não se mexeu.

— Desculpe, Finn. Não foi por sua causa. Eu era egoísta e insegura... Não via graça em envelhecer aqui, sem dinheiro e sem futuro.

— Não me diga.

E, pelo meu tom de voz, deixei claro que era melhor ela não dizer mais nada mesmo. Minha cabeça estava confusa como um navio de cruzeiro naufragando. Os pensamentos corriam para todos os lados, em pânico, colidindo uns com os outros, enquanto as anotações mentais do discurso que eu viera preparando durante anos para aquela ocasião eram pisoteadas em meio à balbúrdia. Deixei as cinzas de papai na mesa, tirei o casaco e joguei-o no sofá. Abri a caixa de papelão, tirei a urna e depositei-a no centro da cornija da lareira. Era ridícula, deselegante, feia, sinalizando a morte como aqueles buquês baratos de flores murchas que as pessoas deixam em locais de acidentes.

— Não posso ficar — disse minha mãe, antes que eu a mandasse embora. — Mas queria lhe contar algumas coisas antes de ir. Reflita sobre elas antes de decidir quando, ou se, quer me ver de novo.

Tentei me concentrar na urna. Talvez desse para enfeitá-la com flores. Papai não se importaria.

— Seu pai e eu voltamos a manter contato. Antes da morte dele. Estávamos pensando em nos reconciliar.

Voltei-me para ela, aturdido.

— Eu estava tão confusa quando fui embora...

Com alguma satisfação, percebi que ela havia perdido a pose e começara a balbuciar.

— Estava numa fase ruim, não conseguia avançar na carreira e acabei envolvida com uma instituição de caridade... — Fez uma pausa. — A ideia tomou conta de mim. Talvez tenha sido apenas uma dessas patéticas crises de meia-idade, mas achei que se fosse embora poderia começar de novo, do zero.

— Do zero?

Tentei parecer indiferente, mas aquelas duas palavrinhas foram suficientes para revelar o tremor em minha voz.

— Sei como isso deve soar mal, mas eu realmente acreditava que... De algum modo, eu me persuadi de que não seria uma boa mãe para você, se me sentisse infeliz. E eu estava infeliz. Convenci a mim mesma de que você precisava de estabilidade, e o seu pai também, e de que eu precisava...

— Ir embora.

— Desculpe. Não sei quantas vezes você quer que eu repita, mas estou pedindo desculpas do fundo do coração.

— Certo. É só isso?

— Ele ia me aceitar de volta, o Noel. Disse que o mais difícil seria convencê-lo.

— Ele não era tão idiota quanto eu pensava, então.

Minha mãe deu um suspiro, deixou a caneca na mesa e abotoou o casaco. Tirou a boina do bolso e vestiu-a, enfiando os cabelos para dentro. Continuava muito bonita, pensei. Suas rugas quase imperceptíveis combinavam com suas feições pálidas e distintas. Ela tirou um papel dobrado do outro bolso e depositou-o ao lado da caneca.

— Meu celular — disse. — Caso queira falar comigo de novo.

— Pode deixar as cópias das chaves da casa, também?

Ela hesitou e seus olhos se encheram de mágoa. Tirou um chaveiro do mesmo bolso em que estava o papel e deixou-o ao lado da caneca. Lembrei-me de que ela detestava usar bolsa.

— Mesmo assim, você deveria trocar as fechaduras — murmurou ela.

Senti os pelos de minha nuca se eriçarem. Não precisava que ela me dissesse o que fazer. Trocaria as fechaduras quando me desse na telha, não a mando dela.

— Adeus, Finn.

Notei que até seu sotaque estava diferente. Escutei a tranca se abrir e o clique-claque de seus sapatos de salto alto se afastar. É claro que, justamente naquele instante, tudo o que eu planejara dizer durante tantos anos me veio à cabeça de uma só vez. *Quem não a aceita de volta sou eu. Você arruinou a minha vida. Partiu o coração do papai. Volte para a América e não encha mais o saco.* Mas não tive tempo de dizer nada disso. Nem teria de novo. Apanhei o papel com o número do celular, fui até a cozinha, rasguei o papel até restarem apenas pedacinhos minúsculos e os joguei na lata de lixo.

Ela e o papai tinham voltado a manter contato? Quando ele pretendia me contar? Como se comunicavam? Não achei nenhuma carta. Quem sabe por e-mail... Não era de estranhar que papai não tivesse coragem de tocar no assunto. Sabia o quanto eu odiava minha mãe, como a culpava por tudo que dera errado em minha vida. Foi essa raiva que me desencaminhou, raiva por ela ter ido embora daquele jeito, por ter nos abandonado.

Por ter me abandonado.

Era tarde demais. Papai estava morto e, mesmo que tivesse aceitado as desculpas dela, eu não as aceitaria. Arrependi-me de ter rasgado o papel. Tive vontade de ligar para ela e dizer que não perdesse tempo comigo. Você queria começar do zero, não é? Pois bem, fique à vontade. Não queria que eu fizesse parte da sua vida naquela época, e agora sou eu que não quero que você faça parte da minha. Estamos quites, tchau, adeus.

A campainha tocou. Ela devia ter esquecido alguma coisa. Ou fingido que esqueceu, para ter outra chance de me atazanar. Furioso, saí da cozinha e escancarei a porta da frente.

O sorriso nervoso de Zoe desapareceu quando ela viu a expressão em meu rosto. Deu um passo para trás, sem saber como agir.

— Oi! — falei.

Ela estava mais desmazelada do que nunca, com o uniforme marrom deselegante sob o casaco e uma mochila grande demais, cheia de livros, pendurada nas costas.

— Desculpe. Eu devia ter ligado antes, mas não sei o seu número, por isso...

— Não, tudo bem.

— Cheguei na hora errada? Sei que o funeral foi hoje de manhã. Talvez você queira ficar sozinho.

Não respondi, apenas me afastei para lhe dar passagem. Seus cabelos roçaram meu rosto e torci para que ela não me visse cheirando seu perfume.

— Eu disse para o papai que ia estudar com a minha amiga Phoebe. Você é bom de história?

— Não me lembro nem do que comi no café da manhã.

— De inglês? Fala espanhol?

— Nada de nada.

— Pelo visto, vim parar no lugar errado.

Ajudei-a a tirar o casaco, mas uma tira de velcro da manga ficou grudada na lã do uniforme. Quando tentei desgrudá-la, minha mão se fechou no pulso de Zoe, e deixei-a lá. Com delicadeza, ela soltou a mão e levou-a ao meu rosto, seguida da outra. Beijou-me suavemente nos lábios, hesitante, até que retribuí o beijo, abraçando--a pela cintura delgada e puxando-a contra mim. Suas costas se arquearam, sua boca se grudou a minha e suas mãos deslizaram pelo meu rosto e pelos meus cabelos.

Tive a impressão de que havíamos transado madrugada adentro, mas ainda não eram nem dez da noite quando caímos de costas na cama, arfantes e suados, com os braços e as pernas entrelaçados. Os seios de Zoe eram tão espetaculares quanto eu imaginara. Ela se orgulhava deles e me deixava admirá-los bem de perto. Quando eu os beijava, ela se arrepiava e pegávamos fogo outra vez. Eu tinha certeza de que havia camisinhas guardadas em algum lugar da casa, mas não precisei procurá-las. Zoe andava sempre com algumas, "pelo sim, pelo não", disse ela. Como não admirar uma garota tão bem equipada, em todos os aspectos? Para minha surpresa, a dificuldade de usar as camisinhas escorregadias tornou-se parte da diversão. Nossa primeira vez foi mais ou menos, a segunda, bem melhor, e a terceira, um nocaute.

Meu pai compensava seu embaraço ao conversar sobre sexo comigo exagerando nos detalhes. Não dava bola para as caretas que eu fazia, com os dedos enfiados nos ouvidos e cantarolando sem parar. Repetia em voz alta: *Quem não*

satisfaz a parceira acaba tendo que se satisfazer sozinho.
Naquela noite, entendi o que ele quis dizer e agradeci sua persistência. Zoe também parecia contente, com o corpo brilhando de suor. Mexia nos cabelos.

— Tem um cigarro? — perguntou.

— Você nunca anda com seu estimulante no bolso? Tem sempre que o filar dos outros?

— Depois de todo esse estímulo, acho que mereço um cigarro.

— O seu pai vai sentir o cheiro.

— Digo que foi a Phoebe que fumou.

— Ele vai acreditar?

— Não — respondeu, suspirando. — Ele nunca acredita em nada que eu digo. E não posso falar a verdade.

— Por que não?

— Porque é mais fácil mentir.

— Mentiria para mim?

— Experimente.

— O que o seu pai faz da vida?

— É da polícia.

— Merda.

Sentei-me na cama e olhei para ela. Tentei não me comover com sua beleza.

— Qual é o sobrenome dele? O seu sobrenome, quer dizer.

— Prendergast.

— Merda.

Praticamente saltei de costas da cama e fiquei ali parado, nu, com as mãos na cabeça.

— Foi ele quem me dedurou — disse eu. — Contou que eu vendia drogas quando era moleque.

— Ele não me disse nada. Costuma levar o trabalho para casa. Dou uma olhada nos arquivos dele quando estou sem sono. Durmo pouco.

— Puta que pariu! Quer dizer que você sabe tudo sobre mim?

— É claro que não.

Ela franziu a testa e achou graça. Quem ficou com vontade de fumar fui eu. Comecei a me vestir. A loja da esquina devia estar aberta. Zoe deu um grunhido e se sentou. Vestiu a camiseta, pendurada no pé da cama.

— Porra, Finn, você está fazendo uma tempestade em copo d'água!

— O que você falou para ele a meu respeito?

— O quê? Por que essa paranoia toda? Nada! Eu já disse que ele não me dá ouvidos.

Procurei minha camiseta e me dei conta de que Zoe a tinha vestido. Ela estava encostada à cabeceira da cama, de braços cruzados, me olhando por baixo da franja. Senti uma onda de raiva se erguer e logo se quebrar, deixando apenas espuma e confusão.

— Quando você ia me contar?

— Foi o que acabei de fazer.

— Ele acha que matei o meu pai.

— E daí? Não matou.

— É, mas por causa dele, a polícia parou de investigar outros suspeitos. Eu é que estou tendo que fazer o serviço deles.

— Que serviço?

— Descobrir o culpado. Se foi realmente um ladrão, ou aquela namorada maluca que meu pai arrumou, ou o psicopata do McGovern...

— McGovern?

— Deixa pra lá.

— McGovern, o gângster?

— Já ouviu falar?

— Já vi a ficha dele.

— Puta merda. Será que consegue pegá-la para mim?

— Não! Ficou maluco?

— É. Você tem razão. Desculpe.

Ela se inclinou para mim com um olhar preocupado.

— Finn... Por que está fazendo isso? Sair por aí perguntando quem matou o seu pai. Aonde quer chegar?

— Preciso saber a verdade. Ele era meu pai, afinal de contas. Devo isso a ele.

Zoe abanou a cabeça.

— Você não pode se meter com o McGovern. O sujeito é uma espécie de criminoso de guerra. Se foi ele quem mandou matar o seu pai...

— Sim?

— Você nunca vai conseguir provar. Ele já matou um monte de gente. É como se fosse um hobby. Finn, por favor, desista. Deixe a SOCA tomar conta disso.

— SOCA?

— A agência de combate ao crime organizado. Meu pai coordena as operações locais.

— Olha, se não dá para trazer a ficha do McGovern, será que você pode dar uma lida e me contar o que contém?

Ela desviou o olhar.

— Tenho que ir.

Afastou os lençóis, desceu da cama, despiu a camiseta, jogou-a no meu rosto e saiu correndo nua pela escada. Quando cheguei à sala de estar, ela já estava quase toda vestida, amaldiçoando o zíper da saia do uniforme. Sua blusa tinha ido parar em cima da urna com as cinzas do meu pai. Pedi desculpas, em silêncio, ao retirá-la. *Não se preocupe com isso*, disse ele. *Não vá pisar na bola com a moça*.

Devolvi a blusa para Zoe. Ela a vestiu e fechou rapidamente os botões que eu abrira com tanto cuidado algumas horas antes.

— Esqueça — disse eu. — Esqueça o que pedi. Desculpe. Você tem mesmo que ir?

— É claro que sim, seu idiota.

Pelo tom de voz, percebi que sua raiva passara. Ela vestiu o casaco marrom e ajeitou os cabelos sobre a gola. Puxei-a pelos quadris e apertei-a contra mim. Ela pareceu surpresa, mas não descontente.

— Foi incrível — falei. — Você é incrível.

Inclinei-me para beijá-la, e ela retribuiu o beijo. Mas quando sentiu minha respiração arfante, empurrou-me e apanhou o casaco e a mochila.

— É, foi divertido — disse ela. — Precisamos repetir a dose um dia desses.

— Desculpe por atrapalhar seu estudo.

Acompanhei-a até a porta. Ela parou na soleira.

— É sério, Finn, não se meta com o Governador. Ele é contagioso. Todas as coisas, todas as pessoas que toca...

Ela deixou as palavras suspensas no ar e se afastou, de cabeça baixa, dando aqueles pulinhos típicos de menina que está com pressa, mas tem vergonha de sair correndo. Esperei até que ela dobrasse a esquina, entrei em casa e fechei a porta.

Ninguém atendia no apartamento de Elsa Kendrick. Bati à porta e toquei diversas vezes a campainha, depois me afastei e tentei olhar pelas janelas. Pelo visto, ela não estava em casa. Ter me deslocado até lá fora pura perda de tempo. Mais cedo, naquela manhã, quando liguei para Jonno Kendrick e pedi o número do celular de Elsa, ele me disse para aguardar um minuto. Passei cinco minutos escutando exemplares de rock farofa da década de 1970 sendo tocados no que imaginei ser o rádio do caminhão. Entendi o recado e desliguei. Em parte, fiquei aliviado por Elsa não estar em casa. Não sabia o que dizer para ela. Só queria ter certeza de que era mesmo uma mentirosa de primeira, mas duvido que fosse se desmanchar em lágrimas e confessar seus pecados assim, sem mais nem menos. Eu não descobrira nada que a desmentisse, a não ser pela conversa com seu ex-marido, ou marido, ou seja lá o que fosse. Mas gostaria de ter visto a reação dela quando lhe contasse a versão de Jonno.

Ninguém atendeu no apartamento de cima, também. Eu não podia passar o dia inteiro esperando que Elsa voltasse. Não tinha carro, por isso não podia ficar discretamente de olho na casa. Além disso, não havia onde estacionar. E de nada adiantaria ir buscar minha bicicleta. É impossível vigiar uma casa e passar despercebido montado em uma bicicleta. A não ser que eu arrombasse a casa da frente para espiar pela brecha das cortinas, um vizinho acabaria chamando a polícia se me visse parado muito tempo em sua rua. De qualquer modo, meu turno no restaurante estava prestes a começar. Eu teria de arrumar outro jeito de entrar em contato com ela. Talvez pudesse deixar uma mensagem com uma de suas colegas da assistência social. Algo que despertasse seu interesse. Mas eu já havia apelado para sua curiosidade antes, ao insinuar que papai escrevera sobre ela, e Elsa não demorou a me desmascarar. Mentia melhor do que eu. Mas eu pensaria em alguma coisa.

Quando cheguei ao Iron Bridge, fui recebido como um velho amigo pelos garçons e pelo pessoal da cozinha. Havia um verdadeiro espírito de camaradagem entre os funcionários, nascido do terror que Chris Eccles inspirava. Trabalhar para ele era uma espécie de batismo de fogo. Ou talvez um batismo de banha. Quem passasse pelo aprendizado, conseguiria emprego em qualquer restaurante da Europa. É possível que os estagiários achassem que eu era um sonhador como eles, disposto a começar no degrau mais baixo, lavando panelas. Não contei para ninguém que minha ideia de *haute cuisine* era subir a escada levando um sanduíche para comer no quarto. Mas era legal ser acolhido daquela forma. Senti uma pontada de culpa ao lembrar que o emprego era apenas uma desculpa para conseguir informações. Se não descobrisse nada, não tinha por que mantê-lo. Ou tinha?

E por que não? Eu precisava trabalhar. Sim, eu conseguira o emprego graças ao McGovern, mas poderia muito bem ter sido contratado por méritos próprios, se houvesse me candidatado. Eu não tinha medo de Eccles. Até simpatizava com ele, para falar a verdade.

Como disse Zoe, eu não tinha a menor chance de provar qualquer coisa contra o McGovern, mesmo que ele fosse o mandante da morte de meu pai. E ainda que fosse ele o culpado, por que eu teria de largar o emprego no restaurante? Para começo de conversa, eu nunca comera tão bem. Estava até correndo o risco de engordar. Quem sabe eu aprendesse a cozinhar daquele jeito, se me esforçasse. Não precisaria ler muito. Ninguém vê chefs folheando livros enquanto cozinham. Eu poderia ser um deles. Poderia até abrir meu próprio restaurante, algum dia. Zoe seria a recepcionista. Quando o último cliente saísse, trepríamos como coelhos, em uma mesa diferente a cada noite.

Tudo isso passou pela minha cabeça — e por outras partes — enquanto eu saía pela porta dos fundos do restaurante para tirar o lixo depois do almoço. Eccles era muito exigente em relação à reciclagem. As sobras de comida deveriam ser reservadas para servir de adubo. O resto deveria ser separado para coleta seletiva de vidro, papelão e plástico. Depois de amassar umas caixas de frutas com meus tênis tamanho 42, enfiei-as na gigantesca lixeira de alumínio que ficava sob a janela do escritório de Eccles. Ao limpar as mãos depois de fechar a tampa, escutei uma gargalhada estridente, que soava como um riso de escárnio, vinda do escritório. Demorei algum tempo para reconhecer seu autor: James, o braço-direito de McGovern. A mão de alguém fechou a janela. Pela manga branca do uniforme e pelo espalhafatoso Rolex no pulso, descobri que Eccles estava lá dentro, também. O dia estava quente, mas ele obviamente não queria que sua conversa com James fosse ouvida do lado de fora.

A janela do escritório ficava a cerca de dois metros do topo da escada que levava do quintal à porta dos fundos e à mesma distância do chão. No canto perto da escada, um exaustor fora instalado na janela, para ventilar a pequena cozinha do escritório. Subi os degraus, trepei no corrimão, segurei o parapeito da janela com a mão direita e estendi o pé esquerdo para me equilibrar no cano de esgoto que saía da parede e do qual, naquele instante, água quente pingava no bueiro lá embaixo. Agarrei o parapeito com a outra mão e me encostei à parede de tijolos. Prendi a respiração e escutei as vozes vindas do exaustor.

— ...passa a maior parte do tempo circulando pelos mercados da Normandia e da Bretanha, em busca de produtos agrícolas locais e carne de caça. Duas vezes por semana, durante o verão.

— O furgão é identificado? — perguntou James.

— Tem a logomarca do restaurante, sim, se é isso o que quer saber.

— A alfândega deve encher o saco, não é? Afinal o furgão transporta bebidas e carnes de origem duvidosa.

— Não compramos bebida e não adquirimos carnes de origem duvidosa. Além disso, somos parte da União Europeia, portanto...

– Quer dizer que o furgão não é parado na alfândega?

Eccles demorou a responder. Pelo jeito, finalmente descobrira aonde James queria chegar. Já não era sem tempo.

— Não, nem sempre.

— Qual é a média?

Eccles fez outra pausa. Imaginei-o batendo com a haste dos óculos nos dentes imaculadamente brancos e perfeitamente alinhados.

— Uma vez a cada quinze dias, mais ou menos. Eu teria que perguntar ao Christophe, o meu comprador.

— Não se preocupe — disse James.

Falou como se desse de ombros, como se suspeitasse de que Eccles estava tentando enrolá-lo. O mesmo furgão percorria o mesmo trajeto todas as semanas, carregado de patês e queijos fedorentos, e os funcionários da alfândega o deixavam passar. De repente, compreendi o interesse do Governador por um restaurante chique como aquele.

O cano em que me apoiava começou a ceder. Era de plástico, e a água quente o amolecera. Agarrei-me com mais força ao parapeito para aliviar o peso sobre meu pé esquerdo.

— Quando é a próxima viagem? — perguntou James.

— Só daqui a quinze dias. Christophe está de férias. Temos bastantes produtos agrícolas armazenados.

Eccles passara a mentir descaradamente. Corria o risco de levar um tabefe ou coisa pior.

— Perfeito — disse James. — Entregue as chaves para a gente e diga onde o furgão fica estacionado. Nós o devolveremos no fim da semana.

— Para que o sr. McGovern precisa do meu furgão?

Outra pausa.

— Você não quer realmente saber, quer?

Não havia mais um traço sequer de deboche na voz de James.

O cano arrebentou. Sem querer, dei um chute tão forte na lixeira de alumínio que ela soou como um gongo. Minha mão esquerda não estava bem posicionada e soltou o parapeito. Quase desloco o ombro direito ao tentar voltar para o corrimão. Quando consegui, passei um tempo parado na escada, com o coração disparado. Será que James ouvira o barulho do cano ou da lixeira? A água fervente jorrava do pedaço de cano na parede, como um bebê sofrendo de incontinência urinária. Mas ninguém abriu a janela, e a porta dos fundos permaneceu fechada. Desci a escada e apanhei a lata de lixo vazia. Fiquei preocupado por Eccles. Se ele fosse burro a ponto de continuar argumentando com James sobre o empréstimo do furgão, o capanga do Governador poderia partir para a violência. Eu tinha de fazer alguma coisa. Talvez pudesse entrar no escritório fingindo que havia me perdido a caminho do banheiro. Se bem que isso talvez deixasse James mais irritado ainda. Foda-se, pensei, e abri a porta que levava ao corredor do escritório.

Eccles estava voltando da recepção, como se tivesse acabado de acompanhar uma visita até a saída. Até notar minha presença, tinha uma expressão completamente neutra. Franziu a testa. Abri meu melhor sorriso estúpido de subalterno.

— Está tudo bem, Chef?

— Você não pode entrar aqui de macacão, Finn.

— Certo, Chef. Foi mal.

Tive de me controlar para não bater continência.

Quando voltei ao quintal, dei de cara com James. Merda, pensei, como é que ele deu a volta no quarteirão tão rapidamente? E o que veio fazer aqui?

— Tudo bem? — perguntou ele. Seu sorriso arreganhado me deu um arrepio. — O que está achando do emprego?

— Ótimo — respondi.

— O salário é bom?

— É ótimo. Obrigado.

Por que não parava de ficar repetindo "ótimo", como se fosse um imbecil? Por outro lado, talvez não fosse má ideia dar essa impressão.

— Diga ao Governador que agradeço muito — acrescentei.

James me olhou de cara feia. Não sei se por não gostar que mandassem nele ou por eu tê-lo feito se lembrar de que tinha patrão. Olhou para o cano partido e acompanhou o jorro da água quente até o chão.

— Há quanto tempo aquele troço está quebrado desse jeito?

Dei de ombros.

James ergueu os olhos para a janela do escritório.

— Se o Eccles não mandar consertar logo esse cano, vai acabar levando uma multa.

Sorriu, deu as costas para mim e saiu assobiando do quintal.

Ao chegar em casa, joguei o casaco no sofá, tirei o celular do bolso e verifiquei a caixa de entrada. Pelo visto, Zoe não era do tipo de garota que manda mensagem de texto sempre que um pensamento lhe passa pela cabeça, seguida por fileiras de carinhas sorridentes. Sabia se controlar. Eu também. Não verificara mais de cem vezes a caixa de entrada naquela tarde. Às sete da noite, ela escrevera: *n vai dar p t ver hj. dsc. bjs.*

Q pena, respondi. *BJS.*

Desde então, nada. Começara a me arrepender de ter mandado beijos em caixa alta. Mas resolvi parar de me preocupar. Pus o celular para carregar, subi a escada arrastando os pés, escovei os dentes, vi se tinha nascido alguma espinha e desmaiei na cama.

Acordei às duas da manhã. Eu tinha ouvido a porta de frente se fechar, com cuidado. É o papai voltando do pub, pensei, zonzo de sono.

Foi esse pensamento que me despertou. Meu pai estava morto, o assassino tinha suas chaves e eu ainda não havia trocado as fechaduras. Mas será que alguém abrira a porta mesmo ou não passava de um sonho?

Prendi a respiração e agucei os ouvidos. Não ouvi nada além do tique-taque do relógio de parede, pendurado ao lado da porta da frente, da sirene de uma viatura de polícia, afastando-se pelo trecho elevado da rodovia que ficava a três quarteirões de minha casa, do ronco do motor de um trem ou de um avião aterrissando em Heathrow.

Afastei os lençóis e quase pisei com força no chão, mas parei a tempo e me levantei de mansinho. As tábuas antigas embaixo do tapete rangeram, como eu devia ter previsto. Fiquei imóvel. Não ouvi nada. Fazia um frio de lascar. Senti vontade de mijar.

Fui até o banheiro e puxei a corda que acendia a luz. O clique ressoou pela casa como se fosse um tiro. O banheiro se iluminou com uma claridade mortiça. Eu detestava as lâmpadas baratas que papai comprava. Terminei de urinar, sacudi o pinto e dei a descarga. O jorro de água ecoou pelo corredor e se misturou a um eco que vinha do andar de baixo. Era como se alguém houvesse tropeçado. Apaguei a luz e não me mexi por trinta segundos, até que minha vista se acostumasse à escuridão. Silêncio, novamente. Lembrei-me de que havia um bastão de críquete no armário embaixo da escada. Naquele instante, o armário parecia ser o pior lugar possível para se guardar um bastão.

ONZE

Desci a escada pé ante pé, quase sem fazer barulho, tomando cuidado para não pisar nas partes em que os degraus rangiam. Parei ao lado da porta da frente e senti a corrente de ar frio em meus pés descalços. Continuava prendendo a respiração e aguçando os ouvidos, mas não ouvi nada que me chamasse atenção. Será que o ruído da porta se fechando tinha sido mesmo parte de um sonho? Ou era real, e todo o resto, um sonho? Talvez papai houvesse me acordado ao voltar para casa e tudo o que acontecera na semana anterior não passasse de um pesadelo.

Mas a sala de estar estava vazia e a mesa também, a não ser pelas contas fechadas. Nada de laptop velho, nada de pilhas de anotações, nada de papai. Algo se moveu tão furtivamente atrás de mim que poderia ter sido uma aranha, mas me virei a tempo de enxergar a mão de alguém erguendo-se em direção ao meu pescoço, segurando alguma coisa. Dei um tapa na mão. O objeto que segurava, qualquer quer fosse ele, saiu voando pelo breu do aposento e bateu na parede, ao mesmo tempo em que um golpe forte como uma marretada me atingiu no plexo solar, esvaziando todo o ar do meu corpo. Por instinto, ergui os braços para me defender, bem a tempo de bloquear um soco potente dirigido ao meu rosto, caso eu tivesse dobrado o corpo como o atacante previra. O vulto era delgado, flexível e ligeiro. Veio para cima de mim enquanto eu recuava, esforçando-me para recuperar o fôlego. Batia por cima e por baixo, tentando me obrigar a baixar a guarda. Senti uma dor lancinante na rótula, que quase me fez dobrar a perna. Ele me dera um chute no joelho, mas não acertara em cheio graças à escuridão. Do contrário, eu teria desabado no chão, urrando de dor. Percebi um movimento mais amplo e adivinhei que ele se preparava para dar um chute circular, mirando minha cabeça.

Dei um passo à frente, para que a biqueira de sua bota passasse por trás de minha cabeça, e senti sua canela estalar em meu ouvido. Segurei sua perna e, com a mão livre, dei um soco em seus colhões. O agressor rosnou entredentes, mas conseguiu livrar a perna. Naquele instante, compreendi a dimensão do problema. Alguém capaz de levar uma porrada daquelas no saco e não cair no chão, vomitando, devia ser muito bem treinado.

Ele ficou parado que nem uma sombra nas trevas, com ambos os pés plantados no chão, ligeiramente agachado, uma perna dobrada para trás, os joelhos flexionados e os braços erguidos, em postura de caratê. Suas mãos eram contornos negros, como se usasse luvas de couro. A escuridão era a mesma para nós dois, mas eu estava em casa, e ele, não. Dei um passo para a esquerda, simulando um ataque, e ele reagiu movendo-se para a direita, mas tropeçou na mesa, como eu previra. Aproveitei para acertar um *jab* em seu plexo solar, que o deixou arfante, seguido por um gancho de esquerda no queixo, mas ele se esquivou a tempo e segurou minha mão, preparando uma chave de braço.

Meus conhecimentos de luta não se restringiam ao boxe. Eu sabia o que viria depois. Por isso, antes que ele conseguisse quebrar meu braço na altura do cotovelo, joguei o peso do corpo em cima dele, empurrando-o sobre a mesa. Consegui me livrar e recuei, mas ele veio para cima de mim. Em silhueta, percebi quando inclinou a cabeça para trás. No mesmo instante, abaixei a minha. Em vez de atingir meu rosto, bateu na minha testa. Vi estrelas rodopiarem na escuridão.

Ele se recuperou rapidamente. Antes que eu conseguisse retomar a posição de guarda, levei um chute fortíssimo no peito, seguido por outro no queixo, que fez meus dentes chocalharem. Bati de costas na lareira. Ele estendeu a mão para a urna com as cinzas de meu pai. E me dei conta de que pretendia usá-la como arma, quebrando-a em minha cabeça. Era muita audácia. Dei um grito e pulei em cima dele.

A urna saiu voando e nossas pernas se entrelaçaram ao cairmos no chão. Tentei usar meu peso para imobilizá-lo, mas era como lutar com um polvo psicopata que tivesse cheirado cocaína. Ele desistiu dos golpes de caratê, batendo com a mão aberta em meu nariz e dando socos em meu rim, que doeram mais do que eu imaginava naquela distância tão curta. Conseguiu se desvencilhar de mim. Ficamos ambos de joelhos, com um de seus braços passado em meu pescoço. Ele começou a apertar. O sangue pulsava em minhas têmporas e aquelas malditas estrelinhas surgiram de novo. Tentei arranhar seu rosto, na esperança de rasgar suas narinas, mas ele afastou a cabeça, empurrando a minha para baixo, com o outro braço. Dê uma mordida nele, pensei, mas não havia nada para morder. Comecei a perder as forças e os sentidos. Encostei uma das mãos no chão para tentar me reerguer e esbarrei em algo cilíndrico, de plástico, com o que parecia ser uma agulha na ponta. Era o objeto que voara da mão dele quando me defendi.

Apanhei a seringa e enfiei-a com força em seu antebraço, empurrando o êmbolo.

— *Scheisse!* — gritou ele, mais de raiva que de dor.

Deu um salto e ficou de pé, arrancando a seringa vazia do braço. Levou uma das mãos às costas. Fiz um esforço sobre-humano para me levantar antes que a mão reaparecesse. A lâmina de uma faca grande e comprida reluziu como um fantasma na escuridão. Com a mão esquerda, segurei sua mão armada pelo pulso e, com a direita, acertei-lhe um soco na garganta com toda a força que me restava, amassando sua traqueia. Os tendões de ferro de seu braço amoleceram. Ele caiu de joelhos, ofegando e tossindo, antes de desabar de cara no chão, batendo com o queixo nos dedos dos meus pés descalços.

A dor deve ter sido lancinante, mas não senti nada. Arrastei uma cadeira e desabei nela, com os cotovelos apoiados nos joelhos e tremendo com o jorro de adrenalina que percorria meu corpo. Tive a impressão de ter passado dias naquela posição.

O silêncio voltou a reinar na casa. O relógio de parede continuava a marcar as horas com seu tique-taque indiferente. À distância, uma moto percorreu em alta velocidade a rodovia. O agressor jazia de bruços no tapete surrado da sala. De seu rosto, dava para ver apenas o branco dos olhos, voltados para baixo do sofá, como se procurasse moedas perdidas, do mesmo jeito que meu pai costumava fazer.

Mais uma vez, a rua virou uma discoteca de viaturas, com os giroscópios e os rádios ligados. Os vizinhos se apinhavam atrás do cordão de isolamento em mórbida curiosidade, tentando adivinhar se aquela balbúrdia se tornaria um evento corriqueiro. Pelo menos não precisei trocar de roupa. Tentara não tocar em nada. Havia apenas acendido a luz, apanhado o celular que deixara carregando na mesa, chamado a polícia e sentado na escada para aguardar que os peritos me trouxessem um traje de papel e um par de tênis. Ao seguir os policiais uniformizados até a viatura que me levaria para a delegacia, vi meus vizinhos, muitos deles de pijamas ou vestidos às pressas, cutucarem um ao outro, como se dissessem, *ele aprontou de novo*. Quando voltasse para casa, era bem possível que já houvesse um abaixo-assinado para me despejar.

Se voltasse. A porta da sala de interrogatório se abriu. Prendergast entrou seguido de Amobi. O sorrisinho triste e amargo do homem mais velho indicava sua determinação de não deixar que eu saísse impune de novo. Senti vontade de retribuir o sorriso. *O senhor não faz ideia de como a sua filha geme quando transa.* Mas achei melhor ficar calado. Por enquanto.

Amobi tinha uma sacola de supermercado nas mãos, daquelas reutilizáveis, com slogans ecológicos e hipócritas. Estava quase vazia. O que será que havia nela? Será que Amobi planejava fazer compras depois do interrogatório? Deixou a sacola no chão e se sentou ao lado do chefe.

— Certo, Maguire — disse Prendergast em um tom de voz cansado e resignado. — Que tal nos contar o que houve dessa vez?

Dessa vez. Como se meu último depoimento tivesse sido lorota.

— Um sujeito entrou em casa e tentou me matar.

— Por que faria isso?

— Pergunte para ele.

— Sabe quem era?

— Não. Mas parecia bem treinado. Um profissional.

— Um assassino profissional, você quer dizer?

Pela expressão que Prendergast tinha no rosto, era como se eu estivesse alegando ter sido atacado por um lobisomem.

— É possível.

— Mas você conseguiu se defender.

— Dei sorte.

— Então, como é que esse... *assassino profissional* entrou em sua casa? Arrombou a porta?

— Acho que tinha cópias das chaves. Assim como da última vez, quando matou o meu pai.

— O que o leva a pensar que se trata da mesma pessoa? — perguntou Amobi.

Prendergast sequer admitiria a possibilidade de que o assassino de meu pai não fosse eu.

— Os velhotes do Weaver's Arms mencionaram um tal de Hans, que se apresentou como jornalista e passou a noite pagando rodadas de bebida para eles. Embebedou o meu pai e surrupiou suas chaves. O cara que tentou me matar combinava com a descrição que fizeram. Além disso, falava alemão.

— Você conversou com ele? — perguntou Prendergast.

— Ele gritou "scheisse" quando enfiei a agulha da seringa nele. Quer dizer "policial", em alemão.

Prendergast respirou fundo. Amobi interveio, rapidamente.

— Vamos mostrar a fotografia dele para os colegas do seu pai e ver se confirmam que se trata do mesmo homem.

— Enquanto isso — disse Prendergast, — pode me explicar que interesse um assassino profissional teria em você e no seu pai?

— Não faço ideia.

213

— Sabemos que anda investigando por conta própria — disse Amobi. — Falou com alguém que pode ter suspeitado das suas intenções?

— Com quem, por exemplo?

— Pare de se fingir de bobo, Maguire — rosnou Prendergast.

— Falei com um monte de gente.

Por um minuto, pensei em mencionar o nome de Elsa Kendrick. A polícia teria muito menos trabalho do que eu para encontrá-la. Mas de que adiantaria? Se Jonno tivesse dito a verdade, sua esposa teria motivo para cometer o crime. Mas foi Hans quem matou meu pai. E, a julgar pelo apartamento minúsculo onde Elsa morava, duvido que tivesse dinheiro para contratar um matador de aluguel.

— O que aconteceu pode estar relacionado com a sua visita ao McGovern? — perguntou Amobi.

— Não fiz nada para irritá-lo — respondi, falando a verdade.

Então me lembrei da conversa no escritório de Eccles. Amobi notou meu semblante de preocupação. Estava prestes a falar quando foi interrompido por Prendergast.

— Não sei se você sabe, Maguire, mas o uso da força contra alguém que invada sua propriedade só é permitido para expulsá-lo, não para matá-lo. Você esmigalhou a faringe dele.

— Não o matei por querer. Só estava tentando impedir que ele me matasse.

— Como sabe que ele queria matá-lo? Fez alguma ameaça?

— Ele me atacou com uma faca!

Será que Prendergast estava prestes a sugerir que aquela faca com lâmina de vinte centímetros era minha? E que a bainha presa ao cinto do sujeito servia apenas de decoração? Prendergast olhou de relance para Amobi, que se abaixou e tirou um saco transparente da sacola de compras, no qual havia um objeto metálico em formato de X. Compreendi a razão para terem levado a sacola. Queriam me pegar de surpresa ao revelar o que provavelmente consideravam uma prova inconteste da minha culpa, levando-me a mudar minha história e acabar confessando o crime. É claro que não funcionou, porque eu não fazia ideia do que era aquilo dentro do saco plástico de evidências até que Amobi a desembalou.

— Isto é seu, Maguire? — perguntou Prendergast.

Examinei com mais atenção o objeto. Era uma tesoura de jardinagem. Novinha em folha, a julgar pelo estado das lâminas. Os punhos da tesoura estavam envolvidos em fita isolante preta, do tipo usado por encanadores. As lâminas escuras e abertas reluziam sob a luz inclemente da sala de interrogatório.

— Não — respondi. — Não cultivo plantas no jardim.

— Esta tesoura não foi usada para podar — retrucou Prendergast. — Para podar plantas, pelo menos. Foi encontrada na cozinha. Se não é sua, só pode ser do invasor. O que foi que ele disse para você?

— Nada. Ele me atacou com a seringa, nós brigamos, e eu enfiei a agulha no braço dele. Não sei o que tinha na seringa, mas foi o suficiente para deixá-lo mais lento e permitir que eu o atingisse com um soco antes que ele me esfaqueasse.

— Se aquele sujeito quisesse matá-lo, bastaria esfaqueá-lo e dar o fora. Acho queria mesmo era deixá-lo inconsciente com a injeção e cortar um dos seus dedos enquanto estivesse desmaiado. Talvez mais de um. Quem sabe até os polegares. Mas não pretendia matá-lo, e sim assustá-lo.

Fiquei calado, olhando para a tesoura. Senti um embrulho no estômago.

— Portanto — concluiu Prendergast —, você exagerou no uso da força.

— Porra, o senhor deve estar de brincadeira. O cara queria decepar os meus dedos, e eu é que exagerei no uso da força? Além disso, como eu ia saber o que ele planejava? E cadê aquela faca gigantesca, a que ainda estava na mão dele quando a polícia chegou?

— Olha, Maguire — disse Prendergast debruçando-se na mesa e aproximando seu rosto do meu. — Você acha que vai simplesmente sair daqui depois de ter testemunhado dois assassinatos em dez dias? Mesmo que seja tão inocente quanto alega ser, o que duvido, você é um imbecil.

O sarcasmo desaparecera de sua voz. Ele estava falando sério, cuspindo as palavras.

— Fica sentado aí, dando respostas desaforadas, quando tem alguém lá fora que quer vê-lo morto, ou pelo menos mutilado. Deu sorte até agora. Mas quanto tempo acha que a sua sorte vai durar? Pensa que quem mandou aquele sujeito não vai mandar outro? Você sai por aí falando merda e levantando suspeitas e acha que vai ficar por isso mesmo? Conte com quem andou falando e o que ficou sabendo. Assim, pode ser que seja acusado apenas de homicídio culposo e fique em cana pelo seu próprio bem, enquanto procuramos os sacanas responsáveis pela morte do seu pai. Depois disso, retiramos as acusações e você pode voltar a trabalhar como atendente naquela lanchonete de merda.

Olhei para ele tentando, em vão, descobrir traços de Zoe nas feições daquele homem amargo e rancoroso. *Deus do céu, será que ele carrega toda essa raiva para casa?*

— Vá em frente — retruquei. — Experimente me levar para a frente de um juiz. Veja se vai conseguir alguma coisa com isso. Já contei tudo o que sei. Ou me acuse por ter me defendido em minha própria casa ou me deixe ir embora agora mesmo, porra.

O dia estava amanhecendo quando finalmente saí da delegacia, no começo da hora do rush matinal. O macacão branco folgado e os tênis baratos que recebera dos peritos me fazia parecer um pintor de casas sem-teto, mas pelo menos me deixavam mais agasalhado do que se estivesse descalço e vestindo apenas as calças do pijama. Além disso, como é típico dos londrinos, ninguém prestou atenção em mim. Amobi colhera meu depoimento com a neutralidade calculada de sempre. Avisou que eu precisaria testemunhar no inquérito, mas que ficaria em liberdade, por enquanto. Até me ofereceu carona, desde que eu estivesse disposto a esperar a volta de alguma viatura. Ou então poderia pedir que me chamassem um táxi. Mas eu não queria passar um segundo a mais do que o necessário na delegacia, não queria dar outro passeio em uma viatura e não queria gastar dinheiro com o táxi. Agradeci, e resolvi voltar para casa andando.

Ou melhor, correndo. Os tênis emprestados davam conta do recado, e o macacão, apesar de inflar e farfalhar ao sabor do vento, não restringia meus movimentos. Mesmo assim, seu destino era a lixeira, o que me fez ter uma ideia genial: lançar uma linha de trajes descartáveis para *jogging*. Já imaginava franquias se espalhando por todo o mundo e meu primeiro bilhão de libras na conta quando virei a esquina da rua em que morava e avistei uma figura esbelta, de casaco preto, sentada no murinho da casa defronte à minha, com as mãos enfiadas nos bolsos e as pernas elegantes, calçadas de botas, cruzadas na altura do joelho. Minha mãe se levantou e sorriu ao me ver chegar. Era fácil decifrar a expressão em seu rosto: alegria e alívio profundo.

— Finn... Liguei para a delegacia assim que recebi a notícia. Disseram que você já havia saído.

— Como ficou sabendo? — perguntei.

— Ainda tenho o telefone do Donald.

Ela apontou com a cabeça para a casa em frente a qual me aguardara. Donald era um velhote de cabelos brancos que sempre se levantava às seis horas da manhã, sabe-se lá por quê.

— Liguei para saber a que horas você geralmente volta para casa, e ele me contou sobre ontem à noite. O que aconteceu, exatamente?

— Estou exausto, morrendo de vontade de tomar um banho.

— Por favor, Finn, precisamos conversar.

— Não, quer dizer, precisamos, sim.

Por um breve instante, quando a vi sentada no muro, senti alívio, também, e me esqueci de ficar com raiva. Talvez não passasse de um efeito colateral da tentativa de assassinato. Em todo caso, não via mais sentido em agir como uma criança mimada. Enfiei a mão no bolso e achei as chaves que me lembrara de apanhar antes que os policiais me levassem para a delegacia, algumas horas antes. Eram as cópias que eu obrigara minha mãe a devolver.

— Só quero um tempo para trocar de roupa — expliquei enquanto abria a porta.

— Ah, eu pensei que... Desculpe.

— Pode pôr água para ferver, se quiser. Mas não tem muita coisa para comer.

— Por que não tomamos café em outro lugar? Por minha conta.

— Combinado.

Território neutro, pensei, boa ideia.

— Onde tem um lugar decente aqui perto? — perguntou ela.

— Não tem.

Passei a vista na sala de estar. Não havia sinais aparentes de luta nem do trabalho da perícia. Pelo menos não havia sangue para limpar. Apanhei a urna funerária, que jazia no chão, ao lado do sofá, e examinei-a para ver se estava quebrada. Parecia intacta.

— Donald me disse que alguém invadiu a casa e o atacou — disse minha mãe.

— Foi. O mesmo sujeito que matou o papai.

— Por quê? O que ele queria?

— Não sei.

Ainda não, pensei.

— Ah, meu Deus, Finn. Fiquei tão assustada quando soube. Você está bem mesmo?

— Pode falar: *Eu bem que avisei*.

Ela ficou me olhando, intrigada.

— Você me falou para trocar as fechaduras — expliquei.

— Eu devia ter dito para não trocá-las — retrucou ela. — Aí, sim, você as trocaria, só para me contrariar.

Pior que ela tem razão, pensei.

— Vou trocar de roupa e já volto.

Eu não estava fazendo graça. Realmente não havia nenhum local decente para tomar café da manhã na vizinhança, a não ser pelos hotéis anônimos frequentados por executivos anônimos à beira da estrada. Por isso, acabamos na Max Snax. Fomos atendidos pelo meu substituto, um rapaz de vinte e poucos anos, com um mosaico de acne no rosto e a boca sempre entreaberta, deixando à mostra dentes inacreditavelmente tortos. Mamãe fez de tudo para não encará-lo, concentrando-se no cardápio em busca de algo comível. Escolheu um sanduíche vegetariano especial, que de especial não tinha nada, como eu sabia muito bem, a não ser por não levar carne. Nem muitos vegetais, também, a não ser que se levasse em conta a batata e a soja. Pedi um suco de laranja e torradas. Seria mais fácil descobrir se Jerry cuspisse na comida. Não faria por mal. Seria apenas mais uma de suas brincadeiras de mau gosto. Eu realmente não sentia saudade alguma daquela espelunca.

— Você vem sempre aqui? — perguntou minha mãe enquanto nos sentávamos.

Jerry me chamara e acenara para mim da cozinha, e Trudy abrira um sorriso tacanho ao nos ver no balcão.

— Eu trabalhava aqui.

— Por quê? Para ganhar uns trocados?

— O papai não lhe disse?

— Ele me contou que você havia se matriculado em um ginásio de boxe. E que tinha talento para o esporte. Que corria dez quilômetros por dia. Que largou os estudos e ainda não decidiu o que fazer da vida.

Ocupada em examinar seu sanduíche, ela não percebeu meu olhar de desprezo.

— Você sempre foi anticonvencional, obstinado — prosseguiu ela. — Eu sabia que não terminaria arrumando prateleiras em um supermercado.

— Pois eu trabalhava aqui em tempo integral e sonhava em arrumar prateleiras em um supermercado. Mas não me aceitariam porque não sei ler.

— Você é disléxico, Finn. Isso não quer dizer que seja burro.

— Não, quer dizer apenas que não sou qualificado para porra nenhuma, a não ser vender drogas, quem sabe. Experimentei fazer isso, mas não deu muito certo.

Contei tudo o que aprontara desde que ela nos abandonou. Os esfaqueamentos que testemunhei, as surubas de que participei, os furtos a lojas que comandei, todos os delitos que pratiquei, em ordem aleatória. Fiz o melhor que pude para chocá-la. Queria que ela caísse no choro, sabendo que a desprezaria caso isso acontecesse, porque teria sido por pena de mim e de tristeza por ela. Mas minha mãe não parou de me encarar, inflexível, sem me interromper nem desviar o olhar, enquanto eu desfiava os detalhes mais sórdidos possíveis. Então me dei conta de que, ao enumerar meus pecados, mais do que acusá-la, estava me confessando. Sim, ela era culpada por ter me abandonado, mas fiz minhas escolhas por conta própria. Não poderia levar crédito por ter endireitado minha vida se não admitisse que a responsabilidade era minha pela "vida torta".

Quando terminei a ladainha, o café de mamãe esfriara e seu sanduíche vegetariano virara uma massa de queijo endurecido. Tomei um gole de meu suco de laranja vagamente natural. Jerry havia exagerado na água ao diluí-lo.

Ela passou um tempo sem falar nada. Adivinhei as súplicas chorosas e os pedidos de desculpas que viriam depois. Achei que não aguentaria a cena.

— Quando você completou onze anos — disse ela —, a novela *Medics* foi cancelada. Era sobre o dia a dia em uma clínica urbana. Eu fazia o papel de recepcionista.

Não entendi aonde ela queria chegar. Mamãe abanou a cabeça.

— Não importa — prosseguiu. — O emprego não valia nada, mas meu salário nos sustentava. Além disso, pelo menos eu podia me gabar de estar trabalhando. Mas depois que a novela saiu do ar, não consegui mais papel nenhum, nem no rádio nem no teatro, nem mesmo em comerciais... Eu era muito jovem para interpretar mães e muito velha para interpretar namoradas. Noventa por cento dos papéis destinados a mulheres se limitavam a essas duas categorias. Ainda é assim, aliás. De todo modo, Noel e eu não lhe contamos porque não queríamos que você se preocupasse com dinheiro. E não havia razão para isso. Eu poderia conseguir emprego em outra área. Mas a verdade é que nunca quis trabalhar com outra coisa. É esquisito falar disso com você. A última vez que conversamos foi a respeito do seu desenho animado favorito na televisão.

Fiquei calado. Aquela era outra vida, da qual eu não me lembrava. Minha mãe olhou para sua xícara de café.

— Acabei me envolvendo com uma instituição beneficente, que não tinha nada a ver com minha profissão. Escrevíamos cartas para presidiários nos Estados Unidos. Típica bobagem politicamente correta, mas que fez com que eu me sentisse melhor comigo mesma. Certo dia, escrevi para um sujeito chamado Enrique Romero, condenado por homicídio duplo e sentenciado à morte por injeção letal. Já estava há três anos no corredor da morte. Jurou que era inocente, mas isso não queria dizer nada, é o que todos dizem. O que me chamou atenção foram seus quadros. Enrique é um artista de mão-cheia. Talvez você já tenha visto a pintura que fez do arcanjo

Gabriel. Chama-se *A espada flamejante*. O anjo separa os eleitos dos condenados.

Seus olhos, que não paravam quietos, pousaram sobre mim, à espera de alguma reação. Dei de ombros, aguardando que ela continuasse seu relato.

— Ele me mandou fotografias de seus quadros, e eu os achei... extraordinários, tão comoventes. Acho que fui a primeira pessoa a elogiar seu trabalho. Já nos correspondíamos há um ano quando ele foi perdoado. Outra pessoa confessou o crime. E assim, de uma hora para outra, ele era um homem livre. Achei... que estava apaixonada por ele. Não conseguia parar de pensar nele. O seu pai sabia, mas não havia nada que pudesse fazer a respeito do que eu sentia. Quando o Enrique saiu da prisão, ele me escreveu dizendo que eu tinha sido a primeira pessoa a acreditar em sua inocência e que me amava, também. E me convidou a ir morar com ele...

Ela piscou diversas vezes, mas não vi uma lágrima sequer.

— Acho que foi a coisa mais estúpida e egoísta que já fiz — disse ela. — Mas, na época, senti que não tinha escolha.

— Deu certo?

Ela fungou, como se ralhasse consigo mesma por sua ingenuidade.

— Por algum tempo, sim. Eu estava obcecada, como se tivesse voltado à adolescência, e ele começou a vender seus quadros graças à publicidade em torno do caso. Foi exatamente como eu sonhava. Por algum tempo.

— O que aconteceu?

Ela deu de ombros e abriu um sorriso amargo.

— Ele tinha passado tanto tempo na prisão que não conseguia se reajustar. Uma coisa é escrever cartas, outra é morar junto com alguém. Eu devia saber disso, depois de ter vivido tanto tempo com Noel. Além disso, o sentimento de culpa atrapalhava.

— Mas você não disse que ele era inocente?

— Não o sentimento de culpa dele, e sim o meu. Eu tinha abandonado meu único filho em busca de um sonho do outro lado do oceano. — Ela olhou pela janela, incapaz de sustentar meu olhar. — Enrique e eu começamos a brigar por tudo. Não demorou para que tivéssemos mais discussões do que conversas. Chegamos à conclusão de que o relacionamento não estava dando certo e de que era melhor nos separarmos. E aí nos separamos.

— Quando foi isso?

— Uns dois, três anos atrás. Tentei trabalhar na minha área, mas sem sucesso. Acabei vendendo carros. Não aquelas monstruosidades americanas, só Mercedes importadas. E o pior é que eu era boa nisso. O sotaque britânico ajudou, é claro. Além disso, eu não tinha família lá, por isso estava disponível a qualquer hora. Pela primeira vez, eu estava me saindo bem, ganhando um bom dinheiro, mas para quê? Não tinha ninguém com quem compartilhar minha vida. — Ela deu um suspiro. — Até que, certo dia, navegando na internet, dei de cara com o nome do Noel e o passado voltou com toda a força. Eu me lembrei de que tive uma vida antes, e uma família, e que havia sido tão... estimada. Mas tinha jogado tudo fora, como uma perfeita idiota.

Ela assoou o nariz em um guardanapo de papel e fez uma careta. Entendi o motivo. Os guardanapos da Max Snax eram feitos de papel tão barato e brilhante que pareciam de plástico. Aliás, aposto que Andy gostaria que fossem, para poder lavá-los e reaproveitá-los.

Minha mãe pigarreou antes de prosseguir.

— Consegui o e-mail do seu pai e escrevi para ele. Noel me respondeu. Passamos alguns meses nos correspondendo, até... até eu tomar coragem. Pedi desculpas, disse que queria voltar para casa e ele concordou. Só pediu um tempo para lhe dar a notícia.

Engraçado, pensei. Elsa Kendrick disse a mesma coisa. Parecia até que papai estava com medo de minha reação. *Talvez estivesse, mesmo*, disse uma vozinha.

— Cadê o Enrique? — perguntei.

— Não sei. O tempo que passamos juntos parece ter sido parte de um surto de esquizofrenia. Às vezes, é como se nunca tivesse acontecido... É difícil explicar.

— Você se lembra da Espanha?

Ela ficou perplexa e abanou a cabeça.

— Nós três fomos lá, anos atrás, visitar um amigo do papai, aquele que tem um castelo com piscina. Eu me lembrei disso durante o funeral. É mais um sonho do que uma memória... Lembro apenas que estávamos felizes, todos juntos.

Ela hesitou antes de estender a mão sobre a mesa e a pousar sobre a minha. O peso de sua mão, seu calor, os ossos firmes por baixo da palma macia, tudo isso me pareceu familiar, como se ela me tocasse todos os dias.

— Não vou mais me desculpar — disse ela. — Mas voltei para casa, e vim para ficar. Se não quiser me ver de novo, tudo bem. Mas sempre serei a sua mãe. Não há nada que você possa fazer para mudar isso.

— Isso não foi um pedido de desculpas?

— Ah, merda. Foi, sim. Desculpa. Droga...

Achei graça.

— Onde está hospedada?

O sorriso dela desvaneceu, como se tivéssemos voltado à realidade.

— Em um hotel perto de Covent Garden. Até eu achar um apartamento.

Quer dizer que não quer a sua casa de volta?, pensei.

— Vou esperar sua ligação — disse ela. — Podemos sair qualquer dia desses para comer em um lugar decente.

— Perdi o seu número.

Minha mãe tirou um telefone elegante do bolso.

— Anote aí, disse ela, no seu celular.

— Certo.

Ela franziu os olhos para ler o número em voz alta na telinha. Digitei-o no celular de papai.

— Quer o meu? — perguntei.

— Acho melhor você ligar primeiro.

— Bom dia, Finn, como vai hoje?

Eu não tinha visto Andy se aproximar da mesa. Devia ter deslizado pelo chão, imitando o andar de um caranguejo em maré baixa.

— Vou bem, Andy.

— Espero que estejam gostando da refeição.

Ele se dirigiu a nós dois, esfregando as mãos com fervor. Era o mais próximo que chegava de lavá-las.

— Estávamos — respondeu minha mãe.

— Ótimo, ótimo. Só queria informá-lo, Finn, de que o receberíamos de braços abertos caso desejasse voltar a trabalhar conosco.

— Pensei que já tivesse contratado alguém no meu lugar.

Apontei com a cabeça para o sujeito atrás do balcão, ocupado em limpar os dentes com a unha.

Andy abriu um sorriso amarelo.

— O Dennis não projeta uma imagem adequada à franquia — explicou.

— Você notou que estávamos no meio de uma conversa antes de nos interromper? — atalhou minha mãe, sorridente.

Lá vem bronca, pensei.

— O Finn era um dos nossos melhores funcionários — retrucou Andy.

— Era — disse minha mãe. — Não é mais. É um cliente como outro qualquer, que tem direito à privacidade. Prefiro vê-lo esfolando bebês-focas do que trabalhando para um sujeito tão mal-educado como você e servindo vômito frito para os pobres-coitados que vêm comer aqui. Agora, por gentileza, nos deixe em paz.

Andy engoliu em seco.

— Bom apetite — disse ele.

Minha mãe observou-o voltar arrastando os pés para o escritório e depois se voltou para mim.

— Opa — disse ela. — Você não *queria* voltar a trabalhar aqui, queria?

— Pode apostar que não.

— Graças a Deus! Vamos embora.

DOZE

No metrô, a caminho do trabalho, não desgrudei o olho do celular. No começo, tinha até gostado que Zoe enviasse poucas mensagens de texto, que não fosse o tipo de garota insegura que exige atenção constante. Mas comecei a suspeitar que o inseguro fosse eu. Passara anos sem ter amigos íntimos e, agora que tinha uma — porque a considerava, antes de qualquer coisa, uma amiga —, queria dividir tudo com ela, contar o que havia acontecido na noite anterior e a conversa com minha mãe naquela manhã. Isso me ajudaria a pôr as ideias em ordem.

O trem passou pela estação de Hammersmith, no entanto, sem que chegassem mensagens dela. Eu também não escrevi. Não queria que Zoe soubesse o quanto eu começara a depender dela, o que poderia assustá-la. Não queria nem admitir para mim mesmo o que sentia. Além disso, parte de mim, a parte mais egoísta, tinha curiosidade de saber se ela precisava de mim mais ainda do que eu precisava dela. Ou pelo menos o bastante para tomar a iniciativa. Mas o trem passou por Baron's Court e voltou para os subterrâneos sem que o telefone desse sinal de vida. Enfiei-o no bolso.

Quando saí da estação de Pimlico, senti o aparelho vibrar e saquei-o com a rapidez de um pistoleiro. Nenhuma mensagem... Como eu esperava.

Controle-se, porra, disse a mim mesmo, e segui para o Iron Bridge.

Minha gloriosa carreira como lavador de pratos teria sido interrompida no auge se Hans, ou qualquer que fosse seu nome verdadeiro, tivesse usado aquela tesoura de jardinagem nos meus polegares. Talvez a intenção tenha sido essa. Não queria apenas me aterrorizar, mas se certificar de que as luvas de borracha não caberiam mais em mim e que eu ficaria longe do restaurante. Como disse Prendergast, quem mandou Hans não desistiria tão facilmente de me dar um recado. E já que Hans estava indisponível para receber seu pagamento, teria sobrado dinheiro para contratar outra pessoa. Eu não tinha como prever quando receberia a próxima visita, por isso precisava agir com rapidez para descobrir que uso o Governador planejava fazer do furgão de Eccles. Mesmo que não tivesse nada a ver com papai, a descoberta poderia ser vantajosa para mim.

Quando cheguei, Eccles não estava no Iron Bridge. Tomava um chá de sumiço de vez em quando para gravar seus programas de TV ou algum comercial, e passava dias sem dar as caras no restaurante. Às vezes, entretanto, apenas fingia estar sumido e aparecia de surpresa para ver como o estabelecimento funcionava em sua ausência. Isso mantinha os funcionários em perene estado de alerta. Tomara que aquela noite não fosse uma dessas ocasiões, ou eu estaria ferrado.

Estávamos no começo da semana, por isso havia pouco movimento e as panelas demoravam menos a se empilhar. Trabalhei com o máximo de rapidez para que elas não se acumulassem, tirei o macacão e o pendurei no balcão, como sempre fazia quando ia ao banheiro, embora daquela vez o destino fosse outro. Encaminhei-me para a porta dos fundos. Eu já era de casa, por isso ninguém prestou atenção em mim. Do quintal, voltei para o restaurante pelo corredor sombrio que levava ao escritório de Eccles e tentei abrir a porta. Estava trancada, é claro. Mas isso não passava de um transtorno que me obrigaria a agir com mais presteza. Tirei o celular do bolso, apertei uns botões para que meu número não aparecesse na chamada e fiz uma ligação.

— Iron Bridge, boa noite — disse Georgio.

Sua voz era açucarada como melaço quente, o que devia ser um dos motivos pelos quais fora escolhido para ser o *maître*. Abri um pouquinho a porta que dava para o salão, apenas o suficiente para ver Georgio ao telefone, em seu guichê ao lado da entrada.

— Olá, aqui é Peter Finlay, da Francisco Associates. Acho que deixei a carteira no restaurante ontem à noite.

— Vou verificar. Qual é a marca?

A Francisco era uma grande corretora de seguros, situada a alguns quarteirões dali, e seus funcionários estavam entre os clientes mais assíduos do restaurante. Os garçons se gabavam de receber gorjetas polpudas. O Iron Bridge funcionava praticamente como uma cantina da firma.

— Dolce & Gabbana — respondi sem pensar e imediatamente me perguntei se a D&G fabricava carteiras.

De todo modo, Georgio deslizou pelo salão até o bar, onde ficavam os achados e perdidos. Quando deu a volta no balcão, aproveitei para ir até o guichê e abrir a gaveta onde ele guardava as chaves do restaurante, incluindo a do escritório de Eccles. O tolinho do Georgio raramente a trancava.

— Desculpe, mas não a encontrei — disse ele, ao telefone. — O senhor tem certeza de que a esqueceu aqui?

— Ah, espere um minuto — respondi. — Aqui está ela, na minha escrivaninha. Desculpe o mal-entendido, foi um dia de cão! Obrigado. Tchau.

Guardei o celular no bolso e atravessei o salão em direção ao corredor. Georgio ainda estava atrás do balcão, mas Lori, a garçonete chinesa, franziu a testa ao me ver. Ali não era o meu lugar. Mas, quando abri meu melhor sorriso, ela sorriu de volta e retomou seus afazeres.

Larguei as chaves na escrivaninha e me perguntei por onde começar. Havia uma pilha de faturas de fornecedores, mas dificilmente me seriam úteis, mesmo que eu dispusesse de metade da noite para examiná-la. Resolvi começar a busca pelas gavetas, mas estavam trancadas. Mesmo que Eccles guardasse as chaves em algum lugar no escritório, eu não saberia onde procurar. Respirei fundo para clarear as ideias. Meu propósito era descobrir o paradeiro do furgão, por isso precisava de documentos relacionados ao veículo, quem sabe um formulário de seguro ou uma ordem de serviço. Puxei a bandeja de entrada de Eccles e folheei a papelada que continha, mas os documentos fizeram tanto sentido para mim quanto uma porção de espaguete. Procurei pela logomarca de algum posto de gasolina ou oficina. Nada. Empurrei a bandeja de volta sobre a mesa.

Tomei um susto quando a tela do computador se acendeu. A área de trabalho mostrava uma imagem incrivelmente vívida do restaurante ao entardecer, com suas luzes brilhantes refletidas nas águas do rio. Eu devia ter empurrado o mouse com a bandeja, tirando o computador do modo de espera. Não estava bloqueado nem exigia senha. Eu sabia que Eccles detestava tecnologia e gostava de preparar tudo a mão, mas aquilo era ridículo. Será que ele sequer usava o computador? O teclado parecia novo, como se tivesse acabado de sair da caixa, e os ícones na área de trabalho eram aqueles que normalmente vêm de fábrica: lixeira, navegador, um atalho para o site do fabricante e um... *serviço de rastreamento?* Examinei o ícone com mais atenção.

Era o desenho de um caminhão sob uma mira telescópica. Cliquei duas vezes no ícone e uma caixa de diálogo apareceu, com os campos já preenchidos. *Usuário:* ECCLES_IRONBRIDGE, *Senha:* uma fileira de pontinhos. Dei *enter*.

Quase no mesmo instante, a tela foi preenchida com uma imagem de rabiscos amarelos em fundo bege, centralizada em um ponto vermelho pulsante com legenda branca. Linhas alaranjadas e mais grossas cruzavam a tela em diagonal, da esquerda para a direita, terminando em um círculo laranja. Havia um monte de palavras e números, mas não consegui entender a que se referiam. Cliquei no símbolo de uma lente de aumento com um traço ao lado e a imagem se abriu. Tratava-se de um mapa, é claro. As linhas coloridas indicavam ruas e estradas. Mas um mapa de onde? Cliquei de novo na lupa. As ruas amarelas desapareceram, dando lugar a linhas verdes que serpenteavam ao redor do círculo laranja, que diminuíra de tamanho. No centro do círculo, uma palavra se destacava das outras: *Paris*.

Era um mapa da França, aonde o furgão do Eccles ia toda semana. E aquele pontinho vermelho pulsante, a caminho de Paris, só podia ser o furgão. Eccles devia ter instalado um rastreador nele para saber exatamente onde estava sempre que desejasse.

Merda, pensei, será que o Governador sabe disso?

Já fazia dez minutos que eu abandonara meu posto. Não demoraria a faltar panelas limpas na cozinha. Devolver as chaves não seria um problema. Eu as deixaria em um lugar qualquer para que Georgio as encontrasse. Ele não contaria para ninguém por medo de ser despedido. Fechei o serviço de rastreamento e depois o reabri. Quando a caixa de diálogo surgiu, selecionei a opção *Esqueceu sua senha?* e aguardei que ela fosse enviada por e-mail.

Doze minutos. Cliquei de novo para que a senha fosse reenviada.

Ping.

Abri o e-mail, apanhei uma caneta e uma folha de papel e copiei a senha. Pus a língua para fora, como sempre, mas não me incomodei. Acabara de apagar o e-mail quando meu celular tocou. Quase tive um ataque cardíaco. Eu havia deixado o toque no volume máximo por causa da barulheira na cozinha. Levantei-me, apanhei o telefone e verifiquei minhas mensagens.

qr ver vc hj — xx

Era da Zoe. E ela tinha mandado dois beijos. Contei-os algumas vezes, para ter certeza.

— Finn?

Georgio estava parado no vão da porta. Eu tinha ficado tão deslumbrado com a mensagem de Zoe que não o vira chegar. E ele não parecia nem um pouco contente. Tentei manter o sorriso idiota no rosto.

— O que pensa que está fazendo? E como entrou aqui?

— A porta estava aberta. Eu queria pedir um dia de folga para o patrão.

— O sr. Eccles não está. E você não devia ter entrado no escritório. Além disso, a porta não estava aberta, não.

Ele apanhou as chaves, sem tirar os olhos de mim.

Dei de ombros.

— Ah, entendi.

Torci para que achasse que eu era um bobalhão. Pelo menos era assim que eu me sentia.

— Estão precisando de você na cozinha — disse Georgio.

Escancarou a porta e se afastou para me dar passagem. Eu já o vira fazer isso antes, tarde da noite, com um político que mal conseguia andar de tão bêbado. A total autoconfiança do *maître* funcionava como um campo gravitacional que conduzia os indesejáveis até a porta e os repelia para fora. Fui aterrissar na cozinha, diante da pia na qual a pilha de panelas formava uma pirâmide gigantesca, gordurosa e instável. Trabalho era o que não me faltava. Talvez eu devesse ter ficado mais preocupado com o tamanho da encrenca em que ia me meter, mas não conseguia parar de assobiar, pensando em Zoe.

Sweet Thames, flow softly...

— A agência de combate ao crime organizado quer lhe dar uma medalha — disse Zoe. — O papai quase teve um filho quando soube.

Estávamos deitados em minha cama. Ela, com o queixo apoiado em minha barriga, admirando a contusão deixada pelo calcanhar de Hans no meu peito. Parecia fascinada pelos machucados. Dera um jeito de cutucar todos eles enquanto transávamos, com tanta força que me fez gritar. Pode ser que o fato de eu quase ter sido assassinado não significasse nada para ela, mas para mim, sim. Quando Zoe chegou, eu tinha partido para cima dela como um urso tarado, mas sem a sutileza do animal. Só me aquietei depois que ela me deu um chute no joelho, bem no local onde Hans tinha pisado.

— Faz anos que estavam atrás daquele cara. Ele era o principal suspeito de metade dos assassinatos encomendados pela Camorra no ano passado.

— Camorra?

— A máfia napolitana.

— Cristo! Tinha alguma recompensa pela cabeça dele? O dinheiro seria bem mais útil que uma medalha.

— O nome dele era Hans Ostwald.

— Sem sacanagem? O nome dele era Hans, mesmo?

— Os bons mentirosos não se afastam muito da verdade.

Ela apertou o queixo em meu peito até me fazer gemer, depois abriu um sorriso satisfeito e passou os braços pelo meu pescoço.

— A agência sabe quem foi o mandante? — perguntei.

— É claro que não. Mas deve ser alguém com ligações sólidas com a máfia. Não deixaria traços. Não vão encontrar cartas nem e-mails, nem mesmo registros de chamadas telefônicas.

— Ótimo. Vou tentar pegar o próximo vivo.

Zoe sentou-se, com o humor subitamente alterado, e cruzou os braços sobre os seios.

— Como assim, o próximo?

— Até eu descobrir por que o meu pai morreu, o mandante vai continuar tentando me matar.

— Você não tem certeza disso.

— Não, mas tudo me leva a crer que sim.

— Mas você disse que todas as anotações do seu pai foram roubadas, que não restou nenhuma pista.

— Quero te mostrar uma coisa.

Abri o serviço de rastreamento em meu laptop, rezando para que a bateria não acabasse antes que eu conseguisse entrar no site. Usei o nome e a senha de Chris Eccles, e o mapa surgiu. O pontinho vermelho com legenda branca estava no setor leste da cidade, pulsando às três da tarde dentro do círculo laranja de rodovias que circundam Paris.

Zoe leu a legenda.

— Parece uma placa de carro.

— E é. De um furgão que pertence ao Chris Eccles, o chef de cozinha, e que o Governador tomou emprestado. Bom, não pessoalmente, mandou seu braço-direito, o James.

— E você está rastreando essa porra?

— Acho que o furgão vai trazer alguma coisa de Paris. E, quando chegar, vou descobrir o que é.

Zoe ficou horrorizada.

— Finn, por favor. Eu já avisei sobre o Governador. Todo mundo avisou.

— Se foi ele quem mandou matar o meu pai, quero saber por quê.

— Mas e se o furgão não tiver nada a ver com a história?

Dei de ombros.

— É a única pista que tenho.

— Nossa, como você é teimoso.

— É o que o meu pai sempre dizia.

O laptop apitou antes que a bateria acabasse. Guardei-o embaixo da cama.

— Pode me fazer um favor? — perguntou Zoe.

Olhei para ela, sem responder.

— Pergunte para a sua mãe o que ela acha disso.

— Ainda não — retruquei.

— Não confia nela?

— Ela diria para eu não me meter, para chamar a polícia.

— Já comecei a gostar dela.

— Não confio na polícia.

— Confia em mim?

— Claro.

— Então, por favor, não faça isso.

Ela me beijou. Controlei-me para não atacá-la como um urso, e Zoe não cutucou minhas contusões. Não muito. Mesmo assim, não fiz nenhuma promessa.

Ela me acordou com um beijo, já de uniforme e cheirando a sabonete.

— O seu chuveiro é uma porcaria — disse.

Tentei agarrá-la, mas ela se esquivou e abriu a porta.

— O que vai fazer hoje? — perguntou, antes de sair.

— Voltar a dormir.

— Vai ligar para a polícia para contar sobre o furgão?

— Sinto saudade quando você não está aqui.

Minha tentativa tosca de fugir da pergunta não funcionou. Ela me olhou como se eu tivesse lhe dado um tapa e me deu as costas, piscando.

— Espere aí — gritei.

Dei um pulo da cama, apanhei minhas calças e saí correndo, nu, atrás dela. Alcancei-a antes que abrisse a porta da frente. Ela me olhou com tanta raiva e decepção que mal consegui sustentar seu olhar. Vasculhei os bolsos das calças jeans.

— Troquei as fechaduras ontem. Tarde demais, eu sei, mas...

Achei o molho de chaves e o tirei do bolso. As chaves eram novinhas em folha.

— Tome — disse eu. — Tenho três de cada.

Ela franziu a testa e olhou para as chaves, depois para mim, pensativa. Eu não quis saber o motivo daquele drama todo. Achava que nunca a entenderia mesmo. Num minuto ela era tão divertida e curiosa e no outro tão vulnerável e amarga que irradiava sofrimento.

— Obrigada — disse ela, em voz baixa.

Guardou o chaveiro no bolso.

— Vamos nos ver hoje à noite? — perguntei.

— Não sei.

Ela abriu a porta de supetão. Dei um salto para trás para que não pegasse nos dedos dos meus pés descalços. Chuviscava. Zoe ergueu o colarinho do uniforme, como se isso fizesse alguma diferença, e saiu andando apressada, sem dizer nada nem olhar para trás.

TREZE

Mais tarde, naquela manhã, enquanto fazia meus exercícios, me dei conta de que ainda não havia falado com Zoe sobre sua mãe. Andava tão preocupado com a minha que não me ocorreu perguntar sobre a dela. Estava viva ou morta? Continuava casada ou era separada? Prendergast usava aliança, mas isso não significava nada. Talvez fosse um cara sentimental, embora eu duvidasse muito. Será que ele não se importava mesmo que a filha passasse a noite fora de casa? Tentei adivinhar o que ele tinha feito, ou o que deixara de fazer, para que ela o odiasse tanto. É possível que nem eles mesmos soubessem.

Soltei um palavrão. Havia perdido a conta das flexões. Dane-se, eu continuaria o exercício até não aguentar mais. Antes de recomeçar, porém, o celular tocou, o que me deu uma desculpa para abandonar a série. Atendi sem fôlego e com as mãos tão suadas que quase deixei o aparelho cair.

— Alô.

— Com quem falo, por favor?

— Finn Maguire — respondi, sem pensar.

Logo me arrependi. Quem ligou devia saber quem atenderia. Provavelmente tratava-se de uma operadora de *telemarketing*. O que eu poderia fazer para irritá-la?

— Aqui quem fala é a Nicola Hale, do escritório de advocacia Hale & Vora.

Até parece, pensei. Era mais provável que ela tivesse um nome indiano e ligasse da firma Pilantra & Salafrário, de Bombaim.

— Pode nos confirmar sua data de nascimento, por gentileza? — perguntou.

— Por que não me diz e eu confirmo?

Ela achava que estava lidando com algum otário?

— Desculpe, mas preciso me certificar de que estou falando com Finn Maguire.

— Está falando com ele. Ele é que não sabe com quem está falando.

— Hum? Perdão, mas não recebeu nossa carta?

Fui pego de surpresa. Passei a vista na correspondência que se acumulava na mesa. Embaixo do cardápio amassado de uma pizzaria que fazia entrega em domicílio, encontrei um envelope bege volumoso, com as palavras *Hale & Vora, Sei lá o quê* impressas no canto. Decifrei a palavra que faltava: *Advogados*. A carta era endereçada a mim. Quanto tempo estava ali?

— Ah, sim, mas não tive tempo de abri-la.

— Será que poderia nos fazer uma visita? Precisamos falar com o senhor.

— Sobre o quê?

— Lamento, mas não posso entrar em detalhes antes de confirmar sua identidade.

Merda, pensei, é sobre a casa. O banco descobriu que meu pai morreu e queria a casa de volta.

— Tem algo a ver com o meu pai?

Minha voz soou como a de um órfão perdido.

— O senhor tem algum compromisso marcado para hoje, às quatro da tarde? Nossa firma fica defronte à praça Lincoln's Inn Fields, número 391.

— Certo — retruquei, sentindo um frio no estômago.

— Por favor, não se esqueça de trazer algum documento de identificação.

Lincoln's Inn Fields situa-se bem no limite entre o West End e a City. Trata-se de uma pracinha espremida por um quarteirão repleto de prédios imponentes, de estilo georgiano. As placas de latão ao lado das portas indicavam que a quadra inteira era ocupada por escritórios de advocacia. E, a julgar pela quantidade de Jaguares e BMWs estacionados nos átrios, eram negócios bem lucrativos. Eu quase ferira o dedo na aba dura do envelope ao abri-lo, mas, apesar de ter relido a carta diversas vezes, ainda não sabia o que queriam de mim. Pediam apenas para que eu entrasse em contato com Kamlesh Vora ou Nicola Hale. Se a intenção do banco fosse me despejar, seria muita maldade da parte deles me obrigar a atravessar Londres para receber a notícia. Por outro lado, os bancos não são conhecidos pela habilidade no trato com os clientes, apesar de toda sua propaganda enganosa.

A porta de vidro do número 391 estava trancada. A recepcionista me olhou dos pés à cabeça antes de apertar o botão para abri-la. Devia estar pensando que eu era um sem-teto pedindo esmola. Minha maleta surrada não ajudava a melhorar meu visual. E me arrependi de não ter tomado banho nem trocado as calças jeans, sujas da manteiga de alho que eu derrubara em cima de mim no trabalho. Pelo visto, no entanto, ela gostava de viver perigosamente. Apertou o botão. Abri a porta e me encaminhei até o enorme guichê de madeira, abraçando a maleta como um indigente.

— Eu... hum... tenho hora marcada com a Nicola Hale.

— Trouxe algum documento de identificação?

Empurrei a pasta sobre a mesa. Nicola Hale ergueu uma sobrancelha meticulosamente aparada. Loura, de olhos azuis, ela era esbelta, elegante e eficiente. Devia ter cerca de trinta anos. Olhou para a maleta como se estivesse cheia de roupas sujas.

— Está tudo aí — respondi.

Ela era advogada, recebia para ler. Se quisessem me despejar, eu é que não ia facilitar a vida deles. Nem admitir que não conseguira decifrar a maior parte dos documentos que havia dentro da maleta.

— Permita-me expressar nossos sinceros pêsames pelo falecimento de seu padrasto — disse o sujeito que imaginei ser o sócio de Hale e que se apresentara como Kamlesh Vora.

Era de origem indiana e quase completamente careca, a não ser por uma franja grisalha e bem penteada. Usava uma gravata de seda que devia custar mais do que tudo o que eu estava vestindo.

— Obrigado.

Estávamos em uma sala de reunião repleta de livros tão grossos que daria para construir um abrigo antiaéreo com eles. Hale abrira a maleta e examinava os documentos e envelopes que continha. Encontrou um maço de passaportes antigos, abriu um deles e olhou para mim. Senti o rosto pegar fogo. Bastaria ter levado o passaporte. Em vez disso, eu carregara aquela porcaria de maleta, cheia de papéis inúteis. Por que não pedi a um transeunte qualquer que escrevesse "NÃO SEI LER" em minha testa? É claro que ele poderia muito bem escrever "BABACA" que eu não saberia a diferença.

Hale entregou o passaporte para Vora, que pôs os óculos, examinou o documento e os devolveu, com um aceno de cabeça. Ela guardou o passaporte na maleta enquanto ele tirava os óculos.

— Administramos o patrimônio do sr. Charles Egerton — disse ele.

— Quem?

— Era um amigo do seu pai. Um ator de renome em sua época. Passamos a cuidar de seus negócios no Reino Unido depois que ele se mudou para a Espanha.

Ah, *aquele* Charles Egerton. O sujeito que Dorothy Rousseau mencionara no funeral, o velhote barbudo de quem eu tinha uma vaga lembrança.

— Sei quem é. Eu o conheci faz muito tempo. Como ele está passando?

— O sr. Egerton faleceu dois meses atrás — disse Vora.

— Como eu disse, nós administramos seu patrimônio.

— Patrimônio? O senhor quer dizer o castelo na Espanha?

— Todo o patrimônio — explicou Hale. — Somos seus testamenteiros.

A advogada continuou a vasculhar a maleta, o que me pareceu muita bisbilhotice da parte dela, já que havia confirmado minha identidade.

— Ele deixou todo o patrimônio para Noel Maguire, o seu padrasto — disse Vora.

— O meu pai morreu.

— Eu sei — disse ele. — Passamos semanas tentando encontrá-lo, mas foi em vão. Até sua morte ser noticiada na imprensa.

— É, o papai sumiu de circulação depois que abandonou a carreira de ator.

— Deixou um testamento?

— Deixou — disse Hale.

Ela examinava uma carta que havia retirado de um envelope aberto.

— É um formulário-padrão, desses que se compra nas bancas — disse. — Mas foi assinado na presença de testemunhas e certificado em cartório.

— De quando é? — perguntei.

Ela verificou a data.

— Quatro anos atrás. Muito sensato da parte dele. Todos os pais deveriam fazer o mesmo. — Seus olhos correram pela página. — Deixa tudo para o filho adotivo, Finn Maguire.

— Ah! — exclamou Vora.

— Hum — disse eu. — Isso quer dizer que...

— Que o patrimônio do sr. Egerton agora é seu — atalhou Vora.

— Por patrimônio, o senhor quer dizer...

— As economias, as ações e os imóveis que estavam em nome dele. O valor estimado é de oitocentos mil euros. Além do castelo, é claro.

— Mas é preciso arcar com as despesas do inventário — complementou Hale.

Minha mente fervilhava. Eu tinha um castelo na Espanha? Além de um montão de grana? Então me ocorreu uma ideia.

— Quem mais sabia disso? — perguntei. — Além de vocês dois.

Vora abriu os braços.

— Que saibamos, ninguém. O sr. Egerton era praticamente um ermitão, quase não tinha contato com o mundo exterior.

Passei uma ou duas horas sentado ali, assimilando aquelas informações.

— Puta merda.

— É — disse Vora, sorridente. — Ficamos muito felizes por ser portadores de notícias tão alvissareiras.

— Pode nos informar o número de sua conta bancária? — perguntou Hale, abrindo um bloco de anotações e tirando da bolsa uma caneta de luxo.

— Não tenho. Aliás, desde que o meu pai morreu, não sei o que fazer com as minhas finanças.

Hale olhou para a papelada enfiada na maleta e depois para mim. Resolvi poupá-la do esforço de achar um modo delicado para formular a pergunta que desejava fazer.

— Tenho dificuldade de ler — expliquei.

Ela assentiu.

— Gostaria que nossa firma se encarregasse disso? — perguntou, como se estivesse se oferecendo para lavar minhas roupas sujas. Pensando bem, não deixava de ser isso mesmo.

— Quanto custam os seus serviços?

— Não tanto quanto gastaria se tentasse se virar sozinho — respondeu Hale. — Digamos que nossos serviços lhe ajudarão a economizar mais do que vai gastar.

— Gostei — respondi, verificando as horas no celular. — Tenho que ir trabalhar.

Vora e Hale se entreolharam, intrigados, enquanto eu me levantava.

— Onde trabalha? — perguntou ela.

— No Iron Bridge. O restaurante.

— É chef de cozinha?

— Lavo panelas. Posso deixar a maleta com vocês?

— Você acabou de herdar meio milhão de libras — disse Hale. — Não precisa mais lavar pratos.

— Eu sei, mas prometi que não ia faltar e já estou atrasado.

Abri a porta da sala de reunião. Hale foi correndo atrás de mim.

— Por favor, fique com meu cartão — disse ela.

Nem me dei ao trabalho de ler o que estava escrito. Simplesmente enfiei-o no bolso de trás das calças.

— Obrigado, agora preciso ir.

Eu nunca usava o mesmo macacão dois dias seguidos no trabalho. O da véspera era mandado para a lavanderia — ou incinerado, sei lá —, e eu sempre encontrava um macacão novo na prateleira do vestiário. Naquela tarde, quando cheguei ao restaurante, dez minutos atrasados, a prateleira estava vazia. Descobri que Gordon, um varapau, vestira o macacão para lavar as panelas que já se acumulavam na pia.

— Ei, Gordon — disse eu. — Obrigado por quebrar meu galho. Pode deixar comigo, agora.

Ele olhou tristemente para mim, como um cachorro que tivesse acabado de levar uma surra, mas não disse nada. Desviou o olhar para algo atrás de mim.

— Finn — disse Georgio, às minhas costas —, o sr. Eccles quer ter uma conversinha com você.

Os outros aprendizes de cozinha me olharam com pena enquanto eu seguia Georgio até o escritório. Já deviam ter visto aquela cena antes. Eu era apenas o mais recente aprendiz que não passara no teste e estava prestes a ser estripado, assado, fatiado e devorado.

Eccles continuou a examinar suas faturas como se eu não estivesse parado diante dele. Reconheci a tática. O diretor da primeira escola da qual fui expulso me deixara dez minutos de pé antes de se dar ao trabalho de expressar sua decepção: eu não havia falhado com ele, disse, nem com a escola, mas comigo mesmo. Deve ter ficado mais decepcionado ainda naquela noite, quando descobriu que alguém rasgara os pneus de seu carro. Teria sido mais engraçado esvaziá-los, mas levaria muito tempo.

— O Georgio me contou que pegou você aqui dentro, ontem — disse Eccles. — O que estava procurando?

— O senhor.

Ele largou a última fatura.

— Aqui estou. O que você queria?

— Uns dias de folga.

— Como entrou aqui?

Respirei fundo. Entendi o rumo que a conversava tomava e tive vontade mandá-lo enfiar o emprego onde o sol não brilha. Não precisava mais dele. Era dono de um castelo na Espanha. Mas me dei conta de que gostava de Eccles e não queria decepcioná-lo.

— Algum problema? — perguntei — Deu pela falta de alguma coisa?

— Não, mas isso não vem ao caso.

— Georgio não cuida bem das suas chaves.

Eccles largou a caneta e coçou a testa. Tentava arrumar um jeito de descobrir o quanto eu sabia sem revelar o quanto ele próprio sabia. Uma tarefa nada invejável.

— Anda mantendo contato com o seu amigo, o sr. McGovern? — perguntou.

— Não. E já lhe disse que ele não é meu amigo.

Eccles me encarou e viu que eu estava falando a verdade.

— Tem ideia de onde está se metendo?

— Não — respondi. — E o senhor?

Eccles bateu com a haste dos óculos nos dentes.

— Vamos fazer assim — disse ele, tirando a carteira do bolso e me entregando um maço de notas de vinte libras —, pode tirar o tempo que quiser de folga. Não precisamos mais dos seus serviços.

Merda, pensei. Agora que ele me despediu, não poderia mandá-lo enfiar o emprego naquele lugar. Não teria o mesmo efeito.

— Fique com o seu dinheiro.

Quase acrescentei: *Precisa mais dele do que eu*. Mas teria sido pura bazófia. Mesmo depois que recebesse a herança, Eccles continuaria sendo bem mais rico do que eu. Além disso, o simples fato de não ter aceitado o dinheiro deve tê-lo irritado mais do que qualquer coisa que eu dissesse. Portanto, foi isso o que fiz.

Senti certa pena de Eccles ao apanhar o casaco no vestiário antes de ir embora. Estava mais encrencado do que eu por ter emprestado o furgão ao Governador. Mas era a segunda vez em quinze dias que alguém me despedia. Mesmo que os empregos não fossem lá essas coisas, fiquei magoado. Afinal de contas, eu dera o melhor de mim e me esforçara mais do que muita gente faria em meu lugar. Mesmo assim, me despediram. Mais cedo, naquela manhã, eu havia ficado com receio de que meus planos prejudicassem Eccles, mas depois da cena no escritório passei a não dar a mínima bola para isso. Entrei em um *cyber café* perto da estação de metrô e paguei por um período de duas horas, uma caneca de chá sem graça e uma maçã que não tinha gosto de nada. Abri o site do serviço de rastreamento e tirei um papel do bolso, no qual anotara o nome de usuário e a senha de Eccles.

CATORZE

Levei noventa minutos para chegar lá, os últimos vinte a pé, desde uma estação de metrô suja e deserta. E ainda fiquei em dúvida se tinha ido parar no lugar certo.

Passara algum tempo no *cyber café*, bebericando o chá e observando o pontinho vermelho emitido pelo rastreador do furgão, que circundou Londres na autoestrada até chegar ao norte da cidade e virar ao sul, reduzindo a velocidade ao entrar na área urbana. Dei um *zoom* e acompanhei mais de perto o trajeto do veículo, que passou pelo subúrbio de Hendon e pegou a North Circular Road, saindo em uma pista de rolamento que ia dar em uma área assinalada como "Pátio de Carga" e estacionando, por fim, ao lado de uma estrada de ferro.

Ao chegar ao tal "pátio de carga", descobri que se tratava de um complexo industrial tão novo que ainda nem constava dos mapas. Estruturas imponentes de tijolo amarelo com grandes portas de enrolar emergiam de um mar de concerto ondulado, banhado pela luz amarelada de lâmpadas de vapor de sódio. Assim que passei pelos portões, senti-me tão vulnerável quanto um rato em um rinque de patinação. Caminhões e carretas enormes passavam roncando por mim enquanto eu me encaminhava para o local onde o furgão estacionara. Meu caminho foi interrompido por uma cerca de quatro metros de altura, encimada por rolos de arame farpado, que desencorajava eventuais suicidas de explorar a ferrovia. Virei à direita, seguindo a cerca e tentando me manter nas poucas zonas de sombra do complexo, sem saber se estava sendo observado por câmeras de segurança e, se estivesse, se isso era bom ou ruim. Nenhum dos caminhoneiros prestou atenção em mim. Se eu desaparecesse naquela noite, ninguém saberia qual teria sido meu fim, a não ser os responsáveis por meu sumiço. O que seria uma pena, porque eu estava morrendo de vontade de mostrar para Zoe meu castelo na Espanha. Queria ver se ela conseguiria manter o ar *blasé*.

Avistei uma estrutura idêntica às outras, embora parecesse ainda não ter sido alugada. Não havia carros estacionados no átrio nem mobília na recepção, a não ser pelo guichê, de um branco imaculado. As luzes estavam apagadas. Eu não conseguiria passar pela fresta da porta de enrolar sem perder uma boa quantidade de quilos nem arrombar a porta da frente sem uma marreta. Dei a volta no prédio, pelo lado que dava para a cerca, e espiei a parte de trás. Nem lá a escuridão era completa. A luz amarelada das lâmpadas escorria por toda parte, como a tinta de uma camiseta vagabunda ao ser lavada. Havia uma saída de emergência perto de mim: uma tábua de madeira, sem maçaneta, com uma placa em que se lia "Mantenha Distância". Examinei-a com mais atenção e descobri que não estava completamente fechada. Havia uma fresta entre a porta e a ombreira. Eu tinha ido longe demais para não arriscar. Dei um empurrão, mas a porta não cedeu. Com raiva, fechei a porta com força, mas ela se abriu de novo, alargando a fresta. O trinco devia estar quebrado. Puxei e empurrei a porta diversas vezes até que ela se abrisse o suficiente para me dar acesso à tranca. Estiquei os dedos o máximo que pude e consegui tirar a tranca do lugar.

A porta se abriu de vez.

Um cheiro ruim de água sanitária barata invadiu minhas narinas e me deu ânsia de vômito. A porta dava para um corredor estreito de cimento, ao fim do qual uma luz amarelada vazava por uma porta entreaberta. Imaginei que viesse da doca de carga e descarga. Atravessei o corredor na ponta dos pés e prendi a respiração ao abrir a porta, mas ela era tão nova que as dobradiças não rangeram.

Havia dois veículos estacionados na área, uma picape gigantesca e um furgão refrigerado com as palavras *The Iron Bridge, Pimlico* pintadas nas laterais. Olhei ao redor. A doca estava deserta e vazia, a não ser pelo que parecia ser uma cela de madeira em um dos cantos. O cheiro de água sanitária vinha do furgão, misturado ao fedor inconfundível de urina. As portas traseiras estavam trancadas, mas a chave havia sido deixada na ignição. Usei-a para destrancar as portas, respirei fundo e girei a maçaneta.

Alguém deixara a luz interna acesa, o que acabaria descarregando a bateria. Olhei para baixo e dei de cara com um par de olhos arregalados e assustados. Parei de pensar na bateria.

O piso estava coberto de jornais amassados e manchados por baixo de sacos de dormir. Cada saco continha uma criança, alguns, duas. Ao todo, eram cerca de dez meninas. A mais velha não devia ter mais de doze anos. Todas ficaram me olhando, de cara amassada e olhos esbugalhados, cansadas e apavoradas demais para falar ou sequer gritar. Vi cascas de pão e peles de salsicha espalhadas entre os sacos e senti um leve cheiro de alho, embora fosse sobrepujado pelo fedor que vinha de um banheiro químico instalado em um canto. Sacudira tanto no trajeto que derramara parte dos dejetos que continha. Assim que abri a boca para assegurá-las de que estava tudo bem, bati com a cabeça no que me pareceu ser a tampa de um bueiro e caí de joelhos, atordoado.

Antes de perder os sentidos, compreendi que minha cabeça não batera em coisa alguma, alguma coisa é que tinha batido em minha cabeça. Socos e pontapés cobriram meu corpo. Mal tive tempo de assumir uma posição fetal e cobrir o rosto com os braços. Além de continuarem me chutando, passaram a me bater com pedaços de pau e com o que parecia ser uma corrente de bicicleta. Escutei um guincho alto e achei que havia sido emitido por mim, mas compreendi que eram as meninas que gritavam, obrigadas a testemunhar um sujeito sendo morto a pancadas. Alguém deve ter se irritado com a gritaria, porque a última coisa que ouvi antes de desmaiar foram as portas do furgão sendo fechadas com força.

Zoe estava sentada em minha cama, de braços cruzados. Fumava um cigarro. Fumar na cama é muito perigoso. Tentei dizer isso a ela, mas Zoe não conseguiu me ouvir por causa do barulho ensurdecedor da música eletrônica. Além disso, minha boca estava cheia de sangue. Ela se debruçou sobre o meu corpo, olhou para mim como se eu fosse um verme e apagou o cigarro na minha cara.

A dor me acordou. O sangue escorria de uma ferida em meu rosto. Eu estava deitado em uma caixa feita de metal e de plástico. Senti um cheiro de gasolina e de fumaça de cigarro. A tampa da caixa era de plástico cinza e deixava uma luz amarelada e intermitente entrar pelas frestas. Escutei o rugido de pneus no asfalto, misturado ao som estrondoso de baixo e bateria que jorrava dos alto-falantes do carro.

Eu estava na caçamba da picape. O teto de plástico era uma lona estendida para evitar olhares curiosos. Talvez eu conseguisse rasgá-la, mas acabaria apanhando de novo dos sujeitos que ouvia dando gargalhadas no banco traseiro. Gabavam-se de ter arrancado os dentes de alguém a pontapés. Passei a língua nos meus. Dois estavam rachados e outros amolecidos, mas continuavam todos no lugar. Vai ver se gabavam do que planejavam fazer comigo.

Será que a música estava alta daquele jeito porque eles gostavam ou para abafar os gritos e os chutes nas laterais que eu viesse a dar quando parássemos nos semáforos? Não que eu conseguisse chutar muito forte, já que mal podia me mexer de tanta dor. Era como se cada centímetro do meu corpo, cada órgão interno, tivesse sido esfolado, espancado, amassado. Minhas mãos estavam amarradas em frente ao corpo, mas meus pés estavam livres. Por que será que não os amarraram, também? Talvez planejassem me levar para uma caminhada.

Será que eu conseguiria me livrar chutando a porta da caçamba? Ou devia esperar uma oportunidade para sair correndo? Minhas pernas e meus pés doíam como o diabo, mas não senti nenhum osso quebrado e a adrenalina daria cabo da dor quando eu começasse a correr. Talvez eles não se dessem ao trabalho de me perseguir. Poderiam simplesmente atirar em mim. Mas, se estivessem armados, por que não haviam me liquidado antes? Dúvidas como essas dominavam meus pensamentos. Tentei me livrar delas, respirando fundo para clarear as ideias. Eles estavam me esperando, disso eu não tinha dúvida. O trinco quebrado da saída de emergência e a chave na ignição faziam parte da emboscada, e eu caíra como um patinho. O sacana do Eccles devia ter entrado em pânico. Poderia ter dado queixa do roubo do furgão para a polícia, mas preferiu avisar o Governador, de quem morria de medo. Deitado na caçamba, engolindo saliva misturada com sangue, quem era eu para culpá-lo?

O rugido dos pneus no asfalto cessou e senti o carro fazer uma curva fechada à esquerda. Começou a sacolejar, castigando os amortecedores ao passar por poças de água. Cada impacto me causava dores lancinantes, que se irradiavam pelas costas e pelas pernas. Por fim, o carro diminuiu e parou. O motorista desligou o motor e o rádio. A suspensão levantou um pouco quando os passageiros desceram, batendo as portas. Eram três, não quatro, como eu pensava. A distância, escutei o escapamento de um motor movido a óleo diesel — de uma escavadeira, talvez?

A porta da caçamba se abriu com um silvo. Vi três silhuetas recortadas contra o céu. A de trás pertencia a James, que acendia um cigarro de palha. Seus comparsas eram dois brutamontes que eu não conhecia, usando casacos de couro e calças jeans. O que abriu a caçamba tinha cabelos compridos e ensebados. Inclinou-se e me deu tapa no rosto, forte o bastante para me acordar, mas não mais que isso.

— Já pra fora — grunhiu com um sotaque que me pareceu polonês.

Arrastei-me com dificuldade, sentei-me na traseira da caçamba e encostei os pés no chão. Era um mar de lama oleosa, pontilhado de poças negras, cercado por muralhas de carcaças de automóveis. Um ferro-velho, pensei. E dos grandes. O Cabeludo me puxou pelo braço e me levou até James, que acabara de abrir o porta-malas de um antigo Jaguar sem rodas.

— Eu sabia que você era problema, Maguire — disse ele. — Desde a primeira vez que o vi. Falei para o Governador que devia ter sido você mesmo quem empurrou o filho dele na piscina, mas ele não me deu ouvidos. Por isso mandei vigiá-lo para descobrir as suas verdadeiras intenções.

Tirou um pedacinho de tabaco da língua e sorriu, antes de prosseguir.

— Ela é uma graça, não é? A Zoe? Que seios maravilhosos! Não que eu tivesse coragem de me meter com ela hoje em dia. Aquela garota já viu mais pau que serraria. Espero que tenha usado camisinha.

Zoe? A Zoe me dedurou?

James percebeu minha expressão de agonia. Foi como se enfiasse um espeto em minha barriga. Arreganhou os dentes em um sorriso.

— Você é um mentiroso filho da puta! — gritei.

Ele abriu ainda mais o sorriso.

— Você sabe que é verdade. Dá para ver no seu rosto. Está chorando por dentro. Está em pedaços. Quer dizer, não exatamente em pedaços. Ainda não.

Meneou as sobrancelhas como uma imitação barata de Groucho Marx. Seus chipanzés acharam graça. Mesmo que minhas mãos estivessem livres, eu não teria tempo de estrangulá-lo antes que os outros dois me partissem ao meio. Nem vi o punho de James se mover antes que me acertasse um soco na boca, rasgando meu lábio superior contra os dentes.

— Não — disse ele. — Não me olhe desse jeito. Você está acabado. Pisou na bola. Se fodeu.

Cuspi uma gosma de sangue que flutuou como espuma em uma poça negra. Tentei não pensar na traição de Zoe.

— Foi você que matou o meu pai? — perguntei.

James sorriu e acenou com a cabeça para o porta-malas do Jaguar.

— Entre.

Olhei ao meu redor. O que a princípio julgara ser outra muralha de carros era, na verdade, um descomunal triturador de veículos. O motor a óleo funcionava como sua casa de força. Assomando sobre eles, havia um guindaste com pinça hidráulica, suas quatro garras de aço fechadas, semelhante àquelas gruas de brinquedo em parques de diversões com bichinhos de pelúcia impossíveis de fisgar.

James me deu um tabefe, certificando-se de acertar bem em cima da ferida aberta.

— Quanto mais cedo você entrar, menor será o seu sofrimento.

Tentei sair correndo, mas ele chutou minhas pernas e caí rolando no chão até ficar todo coberto de lama.

— Enfiem o moleque lá dentro — rosnou James para seus capangas.

Eles me levantaram, arrastaram-me de volta e me enfiaram de ponta-cabeça no porta-malas do Jaguar.

— Pensei em cortar sua garganta antes que você entrasse no triturador, mas você abusou da minha paciência. Anime-se, vai ser divertido. Como avisam nas montanhas-russas, mantenha os braços dentro do carrinho. Vou mandar o Benny ir bem devagar, para que você aproveite o máximo possível.

Bateu a tampa do porta-malas com violência.

Fiquei deitado no escuro, tentando pensar em uma saída, mas a traição de Zoe não saía da minha cabeça. Mesmo que James tivesse me dado um chute no saco, eu não estaria me sentindo tão nauseado e sem fôlego. É claro que era isto o que ele queria, que eu morresse em agonia, ciente de que fui traído e sem ter certeza de quem mandou Hans matar o meu pai e por qual motivo. Escutei um celular tocar. James atendeu. Agucei os ouvidos.

— Sim — disse ele. — Sim, sem problemas. Vinte minutos.

Foi tudo o que ouvi antes que o Jaguar estremecesse, sacudisse e afundasse, fazendo que eu batesse com a cabeça na lataria. O ruído de vidros se quebrando e de aço rangendo era ensurdecedor, mas mesmo assim consegui discernir o ronco do motor a diesel aumentando. Imaginei que a pinça tivesse agarrado o Jaguar, estilhaçando o vidro das janelas e amassando o teto, empurrando o automóvel contra o solo lamacento. Depois, o guindaste se ergueu, arrancando o Jaguar da lama. Senti o carro flutuar no ar, girando lentamente, balançando como um pêndulo.

Eu me contorci até ficar de frente para a dianteira do veículo e tateei na escuridão. Rocei em suportes de aço prensado que se estendiam vertical e diagonalmente entre o porta-malas e o compartimento de passageiros. Entre eles, havia placas de plástico ou de compensado. Arranhei--as enquanto o Jaguar balançava de um lado para o outro.

De repente, o carro deu uma queda, e fui lançado para cima antes de cair de novo quando o automóvel aterrissou. Sem dar bola para a dor, girei o corpo, dobrei os joelhos e chutei com força as placas, tentando não bater nos suportes rígidos. Uma delas cedeu e caiu para frente.

O Jaguar foi novamente suspenso, mas não balançou tanto quanto na primeira vez. Quem controlava o guindaste devia estar tentando alinhar o carro com as mandíbulas do triturador. Girei mais uma vez o corpo e enfiei os punhos amarrados pelo buraco que tinha aberto com o chute. Apalpei molas, arames e um revestimento de espuma. Empurrei com força, rezando para que meus ombros passassem pelo espaço entre os suportes.

Por um momento, flutuei mais uma vez, depois o carro aterrissou com força e meu nariz bateu na lataria, fazendo com que meus olhos se enchessem de lágrimas. O Jaguar devia ter ido parar no bucho do triturador. Usando os pés como alavanca, empurrei o corpo para frente. Escutei o som de metal sendo rasgado e de vidro tilintando no instante em que as garras de aço da pinça se abriram para soltar o teto do carro. Consegui passar os ombros — primeiro um, depois o outro — pela teia de aranha dos suportes metálicos e empurrei o encosto do assento traseiro. Senti o ar fresco da noite no rosto. Foi um alívio, apesar da fumaça e do cheiro de óleo diesel. Não dava para ver nada pelo para-brisas e pelas janelas, além das lâminas cor de ferrugem do triturador. Minha cabeça estava quase alcançando as janelas traseiras quando um estrondo sacudiu o automóvel e as mandíbulas de aço começaram a se mexer. Arranhei o quadril nos suportes e devo ter dito um palavrão, mas não escutei nada a não ser as portas do Jaguar sendo amassadas. Finalmente, consegui livrar as pernas do porta-malas. O esqueleto metálico do carro pareceu se endurecer por alguns segundos, mas sua resistência foi breve. A lataria gemeu sob a pressão das lâminas. Virei de costas para baixo e arranhei o estofado do teto, arrastando-me sobre os bancos, até que uma de minhas mãos não encontrou nada em que segurar. O teto solar era um buraco aberto, seu vidro há muito tempo estilhaçado.

Agarrei a borda do teto solar com as duas mãos e, num último e desesperado esforço, puxei meu corpo para cima. O carro implodiu ao meu redor, rangendo e cuspindo fragmentos de metal e cacos de vidro sobre mim como estilhaços de granada. No instante em que consegui passar pelo buraco, que se estreitava cada vez mais, o Jaguar se dobrou para cima e meu pé escorregou para dentro do turbilhão de metal, plástico e couro torturados. Pisei no que me pareceu ser o apoio de cabeça de um dos bancos e me impulsionei com toda força para cima, em direção à noite, às trevas e à fumaça, saltitando para escapar das mandíbulas que se fecharam abaixo de mim. O urro do triturador, o gemido do chassi do Jaguar moribundo e o melancólico tilintar de cacos de vidro assaltaram meus ouvidos. As mandíbulas pararam de se mexer, mas o motor continuou funcionando.

Avistei o Cabeludo sentado na cabine que controlava o triturador, olhando fixamente para mim. Parecia puto da vida. Eu não sabia onde estavam os outros dois, mas receei que não tardaria a descobrir. Saí correndo em sua direção por cima do triturador e vi que ele se atrapalhou com a maçaneta da porta da cabine. Quando conseguiu abri-la, era tarde demais. Cheguei a tempo de chutar a porta contra seu rosto. Descobri que é difícil dar um soco em alguém com as mãos atadas, mas, se a pessoa tiver os cabelos compridos, é fácil agarrá-los e puxar sua cabeça para baixo. Dei três joelhadas em seu rosto. Na última, senti seu nariz se quebrar e o larguei. Ele caiu de cabeça no chão lá embaixo e torceu o pescoço na queda. Não se mexeu mais. Saltei atrás dele e escorreguei ao pisar na lama, caindo de bunda no chão. Senti um grande alívio ao ver uma faca na mão dele. Tivera tempo de sacá-la, mas não de usá-la. Era bem afiada, a julgar pela facilidade com que cortei o barbante que amarrava meus pulsos, apoiando o cabo com o pé. Ergui a cabeça bem a tempo de ver o parceiro do Cabeludo correndo até mim com um cano de aço na mão. Tentou acertar minha cabeça, mas me esquivei e lhe dei um soco no queixo. Acho que quebrei sua mandíbula, por isso fui obrigado a admirar sua determinação quando voltou ao ataque mesmo assim. Só parou depois que parti uma de suas costelas, arranquei o cano de suas mãos e bati com ele em sua cabeça.

Passei algum tempo parado ali, arfante. Não havia sinal de James nem da picape. Larguei o cano e tirei o celular do bolso. Sentei-me em um enrolador de cabo que alguém deixara em cima de uma pilha de acabamentos de borracha. O nome que eu procurava estava no topo da lista alfabética dos meus contatos. Ainda bem, porque mal tive forças de apertar o botão de chamada e encostar o aparelho no ouvido.

O telefone do outro lado tocou e tocou. Será que já era de madrugada?

— Alô, aqui é Dominic Amobi. Quem fala?

Ele estava com voz de sono.

— Finn Maguire.

Meu nome pareceu despertá-lo.

— Em que posso ajudar, Finn?

— Tem um furgão cheio de meninas estacionado em um armazém no norte de Londres. Foram trazidas do continente. Mande alguém o mais rápido possível. Não sei quanto tempo o furgão vai ficar parado lá.

Quando por fim encontrei a saída do ferro-velho, meus tênis eram dois blocos de lama na ponta das minhas pernas. O portão estava aberto. Olhei de um lado para o outro da estrada deserta de mão dupla, que se perdia à distância. Nada de placas de sinalização, nada de estação de metrô, nada de nada. O céu estava nublado, portanto eu não teria como saber para que lado ficava o norte. Além disso, duvido que conseguisse avistar as estrelas com aquela iluminação forte. Antes de sair do ferro-velho, eu passara por um escritório, na verdade um galpão pré--fabricado montado sobre blocos de concreto. Voltei para dar uma olhada. Estava vazio. E trancado. Mas uma pedra arremessada pela janela deu conta do recado. Os donos não se preocupariam com um vidro quebrado. Deviam era agradecer por eu não ter tocado fogo no escritório. Eu bem que havia pensado nisso, mas não encontrei um isqueiro. Duvido que James tivesse escolhido aquele lugar por acaso. Aposto que muitos de seus problemas eram resolvidos no triturador.

Descobri o número de um rádio táxi e chamei um usando o telefone do escritório. Fui esperar na estrada, imundo, exausto e dolorido. Quando o táxi finalmente chegou, o motorista se recusou a me deixar entrar depois de ver o estado das minhas roupas. Mas mudou de ideia quando lhe ofereci um maço de libras para me deixar na estação de metrô mais próxima. Antes disso, porém, fez questão de apanhar um cobertor velho no porta-malas para forrar o banco traseiro. Não me importei com o preço da corrida. Era por conta do Cabeludo e de seu parceiro. Eu esvaziara suas carteiras antes de sair.

Os primeiros raios pálidos de sol começavam a brilhar no breu do céu quando cheguei em casa. Estava tão cansado que era como se não existisse, como se fosse um fantasma assombrando minha própria casa. Arrastei os pés na escada, degrau a degrau, entrei cambaleante no banheiro e abri a torneira de água quente. A banheira demorava uma eternidade para encher. Não tinha certeza de que conseguiria esperar tanto tempo acordado. Fiz uma careta de dor ao tirar a camiseta a caminho do quarto. Cada movimento que eu fazia parecia abrir uma ferida, contrair um músculo dolorido ou criar uma nova contusão.

Zoe estava dormindo em minha cama, completamente vestida, como se tivesse caído no sono ao me aguardar. Abraçava meu travesseiro contra o corpo, de um modo que nunca fazia comigo quando dormíamos juntos. Parecia tão tranquila e inocente, com os lábios grossos entreabertos e respirando tão levemente que era como se suspirasse. Tive vontade de agarrá-la pelos cabelos e arrastá-la para a rua, mas não tinha forças para isso.

Ela abriu os olhos, sonolenta, sem saber onde estava. Quando me viu, seu corpo se enrijeceu. Sentou-se, piscando, sem tirar os olhos de mim.

— Ah, meu Deus...

— Por que você aceitou as cópias das chaves ontem de manhã se tinha certeza de que nunca me veria de novo? Planejava se mudar para cá na minha ausência?

Seus olhos se encheram de lágrimas. Ela era uma boa atriz.

— Mas é claro que tinha que aceitar as chaves — prossegui. — Precisava fingir que não sabia o que me aguardava.

— Desculpe, Finn. Eu pedi para você não ir.

— O que veio fazer aqui?

— Eu estava torcendo para que nada de mal acontecesse com você.

— Se tivesse me avisado, não precisaria ficar na torcida. Quer dizer que foi tudo fingimento? Desde o começo? Você é mesmo filha do Prendergast, pelo menos?

Ela tirou uma caixa plástica de CD que guardara embaixo do travesseiro e a ofereceu para mim. Não movi um músculo. Ela se cansou de esperar e jogou a caixa em minha direção. Deixei que caísse no chão, ao pé da cama.

— A minha mãe morreu quando eu tinha doze anos — disse Zoe. — De overdose. Meu pai não sabia como cuidar sozinho de mim. A situação piorou quando entrei na adolescência. Se usasse maquiagem, ele falava que eu parecia uma puta. Só para contrariá-lo, comecei a agir como se fosse uma. Quanto mais ele gritava comigo e me punha de castigo, mais eu exagerava. Ia para cama com quer que fosse. Bebia e usava todo tipo de drogas.

Ela fez uma pausa.

— Até que um cara que eu conhecia, ou pensava que conhecia, me convidou para uma festa na casa de campo dos seus pais. Mas, na verdade, a casa não era dos pais dele. E, na verdade, não se tratava de uma festa. Eu era a única garota lá. O nome dele é James.

Olhei para a caixa do DVD e adivinhei o que viria depois. Zoe estava com o olhar perdido na parede e os maxilares tensos, resolvida a contar a história até o fim, sem choramingar nem sentir pena de si mesma.

— Começou assim que cheguei lá. Um sujeito com uma câmara de vídeo nos seguia por toda a parte. Quando o James começou a me bolinar, ele caprichou nos close-ups. Eu tinha tomado algumas taças de champanhe. E quando o James me ofereceu umas pílulas...

— Você foi drogada?

— Ele não me forçou a tomá-las. Não foi preciso. Eu queria experimentar de tudo, como se não houvesse amanhã. E, nos dias seguintes, experimentei de tudo mesmo. Transei com dois caras ao mesmo tempo. Com três. Fiz dupla penetração, paguei boquetes enquanto...

— Chega. Não quero saber.

— Tentei me convencer de que eu não estava nem aí, de que não me importava se alguém visse o vídeo. Até eles me mandarem aquilo... — Sua voz falhou ao acenar com a cabeça para o DVD. — Foi quando descobri que eu me importava, sim, que havia sido uma completa idiota. Mas era tarde demais. Eles falaram que iam exibir o vídeo na internet, que iam mostrar para o meu pai. Eu não podia deixar que isso acontecesse. Seria o fim dele, tenho certeza. Mesmo tendo passado o diabo na mão dele, eu não podia fazer isso com o meu próprio pai. Implorei para que não mostrassem o vídeo. Jurei fazer tudo o que eles quisessem...

— E o que eles queriam era me ferrar — atalhei.

— Lamento muito, Finn. Eu gostava... gosto de você. É um cara legal e sempre me tratou bem.

— Vá para casa.

— Por favor, não me mande embora.

Tirei o DVD da caixa e o entortei até parti-lo ao meio. Joguei os pedaços para ela.

— Você sabe para que eles usavam aquele furgão? — perguntei. — Para traficar crianças, trazer meninas do continente. Meu Deus, sabe-se lá o que fariam com elas. Quando cheguei lá, o James e seus capangas me deram uma puta surra. Depois me levaram para o East End e tentaram me enfiar no porta-malas de um Jaguar. Quer que eu sinta pena de você por ter transado em frente à câmera e depois se arrependido, com medo que o seu pai descobrisse? Logo o seu pai, que você detesta tanto quanto ele me detesta. Quer saber, vá embora ou fique aí, para mim tanto faz. Preciso tomar um banho.

Voltei para o banheiro, tirei as calças e a cueca fedorentas e meti o pé na banheira. A água estava tão quente que quase descamou minha pele. Enquanto eu entrava aos poucos na banheira, sentindo as feridas arderem na água escaldante, escutei Zoe descer os degraus. Ela parou por um instante ao pé da escada e largou as cópias das chaves, que tilintaram ao cair no chão. Depois saiu, batendo a porta.

Dei um suspiro e me recostei, envolto pelo vapor que se condensara no ar frio do banheiro. Tentei adivinhar até que ponto Zoe falara a verdade. Talvez tivesse realmente começado a gostar de mim. Às vezes, até fazendeiros se afeiçoam aos porcos que criam e sentem um aperto no coração na hora de abatê-los. James devia ter se divertido ao produzir um filme pornô com a filha de um inspetor de polícia. Será que fazia cópias para seus comparsas acharem graça e tocarem punheta ou guardava o original a sete chaves? Afinal de contas, se a notícia se espalhasse, Prendergast viraria uma piada. Teria que sair da polícia. O que seria uma pena, porque assim o Governador deixaria de ter um inspetor no bolso.

Merda. Prendergast *sabia* da existência do vídeo. Tinha de saber. Do contrário, que interesse o Governador teria em chantagear uma estudante como a Zoe? Só se daria ao trabalho se fosse para chantagear o pai dela. Lembrei-me do alerta de Amobi de que McGovern era capaz de tudo.

Segundo Zoe, Prendergast era o coordenador das operações locais da agência de combate ao crime organizado. Por isso McGovern ficava sabendo dos planos dos agentes antes da própria polícia. Prendergast era seu informante.

O que teria dito a meu respeito para o Governador? O que estaria dizendo naquele instante? Amobi já teria lhe contado que achei um furgão cheio de crianças. E Prendergast passaria a informação para McGovern.

Eu só havia encontrado o furgão graças ao serviço de rastreamento usado por Eccles. Mas duvido que o Chef tenha contado a James que o furgão poderia ser rastreado. O Governador perderia a cabeça quando descobrisse. Eu estava disposto a enfrentar seus capangas, mas e quanto ao Eccles? Alguém tinha de avisá-lo. Do contrário, ele acabaria sendo enfiado de ponta-cabeça no moedor de carnes do restaurante.

Eu não devia nenhum favor a Eccles.

Puta merda.

Saí pingando da banheira.

QUINZE

É claro que o imbecil do Eccles não estava atendendo ao telefone. Deixei uma mensagem de voz, mas não fazia ideia se ele a receberia a tempo. Por isso fui parar no metrô a caminho de Pimlico, tão cedo que metade dos vagões estava vazia. Fiquei em pé para não cair no sono e acordar na última estação. Sentia-me como um sonâmbulo, mas tinha de convencer Eccles a contar tudo para a polícia antes que o Governador o chamasse para uma palavrinha.

Eu sabia que o chef celebridade tinha um apartamento luxuoso com vista para o rio, mas resolvi ir primeiro ao restaurante. O portão de trás estava aberto. A caminhonete chiquérrima de Eccles estava estacionada no quintal, mas não havia sinal do homem. Ele costumava fazer compras de manhã bem cedo nos mercados londrinos. Levantava-se às quatro da manhã e carregava pessoalmente caixas de peixes, carnes e verduras para o frigorífico do restaurante.

Subi a escadinha que levava à porta dos fundos, que estava aberta. Não havia ninguém na cozinha, e algo me disse para não chamar pelo chef. Escutei um ruído que me fez pensar em um rato tentando se libertar de uma ratoeira, mas só se fosse um rato gigantesco. Alguém esmurrava desesperadamente alguma coisa. Avistei uma caixa cheia de peixes em um dos balcões. O gelo que os conservava começara a derreter. Um amolador de facas de aço fora enfiado no lugar da tranca da porta do frigorífico. Era dali que vinha o barulho. Quem estivesse preso lá dentro não morreria de fome nem de frio — a temperatura não era tão baixa assim —, mas acabaria ficando sem oxigênio. Segurei o cabo do amolador.

— Deixe isso aí.

Para alguém de seu tamanho, Terry, o gorila do Governador, até que era bem silencioso. Eu não sabia de onde tinha saído, mas de qualquer modo lá estava ele, parando entre mim e a porta dos fundos, obstruindo a luz como aquele meteoro que exterminou os dinossauros. Eu poderia ter tentado engajá-lo em uma luta corpo a corpo ou batido com o amolador de aço em sua cabeça. O resultado seria o mesmo.

— Ele vai morrer sufocado — argumentei.

Terry se limitou a acenar com a cabeça para o salão do restaurante. Entendi o recado.

— Foi você que pediu para que eu viesse até aqui — disse McGovern. — E agora chega botando banca e me dando ordens.

— Não foi minha intenção — respondeu Prendergast.

O inspetor ergueu os olhos quando entrei, seguido por Terry, que ocupou todo o vão da porta.

— Essa não! — exclamou ele, baixando a cabeça, como se tivesse achado que seu dia não poderia piorar ainda mais.

Estavam sentados em uma mesa de fundo, em meio a um mar de cadeiras vazias. McGovern, de costas para mim, virou-se e pareceu reprimir um sorriso ao me reconhecer. À sua esquerda, sentava-se James, com os mesmos trajes elegantes que usara no ferro-velho. Como conseguia manter suas roupas tão limpas assim? Ficou tão surpreso quanto o Governador, mas bem menos contente. Começou a se levantar, mas bastou que McGovern mexesse o dedo mindinho da mão esquerda para que ele voltasse a se sentar.

— Maguire — disse o Governador. — Você parece ter o dom de sempre se meter onde não é chamado.

— Olá, sr. McGovern.

— Veio fazer uma faxina? Chegou em boa hora. O carpete vai já se encher de dentes quebrados.

— Vou apanhar a vassoura.

McGovern abriu um sorriso glacial.

— Não, fique aí e espere a sua vez — disse, voltando-se para Prendergast. — Prossiga.

O inspetor me encarou com ódio e vergonha nos olhos antes de falar com o Governador.

— Não vim lhe dizer o que fazer. Só avisar que não quero me meter nisso.

— A pergunta é, inspetor, quem se importa com o que você quer?

— Crianças, não — retrucou Prendergast. — Drogas, armas, tudo bem, não estou nem aí. Mas não vou me fingir de morto quando a sua gangue começar a fornecer meninas para pedófilos. Prefiro me entregar para a polícia. E pode fazer o que bem entender com aquele vídeo.

— Agora você está me ameaçando — disse McGovern. — Vou logo avisando, detesto ameaças, elas me dão nos nervos. Portanto não faça isso de novo. Falando sério. Quanto aos meus negócios, quem cuida deles sou eu. O que eu transporto para cá ou deixo de transportar não é da sua conta. Quem é você para me dar ordens? Não vim aqui para ouvir um sermão sobre ética e responsabilidade parental. Ainda mais vindo de você.

— Estou fora — disse Prendergast. — Não vou mais fazer parte disso.

O inspetor tirou as mãos da mesa e as levou até os joelhos. Começou a esfregar as coxas, como se estivesse prestes a se levantar. Ele não pode ser tão estúpido assim, pensei. Não vai chegar nem a meio caminho da porta.

— O que eu realmente gostaria de saber é por que veio até aqui para me dizer isso — retrucou McGovern. — Se ficou tão incomodado com o que descobriu, se isso viola os seus princípios, por que diabo não me denunciou de uma vez por todas? Está tentando me fazer mudar de ideia, é? Quer que eu me arrependa e admita os meus pecados?

— Você não é da ralé — disse Prendergast. — É um homem de negócios bem-sucedido, pai de família, respeitado. Não precisa se meter nisso.

Prendergast olhou novamente para mim, como se pedisse ajuda, mas eu logo estaria morto, também.

— Entendido. Agora entre no seu carro e dê o fora daqui. Assim que tivermos uma posição, entraremos em contato — ironizou o Governador.

Prendergast assentiu, admitindo a derrota. Seu corpo foi todo para frente, como se fosse deitar a cabeça na mesa. Levantou-se rapidamente, com uma arma na mão empurrando a cadeira, mas James foi mais ligeiro ainda. Já estava de pé, empunhando uma pistola, antes que a cadeira de Prendergast caísse. Atirou duas vezes no peito do inspetor, que desabou para trás, apertando automaticamente o gatilho. A cabeça de Prendergast bateu em uma mesa, arrastando a toalha consigo, derrubando taças de vinho que caíram tilintando em cima dele. McGovern não se mexera. Nem sequer reagiu quando os tiros foram disparados. Por outro lado, eu me agachei por instinto quando escutei os estampidos. Até Terry pareceu ter tomado um susto.

O silêncio voltou a imperar no restaurante. Uma das taças continuava a balançar contra uma colher, retinindo baixinho, enquanto a fumaça dos disparos formava cones azuis sob as lâmpadas de halogênio embutidas no teto. Prendergast gemeu e tentou dizer alguma coisa, mas o sangue escorreu de sua boca e sua cabeça tombou para trás. James guardou a pistola e voltou a se sentar. O sorrisinho sarcástico de sempre começou a se abrir.

— Mas que imbecil — disse McGovern. — O sujeito chega aqui com uma arma enfiada na meia. Com quem ele achava que estava lidando? Um amador?

Empurrou a cadeira e parou ao lado do corpo de Prendergast. Por um instante, achei que fosse cuspir no cadáver, mas simplesmente se abaixou e tirou o revólver dos dedos sem vida do inspetor.

— Vou lhe dar uma dica, Maguire. Se quiser atirar em alguém, não perca tempo fazendo discursos. Atire e pronto.

Voltou-se para James e, mal erguendo o cano da arma, atirou no rosto do capanga. James só teve tempo de piscar uma vez com o olho direito enquanto o sangue escorria do buraco em que o esquerdo se transformara. Sua cabeça pendeu para frente e seu corpo amoleceu. Mas permaneceu sentado.

— Assim — disse McGovern.

Engoli em seco, aguardando chegar minha vez. Talvez Terry me desse um tiro na nuca. Será que eu teria tempo de descobrir o que aconteceu antes de dar de cara no chão? Esforcei-me para não olhar para trás. Esforcei-me para não me mexer.

— Eu gostava mesmo deste lugar — prosseguiu McGovern. — Tinha classe, sabe. Classe de verdade. Dessas que não se compra com cortinas de veludo, acabamentos folhados a ouro e cardápios de couro. E discreto, também. Eu podia trazer uma garota para jantar aqui ou marcar um encontro de negócios. Ninguém abria o bico. Nem era preciso ameaçar ou subornar os funcionários. Isso é que é profissionalismo. Foi o melhor investimento que já fiz. Agora olhe só para isso.

Abriu os braços, apontando com a arma de Prendergast para as mesas quebradas e os cadáveres, como se a culpa fosse de outra pessoa.

— Sangue e corpos por toda a parte. Este lugar já era. Vai se encher de repórteres, turistas e curiosos. Nenhuma celebridade vai chegar perto do restaurante a partir de hoje.

Abaixou-se e gritou no ouvido agora surdo de James.

— E o Eccles vai precisar de um furgão novo, não é?! Já que você encheu o dele de merda!

Parecia ter se irritado por James não se encolher de medo. Voltou-se então para mim, erguendo-se.

— Não preciso que um cretino como o Prendergast me dê lições de moral. Tenho filhos, também. Nunca, *jamais*, lidaria com pedófilos. Zelo pelo meu nome. Não quero dar motivo para me chamarem de pervertido. Mas o James não pensava assim. Agiu por conta própria, sem me consultar. E ainda teve coragem de usar o meu nome, não foi, seu canalha?!

Pensou em alguma coisa, sorriu para si mesmo e olhou para mim.

— Lembra quando mandei o James arrumar um emprego aqui para você? Ele hesitou. Eu devia ter desconfiado de que estava aprontando alguma. — McGovern fez uma pausa. — Sigo a regra de não misturar vida pessoal e negócios, mas você salvou a vida do meu filho.

Ergueu a mão e apontou a arma de Prendergast para o meio da minha testa. Estava muito longe para eu saltasse sobre ela, ainda que Terry não estivesse a postos.

— O que você viu aqui, Maguire?

— O James veio atrás de mim porque liguei para a polícia e falei onde estava o furgão. Aí o Prendergast apareceu. Um matou o outro.

— Não — disse McGovern. — Resposta errada.

Engatilhou a arma.

— Não vi nada. Nunca estive aqui.

O Governador abriu seu sorriso glacial e repôs o gatilho no lugar.

— Sabe de quem você me lembra? De mim mesmo. Quando tinha a sua idade. Falastrão, imprudente e com vocação para arranjar encrenca. Mas aprendi rápido e sempre soube me virar sozinho.

Tirou um lenço do bolso, apagou suas digitais do revólver e depositou-o na mão de Prendergast.

— Nem você nem eu estivemos aqui — disse ele. — Na verdade, viajei para fora do país já faz alguns dias. Só volto depois que as coisas se acalmarem. Mas estou de olho em você. Se souber que mudou de ideia e deu com a língua nos dentes, vou tomar providências, entendeu?

— Perfeitamente.

— Agora estamos quites de verdade. Dê o fora daqui.

Mas não obedeci.

— Desculpe, sr. McGovern...

Quando ele me encarou de novo, seu sorriso havia rachado como gelo sobre águas profundas, escuras e gélidas.

— Preciso saber quem mandou aquele tal de Hans matar o meu pai. E me matar depois. Foi o senhor ou foi o James?

— Porra, eu não sei nem o nome do seu pai.

— Noel Maguire.

— Nunca ouvi falar dele.

— Era ator, antigamente. Agora estava escrevendo um roteiro para a tevê.

— E por que eu ia me importar com um programa de televisão? Se eu quisesse vê-lo morto, você já estaria morto.

— Era sobre o capanga de um gângster que tenta tomar o lugar do patrão — insisti. — Ah, está explicado. O papai deve ter descoberto o plano de James. E o James mandou matá-lo por causa disso.

— Pelo visto, o seu velho não devia ter largado a carreira de ator. Agora dê o fora. Não vou pedir de novo.

Obedeci. Saí por onde entrei, tendo cuidado para não ser visto. Uma hora depois, o varapau do Gordon chegou para o turno do almoço e chamou a polícia. Tiraram Eccles do frigorífico antes que morresse sufocado. Mas ele passou um bom tempo resfriado e os funcionários tiveram que jogar fora os peixes que havia comprado.

Fui para casa, caí na cama e dormi durante vinte e quatro horas.

DEZESSEIS

— Os registros telefônicos mostram que você fez uma chamada do seu celular nas cercanias de Leytonstone às quatro e quarenta e cinco da manhã — disse Amobi. — Ou seja, cerca de vinte minutos depois de ter ligado para mim.

— Não contei onde estava porque não sabia. Tive que perguntar ao taxista. Depois liguei para a delegacia local e avisei onde encontrar aqueles dois sujeitos antes que alguém desse um sumiço neles, assim como eles tentaram dar um sumiço em mim.

— Os homens tentaram triturá-lo dentro de um carro?

— Eles me pegaram olhando para dentro do furgão cheio de crianças. Acho que não ficaram nem um pouco satisfeitos com isso.

— Os dois estão no hospital, sob custódia da polícia. Um com o crânio fraturado, o outro com o pescoço quebrado.

— Não fiquei muito satisfeito com eles, tambem.

Jenkins conteve o riso, mas Amobi era profissional demais para sorrir.

— Como você encontrou o furgão cheio de crianças?

— Bom, eu tinha saído para dar uma corrida e vi o furgão passar por mim. Reconheci que era do Eccles e fiquei curioso para saber o que estava fazendo ali, tão longe do restaurante.

— Você saiu para dar uma corrida a mais de trinta quilômetros da sua casa?

— Corro por toda a parte.

Amobi assentiu.

— Os dois tinham ficha criminal e as crianças os identificaram como traficantes.

— Então você nem precisa do meu depoimento, não é?

— Você viu mais alguém além deles?

O bom mentiroso não se afasta muito da verdade, sentenciara Zoe. Ela sabia do que estava falando.

— Tinha um terceiro homem, que dava as ordens.

— Pode descrevê-lo?

Amobi preparou a caneta e aguardou. *Baixo. Magro. Foi o mandante do assassinato do meu pai. Ah, e na última vez que o vi, tinha um buraco a mais na cabeça.*

— Passei a maior parte do tempo no porta-malas do carro. Os outros não o chamaram pelo nome.

Amobi apanhou uma fotografia na pasta que estava na mesa e a empurrou para mim. Era um retrato de registro policial, tirado uns dez anos antes. Seus cabelos estavam mais longos e usava pequenos óculos redondos que lhe davam o aspecto de um professor de química, mas o sorriso sarcástico era inconfundível.

— É o próprio — disse eu. — Vocês o pegaram?

Amobi enfiou a foto de volta na pasta e guardou a caneta no bolso interno do paletó. *Acabaram as anotações?*, pensei. Debruçou-se na mesa com uma expressão séria e entrelaçou os dedos. Jenkins tentou imitar sua atitude, mas duvido que tivesse alguma ideia do que Amobi ia dizer.

— O nome dele era James Gravett. Foi morto ontem em uma troca de tiros com um policial. No restaurante em que você trabalhava até pouco tempo. O policial morreu devido ao tiroteio.

— Porra, sério?

Até eu me admirei com minha aparente sinceridade.

— Não ouviu falar do incidente?

— O Eccles me despediu alguns dias atrás. Sem aviso prévio. Aliás, ele pode fazer isso?

— Não viu nenhuma reportagem a respeito do tiroteio no noticiário?

Dei de ombros.

— Não assisto TV.

— O policial em questão era o inspetor Prendergast.

— Prendergast? Aquele que conheci? O seu chefe? Puta merda, que pena. Quer dizer, não que a gente tenha se dado muito bem, mas...

O semblante de Amobi me obrigou a calar a boca. Descobri que meu talento como ator era comparável à minha afinação como cantor. Era melhor não exagerar.

— Quer dizer que você não sabia de nada a respeito do incidente e não esteve no restaurante naquela manhã?

— Exatamente.

Amobi não insistiu. Pelo visto, o que mais queria era dar o caso por encerrado. No fim das contas, era um policial como outro qualquer. Estão sempre em busca da verdade, desde que ela não seja inconveniente.

— Muito obrigado pela cooperação, Maguire.

Assim que o chefe apanhou a pasta, Jenkins se levantou. Devia estar na hora de seu passeio.

— Entraremos em contato se o caso for levado a julgamento — concluiu Amobi.

— De nada — retruquei. — Na verdade, queria saber se vocês não poderiam me fazer um favor. Como uma recompensa por ter encontrado as crianças.

Amobi largou a pasta na mesa. Jenkins ficou sem saber se deveria se sentar de novo ou permanecer de pé. Olhou para o chefe em busca de um sinal, mas Amobi não tirou os olhos de mim, aguardando. Tirei o telefone do bolso.

— O que eu poderia fazer se quisesse descobrir a localização de um celular? — perguntei.

— De onde uma ligação foi feita, você quer dizer?

— Onde o aparelho passa a maior parte do tempo, mesmo quando não está sendo usado. Tem que permanecer conectado para receber chamadas. E dá para rastreá-lo pelas torres mais próximas, não é?

— O processo se chama triangulação — explicou Amobi. — Em certas circunstâncias, a polícia pode, sim, solicitar essa informação.

Procurei o número em questão no telefone e o mostrei para ele. Amobi passou algum tempo examinando o número, como se admirasse uma equação matemática, e devolveu o celular para mim.

— Lamento — disse ele ao se levantar —, mas não podemos fazer esse tipo de solicitação, a não ser como parte de uma investigação em andamento. E mesmo que conseguíssemos a informação, não somos autorizados a compartilhá-la com o público. Pode perguntar para o Jenkins.

— Isso mesmo — sentenciou Jenkins, como se fosse uma autoridade no assunto.

— Entendi. Era isso o que eu pensava. Acho que vou ter que me virar sozinho.

Amobi abriu a porta e se afastou para me dar passagem.

A mensagem de texto chegou algumas horas depois, sem nome do remetente e com o horário alterado. Amobi deve ter usado algum tipo de "anonimizador". De qualquer modo, após receber a informação, fiquei em dúvida se queria realmente usá-la. Desde a traição de Zoe, ficara com medo de confiar em qualquer pessoa. Minha mãe já traíra minha confiança uma vez, quando eu era criança, por isso eu não deveria ter me surpreendido ao constatar que mentira para mim de novo.

A maioria de suas ligações havia se originado de um endereço em Shepherd's Bush, bem longe de Covent Garden, onde ela dizia estar hospedada. Por que diabo inventara essa história? Eu podia ligar para ela e perguntar.

Ou simplesmente apagar seu número e tentar esquecê-la. Mas nenhuma das duas opções aplacaria minha raiva. A mentira parecia inofensiva, porém, quanto mais pensava nela, mais furioso eu ficava. Mal conseguia ordenar meus pensamentos. Sentia-me como uma dessas crianças mimadas que a gente vê nos supermercados de vez em quando, que se jogam no chão esperneando e gritando até perder o fôlego. A única coisa que minha mãe me devia era a verdade. Só isso. Pelo menos uma vez.

O prédio dilapidado de quatro andares ficava em uma rua afastada, dez minutos a pé de Shepherd's Bush Green, a praça que dava o nome ao bairro. O térreo era ocupado por uma lanchonete que vendia *kebabs*. Aos fundos, estendia-se uma linha de metrô. Talvez a vibração dos trens explicasse a queda de boa parte do reboco da fachada e as telhas fora de lugar. De fora, o prédio parecia ter sido dividido em uma profusão de quitinetes. Algumas janelas tinham cortinas brancas bem limpinhas, outras até potes de gerânio no peitoril, mas a maioria exibia cortinas que pareciam não ser abertas há muitos anos. Outras, nem cortinas tinham, apenas lençóis pendurados nos caixilhos.

Avistei minha mãe caminhando pela rua. Usava o casaco preto e as botas de cano alto de sempre, elegante demais para aquela vizinhança, composta por velhotes com jaquetas ensebadas, bebendo latinhas de cerveja sentados em bancos de madeira, e mulheres macilentas de cabelos platinados, empurrando carrinhos cheios de sacos de compras de supermercado e bebês com meleca no nariz. Assim como no funeral, grandes óculos escuros escondiam suas feições, mas deu para perceber que estava pálida, tensa e preocupada. Não me viu na parada de ônibus defronte ao prédio, ou não me reconheceu, depois de tanto tempo morando em outro país. Parou em frente à lanchonete, tirou um molho de chaves da bolsa e abriu a porta que dava para os apartamentos dos andares superiores. Eu estava prestes a atravessar a rua quando um ônibus estacionou na parada. Quando cheguei ao outro lado, a porta do prédio já havia se fechado.

Não demorou a ser aberta de novo, dessa vez por uma mulher alta, de quadris gigantescos, usando minissaia de couro e sapatos tipo plataforma, joviais demais para alguém de sua idade. Sorri e tentei entrar no vestíbulo, mas ela barrou o caminho.

— Procurando por alguém especial, meu amor? — perguntou ela.

Tentei arrumar uma desculpa, mas nada me veio à cabeça.

— Vinte libras por vinte minutos de boquete.

Só então me dei conta do que ela quis dizer por "alguém especial".

— Fica para a próxima — disse eu, sorrindo para dar a impressão de que me senti lisonjeado.

Ela não deu bola para o sorriso e seguiu em frente, sacolejando nas plataformas. Saí correndo pela escada, saltando de dois em dois degraus. Havia três portas no primeiro andar. Uma dava para os fundos do prédio, outra para a frente e a terceira para a lateral. Estava pensando em arriscar uma porta ao acaso quando escutei o som de passos na escada lá em cima. Passos leves, mas cansados pelo esforço. Subi os outros dois lances de escada na ponta dos pés para evitar que algum degrau rangesse sob o carpete de náilon surrado. Ouvi as batidas da música eletrônica que vinha do quarto andar e descobri que não precisava mais me preocupar em andar de mansinho. A barulheira abafaria qualquer ruído que eu fizesse.

Pensei que o último andar seria mais iluminado que os de baixo, mas a única lâmpada do corredor estava queimada. O síndico devia contar com a iluminação que vinha da claraboia no teto, mas a vidraça estava tão cheia de limo verde e cocô de pombos que eu me senti andando embaixo d'água. As portas dos apartamentos eram retângulos pálidos na escuridão. A música ensurdecedora vinha da porta dos fundos, por isso bati à porta do meio, que foi aberta no mesmo instante por alguém que logo se afastou.

— Pensei que a Mercedes-Benz bancaria um apartamento mais apresentável para sua melhor vendedora — disse eu, ao entrar.

Minha mãe, que guardava o casaco em um velho guarda-roupa, voltou-se, surpresa e assustada, para mim.

— Quem você esperava? O serviço de quarto?

Por incrível que pareça, o quartinho que ela ocupava havia sido dividido em dois aposentos ainda menores. Pela porta sanfonada na divisória de compensado, avistei uma cama de casal. Ao lado da janela, no recinto onde estávamos, havia um sofá mirrado e um aparelho de televisão jurássico. O canto atrás de mim fora convertido em cozinha, se é que se pode chamar de cozinha uma pia minúscula, uma mesa dobrável, duas cadeiras e um forno elétrico. O único vestígio de alimento era uma garrafa vazia de Jack Daniel's.

— Finn — disse ela, passado algum tempo —, como me encontrou? O que você...

— Por quê? — atalhei. — Por que inventou que estava hospedada em um hotel no West End?

— Ah, meu Deus — disse ela, cobrindo o rosto com as mãos. — Não queria que sentisse pena de mim.

Quando ergueu o rosto, parecia estar sentindo raiva de si mesma.

— Fiquei com medo de que me convidasse para ficar na nossa... quer dizer, na sua casa. Seria uma atitude precipitada. Queria ter tempo para voltar a conhecê-lo. E que você me aceitasse por livre e espontânea vontade, não por sentir pena de mim. Desculpe. Entendo como deve estar se sentindo.

— E o resto? O que é verdade em todas as coisas que me contou?

— Tudo. A não ser quando disse que era boa vendedora de automóveis. Fui despedida dois dias depois de me contratarem. Fiquei sem um tostão no bolso. Estava me sentindo solitária e sabia que a culpa era minha. Contei para o seu pai, e ele me convidou a voltar para casa.

Ela foi até o guarda-roupa e apanhou o casaco.

— Olha, que tal a gente ir tomar um café ali na frente? Isto aqui é uma espelunca. Mal dá para a gente conversar com essa bagunça — disse mamãe, acenando com a cabeça para a parede dos fundos.

A música não era tão alta dentro do apartamento quanto no corredor, mas mesmo o assim o forno elétrico chacoalhava ao ritmo das batidas.

— O que a gente ainda tem para conversar? — perguntei.

— Bom, podíamos falar sobre você. Não sobre as coisas horríveis pelo que passou, mas o que anda planejando, o que pretende fazer da vida. Ou se tem namorada. Essas coisas de mãe e filho, sabe? Além disso, a cafeteria tem os brioches mais gostosos que já provei. Podemos rachar um.

Ela apalpou os bolsos do casaco, em busca das chaves. Sua animação era tão artificial que fiquei desconfiado.

— Por que tanta pressa? — perguntei.

— Desculpe, não ouvi o que você disse. Essa música me deixa louca. E o síndico não toma nenhuma atitude. Ainda bem que é só durante o dia...

Deus do céu, como não percebi antes? Olhei de novo para a cozinha e vi dois copos no escorredor de pratos. Pela porta sanfonada, avistei uma mala aberta sobre uma cadeira e outra embaixo da cama de casal desarrumada.

Ela sorriu para mim, fingindo não notar minha surpresa.

— Mamãe, quem você achava que era quando abriu a porta?

A música barulhenta abafara o ruído dos passos dele na escada. Só me dei conta de sua presença um segundo antes que surgisse no vão da porta. Era alguns anos mais novo que minha mãe, moreno, magro e musculoso, com antigas tatuagens azuis que emergiam por trás da gola da camiseta. Alguns fios de cabelos pretos eram visíveis em sua cabeça raspada, por baixo do gorro de algodão. Um brinco prateado reluzia em sua orelha direita. Quando seus olhos castanhos pousaram em mim, ele abriu um sorriso largo, deixando à mostra dentes brancos e bem alinhados, embora dois estivessem quebrados.

— Ei, temos visita — disse ele. — Finn, certo?

Falava com sotaque norte-americano ou canadense e não me ofereceu a mão, talvez por ambas estarem ocupadas. Em uma delas, trazia uma garrafa embrulhada em um saco de papel — mais Jack Daniel's, pensei. Na outra, uma sacola de plástico daquelas que se rasgam dez minutos depois que a gente sai da mercearia.

— Enrique Romero, certo? — retruquei. — O pintor?

Minha mente fervilhava. *Era esse o cara por quem minha mãe havia nos abandonado?*

— O próprio — respondeu Enrique. — Aceita algo para beber? Só temos dois copos, mas você pode dividir um com a sua mãe.

— Eu passo — respondi.

— Algo para comer, então? Trouxe queijo e bolachas.

— Como é que você achava que isso ia funcionar? — perguntei para minha mãe. — Você, ele e o papai? Iria para a cama com os dois em um *ménage à trois* ou eles iam se revezar?

— Não diga isso, Finn, por favor — suplicou ela.

— Por que mentiu para o papai dizendo que queria voltar para casa se ainda estava de caso com o seu namorado por correspondência?

— Alto lá, moleque — disse Romero. — Acho bom pegar mais leve, entendeu?

Fuzilei-o com os olhos, sentindo a raiva e a indignação crescerem dentro de mim. Eu tinha de sair dali antes que explodisse as janelas. Minha mãe fechara os olhos, não sei se por vergonha, tristeza ou culpa de ter sido pega em flagrante. E nem queria saber.

— Já estou indo — avisei.

— Ei, ei. Por que tanta pressa? — perguntou Romero. Parecia aflito. — Olha, sei que é uma situação embaraçosa, mas precisamos ter uma conversinha.

— Não precisamos, não.

Ele segurou a porta com tanta força que não consegui abri-la. Respirei fundo, tentando manter a calma e os pensamentos em ordem, mas minha cabeça estava anuviada pela fumaça escura da raiva, da perplexidade e da decepção. A jaqueta de aviador de Romero estava aberta, deixando à mostra os músculos bem-desenhados de seus braços. O sujeito levava a sério a malhação. Ninguém consegue um corpo daqueles erguendo pincel. Ele estalou o pescoço e flexionou os dedos, como se estivesse aquecendo os músculos. Sua agressividade era palpável.

— Porra — murmurou para minha mãe.

O modo como ela se encolheu às palavras dele me deixou ainda mais tenso.

— Eu bem que avisei, não avisei? O sacana pôs alguém na nossa cola. — Voltou-se para mim. — Foi a vadia daquela ruiva, não foi?

— Pode fazer o favor de se afastar da porta?

Ele se encostou nela com o cotovelo e inclinou a cabeça para o lado, como se estivesse me avaliando. Por fim, enxugou o suor do rosto com a mão livre.

— Certo, moleque, vamos fazer o seguinte: você nos dá a metade, e nós damos o fora daqui. Nunca mais vai ouvir falar da gente. A não ser que queira que a sua mãe lhe mande um cartão-postal todo Dia de Ação de Graças.

— Metade do quê? — perguntei.

Ele esfregou o nariz e abriu um sorriso, esforçando-se para não perder a cabeça.

— Ei, nenhum de nós tem mais nada a esconder, vamos deixar de papo-furado, certo? Você é um cara inteligente, mas eu também sou, então não se faça de desentendido. A metade de tudo o que aquele velho deixou para o seu pai. E que é direito dela, de qualquer modo.

Voltei-me para mamãe.

— Você sabia da herança?

— Fiz uma visita ao Charles Egerton. Fui pedir dinheiro emprestado. Ele me mandou embora. Disse que nunca ia me perdoar por ter abandonado vocês dois e que ia deixar tudo o que tinha para o Noel.

— Puta merda! — exclamei. — O papai não quis reatar com você. Por isso você contratou o Hans para matá-lo.

Mamãe estava mais pálida do que nunca e não conseguia olhar para mim.

— Ele roubou o laptop e as anotações do papai só para despistar a polícia, não foi?

— E só agora você descobriu isso? — atalhou Romero. Voltou-se para minha mãe com um sorriso de desprezo.

— O moleque não é tão esperto como eu pensava.

Não dei bola para ele e continuei olhando para ela.

— E depois mandou o Hans me matar também. Ficaria com a herança por ser minha parente mais próxima.

— É claro que não — retrucou ela. — É que... quando não conseguimos arrumar dinheiro para pagar o resto do que devíamos para o Hans, ele disse que ia começar a cobrar juros.

Cristo, aquela tesoura de jardinagem...

— E os juros seriam os meus dedos.

— Nunca fui a favor de contratar aquele imbecil — disse Romero. — Mas a sua mãe insistiu que a gente contratasse um profissional, alguém que soubesse o que estava fazendo, e olha só no que deu. Vamos fazer assim, você pode descontar da nossa parte os vinte mil que ficamos devendo para o Hans. Que tal?

— Vocês não vão ver um centavo. — Minha voz soou mais calma do que eu me sentia. — Abra a porta.

— Finn... — suplicou minha mãe.

— Não vamos embora de mãos vazias, moleque — disse Romero. — Gastei uma fortuna para viajar até aqui, contratar aquele cara e alugar esta porcaria. Ou nos dá a nossa parte ou vou fazer picadinho de você, e aí ela acaba herdando tudo.

— Finn, por favor, só um terço — pediu minha mãe.

— Quem falou com você, sua vaca? — rosnou Romero.

— Um monte de gente já tentou me matar nesta semana — disse eu. — E, como você pode ver, ninguém conseguiu.

— Por favor, Finn, não faça isso... — implorou minha mãe.

— Não vou contar nada para a polícia — disse para ela. — Mesmo que tentasse, não teria como provar. Vou deixar que volte para o lugar de onde veio porque é isso o que o papai faria em meu lugar.

— Nada feito — disse Romero.

— Afaste-se da porta.

Ele achou graça.

— Você acha que é durão só porque é musculoso? Sabe como a gente chama moleques como você na prisão? Sobremesa.

Ele partiu com tudo para cima de mim.

Era rápido e forte. Saímos voando pela sala. Caí em cima da tevê, que desabou no chão, ferindo minhas costas. Romero apertou meu pescoço com a mão direita enquanto me socava no rosto com a esquerda. Senti minha pele se rasgar sob seu punho. Consegui sair de cima da mesa e me jogar no chão. Ele se preparou para me dar um chute na barriga, mas agarrei sua perna de apoio ao me levantar, fazendo com que perdesse o equilíbrio e saltasse para trás, abanando os braços. Bateu na ombreira da porta sanfonada, tirando-a do lugar e sacudindo a frágil divisória de compensado.

Minha mãe não parava de berrar, mas não dava para saber se dizia alguma coisa porque o vizinho aumentara o som para não ouvir a algazarra feita por dois homens tentando matar um ao outro. Com o braço esquerdo, imobilizei Romero sobre a ombreira enquanto esmurrava sua barriga com a mão direita, tentando atingir sua coluna vertebral. Ele tencionou os músculos do estômago e arregalou os olhos de dor. Vislumbrei o brilho da garrafa vazia de Jack Daniel's em sua mão direita, mas já era tarde demais.

O primeiro golpe que levei na cabeça não quebrou a garrafa, e aumentei a pressão do antebraço contra sua traqueia, mas o segundo a estilhaçou. Além da dor, senti os cacos de vidro se derramarem sobre meus cabelos e ombros. Fui obrigado a soltar seu pescoço e segurar sua mão para que ele não me apunhalasse com o gargalo da garrafa quebrada. Enquanto fazia de tudo para soltar a mão direita, Romero não parava de bater com a esquerda em minha barriga, sempre no mesmo lugar. Eu nunca levara um coice de mula, mas tive certeza de que a dor deveria ser parecida com a que sentia. Girei o torso para me proteger dos socos e evitar que ele rompesse algum dos meus órgãos internos. Sem largar sua mão, bati com toda a força em seu rosto com o cotovelo e senti um de seus belos dentes amolecer. Juro que ele sorriu, como se gostasse da dor. Continuei batendo com o cotovelo, empurrando-o para trás. Minha mãe deu um grito e percebi que ela estava encurralada entre Romero e a mesa dobrável. Pior ainda, a garrafa quebrada estava a centímetros de seus olhos.

Romero aproveitou meu segundo de hesitação. En-roscou as pernas nas minhas e me derrubou de costas no chão. Caí com tanta força que perdi o fôlego. Rápido como um rato, ele se jogou sobre mim e ergueu o braço direito, pronto para enfiar o gargalo da garrafa em minha garganta. De repente, sua cabeça pendeu para frente e para baixo. Quando vi minha mãe levantar os braços de novo, empurrei a cabeça dele para cima. Usando toda a sua força, ela bateu mais uma vez com a garrafa cheia na cabeça de Romero.

Dessa vez, a garrafa se quebrou, encharcando-nos de bebida. Ele errou a pontaria e só conseguiu atingir de raspão minha orelha com o gargalo. Segurei seu braço e puxei-o para trás enquanto montava em suas costas. Meus olhos ardiam por causa do álcool e um caco de vidro feriu meu joelho, mas continuei a empurrar o rosto dele contra o carpete encharcado. Estendi o braço e arranquei o cabo de força do aparelho de televisão. Puxei o outro braço de Romero para trás e amarrei seus pulsos com o cabo. Ele não parava de grunhir e murmurar palavrões pelos dentes cerrados e ensanguentados. Minha mãe desabou no sofá, tapando a boca com as mãos e repetindo: "Por favor, não o machuque, por favor, não o machuque".

Eu não sabia com qual de nós dois ela estava falando. E não perguntei.

DEZESSETE

— Nicola Hale falando.

— Oi, aqui é o Finn Maguire.

— Finn, bom dia. Estava tentando entrar em contato com você. Temos um consultor financeiro para lhe apresentar.

— Isso é ótimo, mas no momento preciso mesmo é de um advogado criminal. Será que podem me recomendar um?

— Trabalhei na área. O que aconteceu?

— Estou sendo interrogado na delegacia de Shepherd's Bush.

— Entendi. Não fale nada até eu chegar. Quarenta e cinco minutos, certo?

Na verdade, não era eu que estava encrencado. Já que fui eu quem ligou para a polícia, eles ouviram minha versão primeiro, e eles sempre tendem a acreditar na primeira versão de qualquer história. Romero também não fez nenhum favor a si mesmo ao xingar todo mundo que via pela frente de inglês filho da puta. Uma atitude surpreendentemente imbecil para quem já passara um bom tempo em cana. Graças a mim, ele já estava coberto de feridas e contusões, portanto os policiais podiam aproveitar para deixar as deles sem despertar suspeitas antes que o médico chegasse. Meia hora depois, quando o médico apareceu, ainda fizeram questão de que eu fosse atendido primeiro na enfermaria, ganhando mais tempo para se divertir com Romero.

Os pontos que levei no rosto e na cabeça começavam a latejar quando Nicola Hale entrou na sala de interrogatório. Contei o que acontecera naquela manhã, de trás para frente, sem mencionar McGovern e James Gravett. Eles não tinham nada a ver com o assassinato de meu pai. Além disso, não queria que Hale pensasse que passaria o resto de seus dias como advogada pagando fiança para mim. Ela havia compreendido a essência da história quando bateram à porta.

O homem que entrou era um escocês de cabelos claros e revoltos que se apresentou como inspetor Jones. Parecia contente e relaxado ao se sentar à mesa enquanto uma policial uniformizada sentava-se em uma cadeira no canto da sala.

— Verificamos o seu depoimento, Maguire. E falei com um colega meu, o Amobi. Ele não atestou sua nobreza de caráter, mas parece achar que você é um dos mocinhos nessa história.

— Ele não me conhece tão bem para isso.

— Também estou disposto a lhe conceder o benefício da dúvida. Acabei de falar com um agente do FBI. O seu amigo Romero, ou melhor, o amigo da sua mãe, está sendo procurado por outro assassinato nos Estados Unidos. Depois que saiu da prisão, ganhou uma bolada vendendo uns quadros que pintou, mas torrou quase todo o dinheiro em drogas e jogatina. Parece que se desentendeu com o agente por causa do valor cobrado nas comissões e enfiou um pincel no olho dele. Depois disso, deu no pé.

— Como ele conseguiu entrar no Reino Unido? — perguntou Hale.

— Estamos investigando. Pelo que entendi, não devia nem ter sido solto, para começo de conversa. Os agentes do FBI não têm provas, mas acreditam que tenha usado o dinheiro que ganhou na venda de seu primeiro quadro para comprar um álibi. Pagou outro criminoso para que confessasse o crime que cometeu. Foi assim que escapou do corredor da morte.

— E contratou um assassino para matar o meu pai, também.

— É o que parece — disse Jones. — A sua mãe está disposta a confessar tudo.

— Não. A culpa não foi dela. É por isso que chamei a srta. Hale. Quero que ela represente a minha mãe.

Jones franziu a testa.

— A sua mãe já tem advogada.

— Não quero um desses defensores públicos. São todos uns charlatões. Quero alguém que saiba o que está fazendo. Eu banco os custos.

— Desculpe, Maguire... — Jones parecia realmente confuso. — A advogada que você contratou já está aqui. As duas estão em reunião.

— Mas eu não contratei ninguém.

Ficamos olhando um para o outro até um alarme disparar lá fora. Segundos depois, escutamos pessoas correndo e gritando. Jones se deu conta da confusão no mesmo instante que eu. Levantou-se de um salto, abriu a porta e saiu correndo pelo corredor, comigo em seus calcanhares. Havia outra sala de interrogatório no fim do corredor. Um policial uniformizado com as mãos vermelhas de sangue saiu correndo de lá, chamando um médico.

Dentro da sala, Elsa Kendrick estava encurralada por dois policiais de coletes. Empunhava uma faca de açougueiro com a lâmina brilhante coberta de sangue, que também respingara em seu rosto e em seus braços. Sorria como se estivesse em êxtase. Ofereceu a faca para um dos policiais, como se ele fosse cortar uma fatia de bolo para ela.

Sua grande sacola de couro estava aberta sobre a mesa, atrás da qual avistei uma cadeira caída no chão. Minha mãe jazia ao seu lado, estrebuchando na poça de sangue que se alargava lentamente, alimentada pelos cortes profundos em seu rosto, suas mãos e seu pescoço.

As solas de meus sapatos grudaram no sangue quando me aproximei e me ajoelhei ao seu lado, manchando minhas mãos quando a abracei e ergui sua cabeça. O medo e a perplexidade estampados em seu rosto desapareceram quando ela me reconheceu. Ergueu uma das mãos delicadas, na qual faltavam dois dedos, e acariciou meu rosto. Não havia dor em seu olhar, apenas uma tristeza infinita.

— Finn...

O sangue escorreu de sua boca. Seus lábios continuaram a se mexer, mas não lhe restava mais fôlego.

— Por favor, mamãe, não precisa falar nada. Aguente firme. Por favor, não me abandone. Por favor, mamãe. Por favor.

Ela sorriu para mim, tossiu e deixou o braço cair. Seus olhos estavam vazios.

DEZOITO

Havia duas urnas mortuárias na cornija da lareira. E elas me incomodavam. Tentei mudá-las de posição, colocando-as cada uma em um canto, mas o arranjo dava a impressão de que meu pai e minha mãe estavam brigados. Experimentei juntar as urnas, mas elas ficavam parecendo pinos de boliche. Aliás, não sei porque me preocupava tanto com isso. Elas não eram bonitas e certamente não serviriam para puxar assunto com as visitas. Por outro lado, eu não podia simplesmente enfiá-las no porão. Planejava redecorar a casa, por isso pensei em pintá-las de branco, da mesma cor que as paredes. Assim, permaneceriam onde estavam, mas não chamariam atenção. Depois que eu morresse, minha própria urna mortuária seria posta entre as duas e voltaríamos a ser uma família. Pelo menos até que alguém comprasse a casa e as jogasse no lixo.

Era domingo, de manhã cedo, no final de maio. O sol brilhava, e nuvens brancas e inocentes percorriam lentamente o céu azul londrino. Enfiei as duas urnas na mochila e saí de casa para dar uma corrida. Avistei--a caminhando em minha direção, usando uma saia curtinha que chamaria atenção para suas coxas se não estivessem cobertas por calças *legging* pretas. Tinha as mãos enfiadas nos bolsos da jaqueta jeans e a cabeça baixa.

Assim que me ouviu bater a porta, Zoe ergueu a cabeça e estacou. Adivinhei que passara um bom tempo pensando no que dizer quando me visse, mas era tarde demais. Contentou-se em me dar um oi.

— Oi — retruquei.

Pendurei a mochila no ombro e passei por ela.

— Posso ir junto? — perguntou Zoe.

— É um país livre. Ou quase.

Eu não podia sair correndo como planejara. Não queria que Zoe pensasse que eu estava com medo dela. E mesmo que não estivesse com a mínima vontade de falar com ela, não podia impedi-la de falar comigo.

— Como vão as coisas? — perguntou.

Dei de ombros.

— Ouvi falar no que aconteceu com a sua mãe. Meus pêsames.

— O que sabe a respeito?

— Que foi ela a mulher assassinada em uma delegacia por uma louca com um facão.

— Era uma faca de açougueiro — corrigi.

— Se soubesse mais cedo, teria ido ao funeral, mas só fiquei sabendo depois, por isso...

Suspirou ao se dar conta de que estava tagarelando. Ainda bem. Talvez se mancasse e me deixasse em paz.

— Quer dizer — emendou —, eu iria ao funeral se você quisesse.

— É um país livre. Ou quase.

Ralhei mentalmente comigo. Estava começando a me repetir por causa dela. Apertei o passo, mas ela não se mancou e continuou a me seguir como um cheiro ruim.

— Sei como está se sentindo, Finn.

Dei um riso de deboche, mas ela não se abalou.

— Tinha centenas de pessoas no funeral do meu pai, quase todos policiais. Fizeram questão de apertar a minha mão, de elogiar o papai e de dizer que eu devia estar muito orgulhosa dele.

— Ninguém compareceu ao funeral da minha mãe. Além de mim, é claro. Por isso pare de fingir que entende como eu me sinto.

— Desculpe — disse Zoe. — Por mim, ninguém teria ido ao funeral do papai, se fosse para ficarem falando aquelas besteiras. Ele não morreu como um herói numa troca de tiros com um traficante de crianças, depois de ter recebido uma ligação anônima.

— Como você sabe?

— Eu sei.

— Com quem andou falando?

— Com o investigador Amobi.

Parei e me voltei para ela.

— E o que ele disse?

311

— Que eu deveria perguntar para você.

— Pelo visto, ele queria era se livrar de você, isso sim.

Segui em direção à rua que margeia o rio e parei no cruzamento em frente a Max Snax. A lanchonete acabara de abrir para o café da manhã. O cliente esférico já estava lá, apertado em uma mesa de canto, enchendo a cara com um hambúrguer triplo, enquanto meu substituto cutucava uma espinha no queixo atrás do balcão. Enquanto eu esperava passar um caminhão, Zoe reapareceu ao meu lado.

Fingi que não a vi, atravessei a rua e virei à direita. Ela foi atrás de mim, mas devia estar começando a se perguntar se eu ia a algum lugar específico ou se estava apenas tentando despistá-la. As duas opções eram corretas. Ela diminuiu a marcha. Achei que finalmente houvesse desistido. Até que ouvi sua voz me chamando.

— Finn, você estava lá quando o papai morreu, não estava?

Parei repentinamente. Havia acabado de entrar em um parque recém-inaugurado, onde uma ponte de vidro e aço levava a uma ilha no rio. A prefeitura mal instalara o gramado, mas ele já estava cheio de pétalas de cerejeiras. A brisa que soprava do rio trazia outras, que rodopiavam ao meu redor como flocos de neve.

Zoe me alcançou.

— O papai estava trabalhando para o McGovern, não é? Estava sendo chantageado. Quando os gângsteres descobriram que outras pessoas sabiam da existência do vídeo, acharam que o papai não era mais útil para eles e o mataram.

— Não faço a mínima ideia. Eu não estava lá.

Vi a decepção estampada em seu rosto.

— Mas posso dizer o que acho que aconteceu — prossegui. — Acho que o seu pai ficou com vergonha de si mesmo, das coisas que foi obrigado a fazer. Acho que foi ao encontro disposto a matar o McGovern, mas não foi tão rápido no gatilho.

— Você acha que ele sabia sobre o vídeo? — perguntou ela em voz áspera, como se quisesse se castigar pelo ocorrido.

— Sim. Mas não lhe contou porque queria que você continuasse sendo a sua garotinha. Acho que queria protegê-la. Era seu pai, afinal de contas. E, do modo dele, sentia amor por você, apesar de tudo. Fingir que o vídeo não existia era a única maneira que lhe restava de demonstrar seu amor.

Ela fechou os olhos e estremeceu, mas se forçou a falar.

— Por que você não contou tudo isso para a polícia? Tem medo do Governador?

— Não exatamente.

— Tem medo do que ele possa fazer com você? Ou com alguém que você ama?

Ela abriu os olhos e me encarou, mas eu sabia reconhecer perguntas capciosas.

— Não resta ninguém que eu ame.

Dei as costas para ela e subi na ponte.

— Então por que não contou a verdade? — gritou ela, atrás de mim.

Voltei-me novamente para Zoe, irritado.

— Tem razão. Eu morro de medo do Governador. Agora pode dar o fora e me deixar em paz? Senão...

— Senão o quê? Você está indo para uma ilha, Finn. Pretende fugir de mim a nado?

— Se for preciso.

Ela se aproximou com um olhar sedutor. Eu não ia cair nessa de novo.

— Eu sei por que você não contou tudo o que sabia para a polícia. Todo mundo ficaria sabendo dos podres do meu pai, dos meus, do vídeo. Os tabloides e os blogueiros fariam a festa. As cenas circulariam pela internet. O mundo inteiro me veria fazendo aquelas coisas e saberia quem eu sou. Nunca me deixariam esquecer.

— Por outro lado, você poderia ser convidada para ter seu próprio *reality show*.

Ainda bem que ela achou graça.

— Agora falando sério — prossegui. — O vídeo provavelmente já foi parar na internet.

— Eu sei, mas tem milhões de vídeo parecidos circulando por aí. Além disso, ninguém sabe quem eu sou. Foi por isso que você não falou nada. Para me proteger.

— Se quer acreditar nisso, fique à vontade. Agora preciso de um pouco de privacidade. Pode fazer o favor de me deixar em paz?

Até a ponte ser construída, no ano anterior, a ilha havia sido negligenciada pelas autoridades e ficara quase toda coberta pela vegetação. Desde então, o antigo estaleiro fora renovado, os galpões, repintados, e os arbustos-de-

-borboletas, podados. Instalaram bancos novinhos em folha, nos quais ninguém ainda entalhara declarações de amor. Na vazante, os bancos dão vista a um trecho enlameado e fedorento do Tâmisa, mas, na cheia, como naquela ocasião, pode-se apreciar as águas prateadas do rio que corre em direção à City, passando por baixo das pontes, a caminho do mar.

A neblina matinal ainda cobria o rio, como uma nuvem que se dissipava no azul do céu. Abri a mochila e tirei as urnas. Ainda não tinha pensado em como abri-las, mas a tampa era apenas uma fina camada de metal. Apanhei uma das urnas e usei uma moeda para abrir uma fresta na borda, depois entortei o resto da tampa. Segui o mesmo procedimento com a outra. Passei algum tempo pensando se deveria dizer alguma coisa, se havia alguma coisa a dizer.

Durante alguns anos, quando eu era criança, minha mãe e meu pai foram felizes juntos. Testemunhei milhares de momentos que permaneciam apenas em minha memória: a viagem à Espanha, passeios em parques de diversão, o modo como me apertavam entre eles na cama, enchendo-me de beijos e dizendo que estavam fazendo um "sanduíche de Finn". Era assim que desejava me lembrar deles, era assim que desejava que passassem a eternidade, sempre juntos, como na época em que se apaixonaram um pelo outro. A canção que meu pai cantava para minha mãe ecoou em minha mente. Talvez eles não se importassem que a cantasse naquele instante, por mais desafinado que eu fosse. Apenas os versos finais.

Creeping fog is on the river, flow sweet river flow
  Sun and moon and stars gone with her, sweet Thames
  flow softly
Swift the Thames runs to the sea, flow sweet river flow
  Bearing ships and part of me, sweet Thames flow
  softly... *

Virei as urnas de cabeça para baixo e deixei que a brisa carregasse as cinzas pela superfície das águas antes que repousassem nas profundezas do rio.

Não consegui cantar o último verso. O distanciamento que sentia desde que encontrei o corpo de meu pai, o distanciamento que fiz de tudo para preservar quando minha mãe morreu em meus braços, dissolveu-se naquele instante, como as cinzas nas águas do rio, e o ar se entalou em minha garganta. Comecei a chorar, sem me preocupar se chorava por eles, por mim ou por toda a confusão que ajudara a criar. Então senti que Zoe estava ao meu lado, passando os braços em meus ombros e me puxando contra si. Deixei que me abraçasse até recuperar o fôlego.

— Pedi que me deixasse em paz — disse eu.

— Não precisa me agradecer — retrucou ela.

— Não vamos ficar juntos de novo.

— Eu sei.

Passamos algum tempo em silêncio.

---

* "A névoa rasteja sobre o rio". Corra, doce rio, corra / O sol, a lua e as estrelas foram embora com ela. Doce Tâmisa, corra de mansinho / Ligeiro corre o Tâmisa para o mar. Corra, doce rio, corra / Carregando os navios e parte de mim. Corra, doce Tâmisa, corra de mansinho.

— Já tomou o café da manhã? — perguntou ela.

— Espere um minuto.

Detesto gente que joga coisas no rio, mas, naquele momento, senti que era coisa certa a fazer. Apanhei as urnas e arremessei-as o mais longe que pude, uma de cada vez.

— Pronto — disse para Zoe. — Agora podemos ir.

Agradecimentos

Agradeço de todo coração à minha agente, Val Hoskins, por sua fé e paciência sem fim. Aos meus filhos, irmãos, irmãs e amigos por terem suportado minha ladainha incessante sobre as agruras do ofício de roteirista. Aos meus pais por terem me ensinado a importância de trabalhar duro, amar e ser feliz. E, sobretudo, à minha amada esposa Erika, por seu amor incondicional, sua lealdade e seu humor, por suas palavras de incentivo e por ser minha fonte de inspiração.

Impresso no Brasil pelo
Sistema Cameron da Divisão Gráfica da
DISTRIBUIDORA RECORD DE SERVIÇOS DE IMPRENSA S.A.
Rua Argentina, 171 – Rio de Janeiro, RJ – 20921-380 – Tel.: (21)2585-2000